古典詩歌研究彙刊

第十二輯

龔鵬程 主編

第4冊

中唐山水詩研究（下）

謝明輝 著

國家圖書館出版品預行編目資料

中唐山水詩研究（下）／謝明輝 著 — 初版 — 新北市：花木
蘭文化出版社，2012〔民 101〕
目 4+194 面：17×24 公分
（古典詩歌研究彙刊 第十二輯；第 4 冊）
ISBN 978-986-254-900-1（精裝）
1. 山水詩 2. 唐詩 3. 詩評
820.91 101014403

ISBN-978-986-254-900-1

古典詩歌研究彙刊
第十二輯 第四冊 ISBN：978-986-254-900-1

中唐山水詩研究（下）

作　　者	謝明輝
主　　編	龔鵬程
總 編 輯	杜潔祥
出　　版	花木蘭文化出版社
發 行 所	花木蘭文化出版社
發 行 人	高小娟
聯絡地址	新北市永和區中正路五九五號七樓
	電話：02-2923-1455／傳眞：02-2923-1452
網　　址	http://www.huamulan.tw 信箱 sut81518@gmail.com
印　　刷	普羅文化出版廣告事業
初　　版	2012 年 9 月
定　　價	第十二輯 24 冊（精裝）新台幣 33,600 元

中唐山水詩研究（下）

謝明輝 著

目 次

第四章　中唐詩人貶謫與山水詩創作

　　中唐時期在政治上的貶謫現象是值得注意，貶謫是指被流放到離首都極遠的蠻荒地區任官，這些被降職的官員在心靈上有種遭棄置的失落感、無奈感、悲憤感，再加以南方的自然風物的習染後，書寫成一篇篇頗具特色的山水詩篇。貶謫現象自戰國屈原已開其端，繼之漢代賈誼被貶長沙，屈賈二人則被後人奉為貶謫原型，常出現在文學中，藉以表達忠君愛國思想。楚國首都先是丹陽（湖北枝江縣）後遷都至郢（湖北江陵縣北），屈原有二次流放，一次在漢北地區（今安康一帶及漢水上游地區），二次在陵陽（安徽青陽縣南）。而西漢首都長安，賈誼被貶至湖南長沙。依貶謫距離言，屈原本在南方而貶至南方，而賈誼本在北方任官，而貶至南方，故賈誼之貶途由北方到南方，較屈原遠甚。

　　而從時代言，漢唐的士人貶途較為相似，首都皆在北方黃河流域的長安或洛陽，其士人大都不是因觸犯法令而遭貶，如初唐杜審言之貶吉州（今江西吉安市），乃因「時輩所嫉」。[註1] 盛唐王昌齡因「不護細行」，被貶龍標（今湖南省黔陽縣西南）。[註2] 在貶謫數量上說，

〔註 1〕　據劉肅《大唐新語》卷五「孝行」門載曰：「杜審言雅善五言，尤工書翰，恃才謇傲，為時輩所嫉。自洛陽縣丞貶吉州司戶。」

〔註 2〕　《舊唐書》言：「不護細行，屢見貶斥」。卷190下，〈文苑下‧王昌齡列傳〉，頁5050。

唐代可說是貶謫詩人最多的歷史階段，初盛中晚四個時期中，又以中唐時期較多且放逐時間較久，如劉長卿、元稹、白居易、韓愈、柳宗元、劉禹錫、賈島、姚合等人，其中劉禹錫和柳宗元最慘，劉禹錫流放有二十三年，柳宗元在四十七歲時，死於貶所，二人參加永貞革新，因治國理念不合及權力鬥爭而觸怒憲宗，從而下令「左降官韋執誼、韓泰、陳諫、柳宗元、劉禹錫、韓曄、凌準、程异等八人，縱逢恩赦，不在量移之限。」（《舊唐唐・憲宗本紀・元和元年》）實在凄涼。

　　無論哪個時代，貶謫士人在經歷整個貶謫過程中，若從山水詩角度看，基本上可分二個階段，其一是遠貶路途的行旅（空間），其二是長久謫居生活（時間）。關於貶謫與詩歌的關係密切，前賢早已提出，如宋人嚴羽《滄浪詩話・詩評》曾說：「唐人好詩，多是征戍、遷謫、行旅、離別之作，往往能感動激發人意。」又宋人周輝《清波雜誌》也說：「放臣逐客一旦棄遠外，其憂悲憔悴之歎，發於詩什，特為酸楚，幾有不能自遣者。」而中唐劉禹錫以本身貶謫經歷體會得更是深刻，《舊唐書》卷一百六劉禹錫傳：「禹錫積歲在湘、澧間，鬱悒不怡，因讀張九齡文集，乃敘其意曰：「世稱曲江為相，建言放臣不宜於善地，多徙五谿不毛之鄉。今讀其文章，自內職牧始安，有瘴癘之歎，自退相守荊州，有拘囚之思，託諷禽鳥，寄辭草樹，鬱然與騷人同風。嗟夫，身出於遐陬，一失意而不能堪，矧華人士族，而必致醜地，然後快意哉！」又《舊唐書》卷 166「元稹傳」謂：「稹自御史府謫官，於今十餘年矣，閑誕無事，遂專力於詩章。日益月滋，有詩句千餘首。」俱強調貶謫與詩歌創作之關係。

　　因此本章擬討論山水詩與詩人貶謫地域的關係，中唐詩人劉長卿、元稹、白居易、韓愈、柳宗元、劉禹錫、賈島、姚合等俱有遭貶之經歷，他們在遠赴貶所途中必會接觸山水景物，這一過程可定之為「行旅山水詩」，而到達貶所後的生活過程中亦必會接觸自然景色，我定之曰「貶地山水詩」，在貶期結束後返回京城或到下個貶地，也會有行旅山水詩的創作，這些山水詩亦必受詩人心理、政治事件等因

素而呈現不同的山水風貌。因此從詩人貶謫過程與山水詩之產生的視點切入，我擬先分析中唐詩人遭貶之因，再探討他們赴貶地途中之心境及山水呈現，最後則描述其在貶地生活及山水風光。〔註3〕

第一節　中唐詩人貶官之因分析

　　明人王世貞《藝苑卮言》卷八「流貶」條列出中國歷代流貶文人的名單，他說：「流徙則屈原、呂不韋、馬融、蔡邕、虞翻、顧譚、薛瑩、卞鑠、諸葛玄、張溫、王誕、謝靈運、謝超宗、劉祥、李義府、鄭世翼、沈佺期、宋之問、元萬頃、閻朝隱、郭元振、崔液、李善、李白、吳武陵，明則宋濂、瞿佑、唐肅、豐熙、王元、楊慎；貶竄則賈誼、杜審言、杜易簡、韋元旦、杜甫、劉允濟、李邕、張說、張九齡、李嶠、王勃、蘇味道、崔日用、武平一、王翰、鄭虔、蕭穎士、李華、王昌齡、劉長卿、錢起、韓愈、柳宗元、李紳、白居易、劉禹錫、呂溫、陸贄、李德裕、牛僧孺、楊虞卿、李商隱、溫庭筠、賈島、韓偓、韓熙載、徐弦、王禹偁、尹洙、歐陽脩、蘇軾、蘇轍、黃庭堅、秦觀、王安中、陸遊，明則解縉、王九思、王廷相、顧璘、常倫、王慎中輩，俱所不免。窮則窮矣，然山川之勝，與精神有相發者。」除了指出流貶遭際與山水之精神有相連結的地方外，亦列出自先秦屈原至明代王慎中等文人遭流貶命運之名單，以下我將擬以劉長卿、韓愈、劉禹錫、柳宗元、白居易和元稹等六位中唐詩人為例，探討其貶官之因。

　　劉長卿約生於開元十四年（726），卒於貞元六年（790），享年約六十五歲。劉長卿一生有兩次遭貶之經歷，第一次是南巴，第二次是睦州。〔註4〕據代宗、德宗時的高仲武所言：「長卿有吏幹，剛而犯上，

〔註3〕　姚合之貶金州，元稹之貶河南尉，不在本文討論之列，因其貶途不夠遠也。

〔註4〕　劉長卿雖貶至嶺南道的潘州南巴之地，然實際上在江西洪州待命，故其山水詩則描寫此地風光，未涉及南巴之山水，而劉長卿的貶地

兩遭遷謫」(《中興間氣集》)以及《新唐書‧藝文志‧別集類》所載：
「劉長卿集十卷，……以檢校祠部員外郎爲轉運使判官，知淮西、鄂
岳轉運留後。鄂岳觀察使吳仲孺誣奏，貶<u>潘州南巴尉</u>，會有爲辨之者，
除睦州司馬。」新唐書之記載稍誤，據傅璇琮的考證，一次在肅宗時，
由蘇州長洲尉貶爲潘州南巴尉，第二次在代宗大曆時，由鄂岳轉運留
後貶爲睦州司馬。〔註5〕

圖2　劉長卿貶南巴，而在洪州待命之行走路線示意

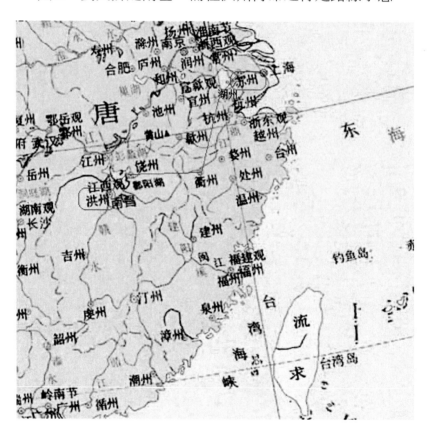

　　他在乾元二年（759），約三十四歲時，議貶南巴縣尉（今廣東省電白縣東），先在洪州待命。被貶之因，獨孤及在〈送長洲劉少府貶南巴使牒留洪州序〉一文則有述及，其曰：「曩子之尉於是邦也，傲其跡而峻其政，能使綱不紊，吏不欺。夫跡傲則合不苟，政峻則物忤，故績未書也，<u>而謗及之，臧倉之徒得騁其媒孽，子於是竟謫爲巴尉</u>。而吾子直爲己任，愠不見色，於是胸臆未嘗蔕芥。會同讜有叩閽者，天子命憲府雜鞫，且廷辨其濫，故有後命，<u>俾除館豫章，俟條奏也</u>。」（《毗陵集》卷十四）可知劉長卿第一次被貶之因乃遭人毀謗所致。貶謫之前的官職爲蘇州長洲縣尉，故須從蘇州啓程，往南經湖州、衢州、饒州，乃至洪州。

　　直至寶應元年（762），量移浙西某地，復歸至蘇州。其〈初聞貶謫續喜量移登干越亭贈鄭校書〉謂：「何事還邀邀客醉，春風日夜待歸舟。」顯示回蘇州的雀躍心情。代宗〈即位赦文〉云：「其四月十五日已後諸色流貶者，與量移近處。」（《全唐文》卷四十九）又《舊唐書・代宗紀・寶應元年》：「……丁酉，御丹樓，大赦。」可知劉長卿在洪州待命期間，因代宗即位而量移，免去南巴之苦。故劉長卿始終未到潘州南巴一地，而大都在江西一帶活動。

　　第二次的貶謫是被吳仲孺所誣奏。據《舊唐書趙涓傳》所云：「大曆中，鄂岳觀察使<u>吳仲孺</u>與轉運使判官劉長卿紛競，<u>仲孺奏長卿犯贓二十萬貫</u>，時止差監察御史苗伾就推。」〔註6〕又《新唐書・陳少遊傳》：「長卿嘗任租庸使，爲吳仲孺所因。」〔註7〕說明仲孺誣奏長卿非法取財，所謂「犯贓二十萬貫」，遂於大曆十年（775）貶睦州（今浙江建德縣）。劉長卿則有〈按覆後歸睦州贈苗侍御〉一詩表達此事之心情：「地遠心難達，天高謗易成。羊腸留覆轍，虎口脫餘生。直氏偷金枉，于家決獄明。一言知己重，片議殺身輕。日下人誰憶，天

〔註6〕　《舊唐書》卷137，〈趙涓列傳・子博宣〉，頁3761。事件詳情可同參舊唐書陳少遊傳，頁3565。
〔註7〕　《新唐書》卷224上，〈叛臣列傳上・陳少游〉，頁6380。

涯客獨行。年光銷蹇步，秋氣入衰情。建德知何在，長江問去程。孤舟百口渡，萬里一猿聲。落日開鄉路，空山向郡城。豈令冤氣積，千古在長平。」

總結來說，劉長卿兩次貶謫之因，高仲武認爲是「剛而犯上」，咎由自取，這是以其性格剛烈而導致，再者元人辛文房進一步分析：「性剛多忤權門，故兩逢遷斥，人悉冤之。」〔註8〕除強調其性格剛烈外，尚憐長卿深受冤枉。

韓愈一生亦如劉長卿，有二次貶謫，一是貶陽山，一是貶潮州。第一次於貞元十九年（803）自監察御史貶連州陽山令，於貞元二十一年徙江陵法曹參軍，貶期不到二年。連州屬江南西道，在今廣東省。

圖3　韓愈連州陽山和潮州之貶地位置示意

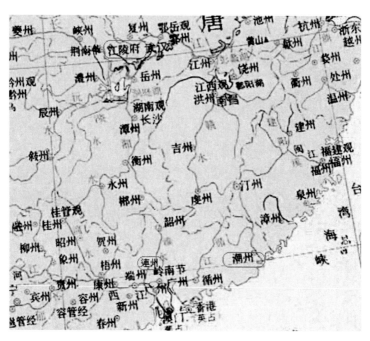

關於韓愈陽山之貶之因，說法大致有三：一是論宮市，以《舊唐

〔註8〕詳見傅璇琮主編《唐才子傳校箋》第一冊，頁323。

書》爲代表。二是專政者惡之（李實所讒），以皇甫湜〈韓文公神道碑〉爲代表。三是任文之力，而劉柳下石爲多，以《韻語陽秋》爲代表。《舊唐書》載曰：「調授四門博士，轉監察御史。德宗晚年，政出多門，宰相不專機務。宮市之弊，諫官論之不聽。愈嘗上章數千言極論，不聽，怒貶爲連州陽山令。」而《新唐書》和《唐才子傳》亦承其說。而皇甫湜則持不同立場，其〈韓文公神道碑〉：「專政者惡之，行爲連州陽山令。」而《韻語陽秋》卷五則批駁上述二說，引用韓愈〈自陽山移江陵〉〈上京兆李實書〉〈江陵塗中〉〈岳陽別竇司直〉〈和張十一憶昨行〉〈永貞行〉等材料，從而論斷爲「則知陽山之貶，任文之力，而劉柳下石爲多，非爲李實所讒也。」〔註9〕所謂任文是指王叔文和王伾，加上劉禹錫和柳宗元等人，俱指王叔文爲首的永貞革新集團，所以韓愈被貶，乃爲王叔文黨所陷。由於貞元十九年十二月，京師乾旱，發生飢荒，韓愈時爲監察御史，職責所在，上書稟報人民疾苦，奏請停徵賦稅。他在〈赴江陵途中寄贈王二十補闕李十一拾遺李二十六員外翰林三學士〉則有述及：「是年京師旱，田畝少所收。上憐民無食，徵賦半已休。有司恤經費，未免煩徵求。……我時出衢路，餓者何其稠。親逢道邊死，佇立久咿嚘。歸舍不能食，有如魚中鉤。適會除御史，誠當得言秋。拜疏移閣門，爲忠寧自謀。上陳人疾苦，無令絕其喉。下陳畿甸內，根本理宜優。積雪驗豐熟，幸寬待蠶麰。天子惻然感，司空歎綢繆。謂言即施設，乃反遷炎州。同官盡才俊，偏善柳與劉。或慮語言洩，傳之落冤讎。」這首詩除說明韓愈被貶之眞相，還強調他對柳宗元、劉禹錫是有顧忌的。〔註10〕

〔註9〕詳參〔清〕何文煥輯：《歷代詩話》下冊，頁524～525。
〔註10〕關於韓愈和柳宗元、劉禹錫之關係，胡可先在《中唐政治與文學——以永貞革新爲研究中心》一書則已指出：「一、韓愈出身於北方的破落士族，但他自視出身高門，門閥觀念使得他與出身寒俊的東南文士不屑合作；二、韓愈的長兄韓會，因與元載結黨，以致於身敗名裂，韓愈頗吸取其教訓，故在永貞革新中採取保守態度；三、韓愈與宦官的關係密切，尤其擁護宦官頭領俱文珍，而俱文珍又是劉、

　　韓愈第二次是在元和十四年（819）正月自刑部侍朗貶潮州刺史，
元和十四年十月量移袁州刺史。潮州屬嶺南道，在今廣東。關於韓愈
貶潮州之因，與迎佛骨事件有關。〔註11〕在《舊唐書・韓愈傳》已有
說明：

> 上曰：「愈言我奉佛太過，我猶爲容之。至謂東漢奉佛之後，
> 帝王咸致天促，何言之乖剌也？愈爲人臣，敢爾狂妄，固
> 不可赦。」於是人情驚惋，乃至國戚諸貴亦以罪愈太重，
> 因事言之，乃貶爲潮州刺史。（《舊唐書》卷一百六十，韓愈傳，
> 頁 4200～4201）

又：

> 憲宗謂宰臣曰：「昨得韓愈到潮州表，因思其所諫佛骨事，
> 大是愛我，我豈不知？然愈爲人臣，不當言人主事佛乃年
> 促也。我以是惡其容易。」（《舊唐書》卷一百六十，韓愈傳，頁
> 4202）

透過憲宗現身說法，得知韓愈被貶不是因反佛之事本身，而是言論狂
妄，不當言人主信佛則短命。事實上，此次排佛事件對韓愈人生產生
極大不良影響，平心而論，就憲宗的立場看，當然容不得臣子對他忤
逆，不順從，不支持。但就韓愈立場看，他爲了民生經濟發言，希望
人民過好日子，不再受苦，這也沒錯。客觀來說，憲宗是個昏君，但
遇到賢臣，應該要珍惜，可是卻顧及君是臣非的面子問題而貶韓愈之
潮州。又韓愈在往潮州之貶途中，曾慨嘆「嗟我亦拙謀，致身落南蠻。」
（宿曾江口示姪孫湘二首之二）我認爲他的拙謀可能出現在〈論佛骨
表〉的段落安排上。韓愈在前段部份都在論述信佛與皇帝年歲有關，

柳最大的政敵之一。對待宦官的態度，促成了韓愈與劉禹錫、柳宗
元極爲明確的黨派分野。」（合肥：安徽大學出版社，2000 年 10 月），
頁 276。

〔註11〕卞孝萱認爲韓愈因論佛骨而貶潮只是表面現象，其深層之因乃在〈平
淮西碑〉被廢，李逢吉、令狐楚、皇甫鎛一方和裴度、韓愈一方的
鬥爭。詳見卞孝萱〈韓愈貶潮原因探幽〉，江蘇行政學院學報，2005
年第 2 期，頁 128～131。

東漢佛教傳入前，皇帝長命，「此時天下太平，百姓安樂壽考」。佛法傳入中國後，「事佛漸謹，年代尤促。」而關心民生經濟問題卻放在後段部份：

> 以故焚頂燒指，百十爲群；解衣散錢，自朝至暮，轉相仿效，惟恐後時，老少奔波，棄其對次。若不即加禁遏，更歷諸寺，必有斷臂臠身，以爲供養者，傷風敗俗，傳笑四方，非細事也。〔註12〕

此段強調若信奉佛法，將導致百姓捨棄本業，解衣散錢，傷風敗俗之惡果，嚴重影響社會秩序以及民生經濟。〔註13〕而據上引《舊唐書》所載憲宗謂群臣所言：「愈爲人臣，不當言人主事佛乃年促也。」似乎未點出韓愈關懷民生經濟的重點，反而聚焦在人主奉佛則短命之一事上。這不禁讓人懷疑，憲宗在閱讀〈論佛骨表〉時，是否僅看前半段，抑或選擇性記憶，以致惱羞成怒而將韓愈貶至潮州。這也許是韓愈感歎拙謀之主因吧！

比起韓愈二次貶期不到四年來說，劉禹錫和柳宗元可說是中唐貶謫詩人中最爲悲慘的，其貶期最長，都超過十年以上，且不得量移。柳宗元和劉禹錫同爲永貞革新集團的成員之一，史稱「二王劉柳」。〔註14〕在永貞革新此一政治事件上，柳宗元和劉禹錫的命運是相似的，柳被貶至永州，而劉則貶至朗州。〔註15〕當時由於順宗李誦中風，

〔註12〕〔唐〕韓愈著，嚴昌校點，《韓愈集》，（長沙：嶽麓書社，2000年），頁408。

〔註13〕他的〈送靈師〉：「佛法入中國，爾來六百年。齊民逃賦役，高士著幽禪。官吏不之制，紛紛聽其然。耕桑日失隸，朝署時遺賢。」

〔註14〕劉昫《舊唐書》載曰：「韓皋憑藉貴門，不附叔文黨，出爲湖南觀察使。既任喜怒凌人，京師人士不敢指名，道路以目，時號二王、劉、柳。」卷160，〈劉禹錫列傳〉，頁4210。

〔註15〕《舊唐書》載曰：「禮部員外郎柳宗元貶邵州刺史，屯田員外郎劉禹錫貶連州刺史，坐交王叔文也。」兩人在貶途中，又被貶至遠地。《舊唐書・憲宗紀》又載曰：「邵州刺史柳宗元爲永州司馬，連州刺史劉禹錫朗州司馬，池州刺史韓曄饒州司馬，和州刺史凌準連州司馬，岳州刺史程异郴州司馬，皆坐交王叔文。初貶刺史，物議罪之，故再加貶竄。」詳見劉昫《舊唐書》，卷14，〈憲宗本紀〉，頁412～413。

失去決策能力，二王劉柳革新集團受到俱文珍等宦官集團和保守派官員聯合進攻，終由宦官擁立李純即位，是為憲宗，改元元和。所以柳宗元和劉禹錫是政治上的盟友。永貞革新發生在永貞元年（貞元二十一年，805），劉禹錫三十四歲時。他想在政治上有一番作為，而追隨王叔文進行改革，但卻遭到宦官藩鎮及保守派士大夫等反對勢力之阻擾，前後不到一年而終告失敗，順宗因而內禪給憲宗，而為首的王叔文等八人革新集團遂被貶官，史稱「二王八司馬」。〔註16〕革新失敗後，劉禹錫先貶連州刺史，再貶朗州（今湖南常德市）司馬。自永貞元年到元和九年（814），劉禹錫三十四歲至四十三歲皆在朗州司馬任內。柳宗元小劉禹錫一歲，所以柳宗元是三十三歲至四十二歲謫居永州。

劉禹錫和柳宗元第一次被貶之因，除了中唐時期政黨宦官藩鎮間之鬥爭日益激烈之外，永貞革新集團皆出身東南文士，與北方政治集團相較下，勢力單薄更是主因。〔註17〕安史之亂後，中唐政治社會起了新的變化，南移人口增多，江南成了新的經濟文化中心，地方藩鎮勢力逐漸加強，不聽中央指揮，朝廷不僅內部宦官本身有派別，外部士大夫亦分黨派，基於利益考量，思想上可分保守和革新兩派別，這是古今中外任何團體自然就會形成的對照，唐王朝自玄宗後，歷經肅、代、德三宗，隨著人性自然發展，權力使人腐化，在德宗貞元末，弊政叢生，諸如貪官污吏、五坊小兒橫暴取財、宦官主持宮市，累積到極點，自然要有人出來改革，改革思想是受陸質新學之影響，結果在順宗即位後，以棋藝高手的王叔文為領袖人物的革新集團於焉形

〔註16〕關於永貞革新之過程，胡可先曾綜合《順宗實錄》新舊《唐書》《資治通鑑》等史書進行敘述，請參胡可先著：《中唐政治與文學：以永貞革新為研究中心》，（合肥：安徽大學出版社，2000 年 10 月），頁 80～90。

〔註17〕此點參考胡可先的說法：「永貞革新的黨派分野，從大的文化背景看，仍然是南人集團與北人之間的鬥爭。」詳見胡可先《中唐政治與文學——以永貞革新為研究中心》，頁 3。

成，由於改革過程中，觸犯了宦官、藩鎮和保守派士大夫之利益，革新措施維持不到半年，因順宗內禪而黯然下台。

劉禹錫和柳宗元是永貞革新失敗後的犧牲者，他們分別被貶朗州和永州。

圖4　為劉柳因革新失敗被貶朗州和永州之位置示意

十年後，他們遇赦奉詔返京，隨即又被分別被貶至連州和柳州。劉禹錫在朗州待了約十年後，在元和十年春，先被召回長安後，但卻因作〈玄都觀看花君子〉，遭小人陷害，遂貶播州刺史，後改貶連州。關於劉禹錫貶謫連州之因有以下六條資料（包含史書、筆記小說和墓誌銘）論及：

　　1、《新唐書·劉禹錫列傳》卷一六八載曰：「久之，召還。宰相欲任南省郎，而禹錫作〈玄都觀看花君子〉詩，語譏忿，當路者不喜，出為播州刺史。詔下，御史中丞裴

度爲言：『播極遠，猿狄所宅，禹錫母八十餘，不能往，當與其子死訣，恐傷陛下孝治，請稍內遷。』帝曰：『爲人子者宜慎事，不貽親憂。若禹錫望它人，尤不可赦。』度不敢對，帝改容曰：『朕所言責人子事，終不欲傷其親。』乃易連州。」

2、《舊唐書・劉禹錫傳》：「元和十年，自武陵召還，宰相復欲置之郎署。時禹錫作〈遊玄都觀詠看花君子〉詩，語涉譏刺，執政不悅，復出爲播州刺史。台州司馬陳諫爲封州刺史。御史中丞裴度以禹錫母老，請移近處，乃改授連州刺史。」

3、《資治通鑑》卷二三九曰：「考異曰：舊禹錫傳：「元和十年，自武陵召還，宰相復欲置之郎置。時禹錫作遊玄都觀詠，看花、君子詩，語涉譏刺，執政不悅，復出爲播州刺史。」禹錫集載其詩曰：「玄都觀裏桃千樹，盡是劉郎去復栽。」按當時叔文之黨，一除遠州刺史，不止禹錫一人，豈緣此詩！蓋以此詩！蓋以此得播州惡處耳。實錄曰：「中丞裴度奏：『其母老，必與此子爲死別，臣恐傷陛下孝理之風。』憲宗曰：『爲子尤須慎，恐貽親之憂。禹錫更合重於他人，卿豈可以此論之！』度無以對，良久，帝改容而言曰：『朕所言是責人子之事，然終不欲傷其所親之心。』明日，改授禹錫連州。」趙元拱唐諫諍集：「裴度曰：『陛下方侍太后，以孝理天下，至如禹錫，誠合哀矜。』憲宗乃從之。明日，制授禹錫連州。即而語左右：『裴度終愛我切。』」趙璘因語錄曰：「憲宗初徵柳宗元、劉禹錫至京城，俄而柳爲柳州刺史，劉爲播州刺史。柳以劉須侍親，播州最爲惡處，請以柳州換。上不許。宰相對曰：『禹錫有老親。』上曰：『但要與郡，豈繫母在！』裴晉公進曰：『陛下方侍太后，不合發此言。』上有愧色。劉遂改爲連州。」按柳宗元墓誌，將拜疏而未上耳，非巳上而不許也。禹錫除播州時，裴度未爲相。今從實錄及諫諍集。」」

4、唐人趙璘《因話錄》卷一：「憲宗初徵柳宗元劉禹錫至京，俄而以柳爲柳州刺史，劉爲播州刺史。柳以劉須待親，播州最爲惡處，請以柳州換。上不許。宰相對曰：『禹錫有老親。』上曰：『但要與惡郡，豈繫母在？』裴晉公進曰：『陛下方侍太后，不合發此言。』上有愧色。既而語左右曰：『裴度終愛我切。』劉遂改授連州。」

5、唐人孟棨《本事詩・事感第二》：「劉尚書自屯田員外左遷朗州司馬，凡十年始徵還。方春，作〈贈看花諸君子〉詩曰：『紫陌紅塵拂面來，無人不道看花回。玄都觀裏桃千樹，盡是劉郎去後栽。』其詩一出，傳於都下。有素嫉其名者，白於執政，又誣其有怨憤。他日見時宰，與坐，慰問甚厚。既辭，即曰：『近者新詩，未免爲累，奈何？』不數日，出爲連州刺史。」

6、唐人韓愈〈柳子厚墓誌銘〉：「其召至京師而復爲刺史也，中山劉夢得禹錫亦在遣中，當詣播州。子厚泣曰：『播州非人所居，而夢得親在堂，吾不忍夢得之窮，無辭以白其大人。且萬無母子俱往理！』請於朝，將拜疏，願以柳易播，雖重得罪，死不恨。遇有以夢得事白上者，夢得於是改刺連州。」〔註18〕

上列六條文獻資料顯示兩個重點，一是劉禹錫因何事再貶播州，一是當他貶播州之同時，又因何事改貶連州。這些資料中，就時代而言，以《本事詩》《因話錄》和〈柳子厚墓誌銘〉爲中晚唐人所寫，而新舊《唐書》及《資治通鑑》則是後晉和北宋人所寫。綜合比對後，首先，可知劉禹錫乃因一詩遭忌而先貶播州（今貴州遵義市）。此詩爲〈元和十年，自朗州承召至京，戲贈看花諸君子〉，其曰：「紫陌紅塵拂面來，無人不道看花回。玄都觀裏桃千樹，盡是劉郎去後栽。」詩題所謂「看花諸君子」乃指元和元年一起被貶而十年後又一起被召回京城的革新派成員，即二王八司馬等人，他們應是遭保守派有心人士

〔註18〕詳見《韓愈集》卷三十二碑志，頁360。

所忌。其次,至於改貶連州之因何在?主要是裴度和柳宗元兩位關鍵人物的勸說有關,兩人均以劉禹錫應盡母孝道為由,促使憲宗改變心意。此即《舊唐書》所謂:「御史中丞裴度以禹錫母老,請移近處。」又《新唐書》所言:『御史中丞裴度為言:『播極遠,猿狄所宅,禹錫母八十餘,不能往,當與其子死訣,恐傷陛下孝治,請稍內遷。』」又《資治通鑑》引實錄曰:「中丞裴度奏:『其母老,必與此子為死別,臣恐傷陛下孝理之風。』」又《因話錄》所載:「柳以劉須待親,播州最為惡處,請以柳州換」再據韓愈〈柳子厚墓誌銘〉的說法,因柳宗元體恤劉禹錫有個年邁的老母須侍奉,不宜遠放播州,因播州非人所居,願以柳州與其播州調換,最終憲宗皇帝則將劉禹錫改貶連州。

　　元稹元和五年,三十二歲時,曾與宦官劉士元爭廳而遭鞭擊傷顏面,因而貶江陵府士曹參軍。關於江陵貶謫一事,新舊《唐書》、《資治通鑑》及白居易〈論元稹第三狀〉載之甚詳。茲將四條資料臚列如下:

1、河南尹房式為不法事,稹欲追攝,擅令停務。既飛表聞奏,罰式一月俸,仍召稹還京。宿敷水驛。內官劉士元後至,爭廳,士元怒,排其戶,稹襪而走廳後。士元追之,後以箠擊稹,傷面。執政以稹少年後輩,務作威福,貶為江陵府士曹參軍。(《舊唐書·元稹傳第116》卷166)

2、會河南尹房式坐罪,稹舉劾,按故事追攝,移書停務。詔薄式罪,召稹還。次敷水驛。中人仇士良夜至,稹不讓,中人怒,擊稹貶面。宰相以稹年少輕樹威,失憲臣體,貶江陵士曹參軍(《新唐書·元稹傳第99》卷174)

3、河南尹房式有不法事,東臺監察御史元稹奏攝之,〔唐制:御史分司東都,謂之東臺。攝,收也。〕擅令停務;朝廷以為不,罰一季俸,召還西京。至敷水驛,〔華州華陰縣西二十四里有敷水渠。九域志:華陰縣有敷水鎮。〕有入侍後至,破驛門呼罵而入,以馬鞭擊稹傷面;〔考異曰:實錄云「中使仇士良與稹爭廳」。按稹及白

居易傳皆云「劉士元」，而實錄云「仇士良」，恐誤。今
止云內侍。〕上復引積前過，貶江陵士曹。(《資治通鑑》
卷第 238 唐紀五十四)

4、況聞劉士元蹋破驛門，奪將鞍馬，仍索弓箭，嚇辱朝
官，承前已來，未有此事。今中官有罪，未見處置，
御史無過，卻先貶官。遠近聞知，實損聖德。(白居易
〈論元稹第三狀〉)

以上四條資料比對後，可瞭解元稹何以貶謫江陵。第一，元稹貶江陵
有二因，一是彈劾河南尹房式有不法事，二是年少輕狂，不識抬舉，
觸怒當時盛大的宦官勢力，憲宗是宦官擁立的，當然站在宦官立場看
擊面事件。元稹貶至江陵五年後，在元和十年奉詔回朝。江陵，唐時
屬山南東道，即今湖北江陵。第二，至於元稹是得罪哪個宦官，上引
資料則有不同看法。《舊唐書》說是「內官劉士元後至，爭廳，士元
怒，排其戶，稹襪而走廳後。」而《新唐書》卻說「中人仇士良夜至，
稹不讓，中人怒，擊稹貶面。」《資治通鑑》則保守地認為「按稹及
白居易傳皆云「劉士元」，而實錄云「仇士良」，恐誤。今止云內侍」
今依白居易所言「況聞劉士元蹋破驛門，奪將鞍馬，仍索弓箭，嚇辱
朝官」為是，亦即宦官劉士元以箠傷元稹面，而非仇士良也。此一事
件若深層地看，其實即是士大夫和宦官長期鬥爭的結果，或說是與保
守派和革新派人士之爭權奪利有密切關係。

元和十年六月，白居易四十四歲時，因僭越諫官職權，通報宰相
武元衡為盜所殺，故被貶至江州(唐屬江南西道，今江西九江)，授
江州司馬一職。據李商隱〈白公墓誌銘〉載：「七年，以左贊善大夫
箸吉。武相遇盜殊絕，賊棄刃天街，日比午，長安中盡知。公以次紙
為疏，言元衡死狀，不得報。即貶江州。」又遭人中傷其所作〈賞花〉
及〈新井〉詩有違名教，《舊唐書》卷一百七十列傳第一百一十六：「十
年七月，盜殺宰相武元衡，居易首上疏論其冤，急請捕賊以雪國恥。
宰相以宮官非諫職，不當先諫官言事。會有素惡居易者，掎摭居易，

言浮華無行，其母因看花墮井而死，而居易作〈賞花〉及〈新井〉詩，甚傷名教，不宜置彼周行。執政方惡其言事，奏貶爲江表刺史。詔出，中書舍人王涯上疏論之，言居易所犯狀跡，不宜治郡，追詔授江州司馬。」關於因母墜井作〈賞花〉〈新井〉詩一事，宋人曾有辨疑，張耒〈題賈長卿讀高彥休續白樂天事〉云：

> 高彥休作《唐闕史》，辨白樂天無因母墜井作〈賞花〉〈新井〉詩，貫子又從而續辨之。張子曰：「二子謂之愛白公則可矣，未可謂知白公也。古之聖賢，誰能無謗，何獨樂天也哉！」（《張右史文集》卷四十八）

今查白居易詩集和全唐詩之文本，未得〈賞花〉〈新井〉二詩，故《舊唐書》關於「居易作〈賞花〉及〈新井〉詩，甚傷名教」之言宜存疑也。而其母墜井一事，高彥休《唐闕史》述之甚詳，據陳振孫《白文公年譜》元和十年乙未所說：「獨高彥休《闕史》言之甚詳。公母有心疾，因悍妒得之，及嫠，家苦貧。公與弟不獲安居，常索米丐衣於鄰郡邑，母晝夜念之，病益甚，公隨計宣州。母因憂憤發狂，以葦刀自剄，人救之得免。後遍訪醫藥，或發或瘳，常恃二壯婢厚給衣食，俾扶衛之，一旦稍怠，斃於坎井。時裴公爲三省，本廳對客，京兆府申堂狀至，四坐驚愕。………」朱金城曾考證此說曰：「考居易母歿於元和六年四月，是時裴度尚未爲宰相，高氏所記不無可疑，且今本《闕史》未載此條，恐爲後人所刪去，蓋亦爲賢者諱之意也。」〔註19〕

　　綜合分析以上六位中唐詩人貶謫之因後，發現他們並非十惡不赦之人，亦無從事非法活動，滿懷忠君愛國之志，卻在主觀方面，因個性剛直，在客觀方面，因政治環境之險惡，全都遭到迫害，劉長卿被誣告非法取財，韓愈關心人民飢荒以及諫迎佛骨，劉禹錫和柳宗元推行革新政策，元稹遭宦官擊面，白居易諫告皇帝等等爲執著政治理想而付出滿腔熱血，換來的竟是遭皇帝驅逐之命運，這種心酸猶如屈原在〈哀郢〉亂曰所說：「信非吾罪而棄逐，何日夜而忘

〔註19〕詳見朱金城：《白居易年譜》，台北市：文史哲，民國80年，頁66。

之！」〔註20〕既然因無罪而遭貶，其心哀必流露於詩中，所以在踏上貶途後，其心境則與此有關矣！

第二節 中唐詩人赴貶地途中之心境及山水呈現

以上探討中唐詩人之貶謫情形後，以下仍針對劉長卿、韓愈、劉禹錫、柳宗元、元稹和白居易等六位詩人爲討論中心，論述他們在赴貶地途中之心境及其山水描寫。

劉長卿在肅宗時第一次由蘇州長洲尉貶爲潘州南巴尉，在蘇州啓程前，對貶官之心情表達在〈謫官後卻歸故村將過虎丘悵然有作〉及〈赴南巴書情寄故人〉等詩。〈謫官後卻歸故村將過虎丘悵然有作〉詩曰：「萬事依然在，無如歲月何。邑人憐白髮，庭樹長新柯。故老相逢少，同官不見多。唯餘舊山路，惆悵枉帆過。」遭棄之悲吟，可想而知。虎丘是山名，在蘇州吳縣附近。宋人樂史《太平寰宇記》卷九一「蘇州吳縣」載曰：「虎丘山，在縣西北九里。」又〈赴南巴書情寄故人〉詩曰：「南過三湘去，巴人此路偏。謫居秋瘴裏，歸處夕陽邊。直道天何在，愁容鏡亦憐。裁書欲誰訴，無淚可潸然。」同樣表達謫居之痛苦，因爲秋瘴的侵襲下，健康容易出現問題。還有二詩是將其貶謫悲情融入山水景色中，〈重送裴郎中貶吉州〉詩云：

猿啼客散暮江頭，人自傷心水自流。

同作逐臣君更遠，青山萬里一孤舟。

劉長卿與其友人裴郎中同遭貶謫命運，在送別時，更能以同理心感受友人的心情，尤以末句「青山萬里一孤舟」七字將其悲涼孤寂之心表露無遺。「人自傷心水自流」則是情景交融。吉州在今江西吉安。又〈聽笛歌留別鄭協律〉云：

舊遊憐我長沙謫，載酒沙頭送遷客。

天涯望月自霑衣，江上何人復吹笛。

〔註20〕詳見宋洪興祖撰：《四部刊要楚辭補注》，（台北縣：漢京文化，民國72年），頁136。

> 橫笛能令孤客愁，漾波淡淡如不流。
> 商聲寥亮羽聲苦，江天寂歷江楓秋。
> 靜聽關山聞一叫，三湘月色悲猿嘯。
> 又吹楊柳激繁音，千里春色傷人心。
> 隨風飄向何處落，唯見曲盡平湖深。
> 明發與君離別後，馬上一聲堪白首。

詩中笛聲淒苦，山水景色染上悲孤情調，景中帶情，堪稱送別山水詩佳篇。

蘇州在太湖東北方，往西南可至湖州。他在湖州寫下〈留題李明府雪溪水堂〉一詩，將美麗的湖州風光描繪出來，其中的景句是：

> 雲峰向高枕，漁釣入前軒。晚竹疏簾影，春苔雙屐痕。
> 荷香隨坐臥，湖色映晨昏。虛牖閒生白，鳴琴靜對言。
> 暮禽飛上下，春水帶清渾。遠岸誰家柳，孤煙何處村。

雪溪在湖州東南一帶。《太平寰宇記》卷九四「湖州烏程縣」載曰：「雪溪，在縣東南一里，凡四水合為一溪。」雲峰倒映湖上，頗能描繪湖州之幽趣。過湖州後再往西南至衢州，拜訪南溪道人，其〈尋常山南溪道人隱居〉詩云：

> 一路經行處，莓苔見履痕。白雲依靜渚，春草閉閒門。
> 過雨看松色，隨山到水源。溪花與禪意，相對亦忘言。

常山是縣名，在衢州境內。《元和郡縣圖志》卷二十六「衢州」：「常山縣，上，東至州八十里。」在山水美景中，渾然忘我，禪意無限。唐汝詢《唐詩解》評曰：「觀苔間履痕，而知經行者稀。觀停雲幽草，而知所居之僻。過雨看松，新而且潔。隨山尋源，趣不外求。惟其深悟禪意，故對花而忘言也。」

再往西走，至饒州，其在鄱陽湖東面，有〈負謫後登干越亭作〉〈赴南中題褚少府湖上亭子〉〈貶南巴至鄱陽題李嘉祐江亭〉〈至饒州尋陶十七不在寄贈〉等山水詩。這些詩中，有美麗之景，也有貶謫之情，如：

> 杳杳鍾陵暮，悠悠鄱水春。秦臺悲白首，楚澤怨青蘋。

草色迷征路，<u>鶯聲傷逐臣</u>。（〈貶謫後登干越亭作〉）

<u>不才甘謫去</u>，流水亦何之。地遠明君棄，天高酷吏欺。……
柳色迎高塢，荷衣照下帷。水雲初起重，暮鳥遠來遲。
白首看長劍，滄洲寄釣絲。沙鷗驚小吏，湖月上高枝。……
（〈貶南巴至鄱陽題李嘉祐江亭〉）

<u>謫宦投東道</u>，……梅枝橫嶺嶠，竹路過湘源。月下高秋雁，
天南獨夜猿。離心與流水，萬里共朝昏。（〈至饒州尋陶十七不
在寄贈〉）

干越亭在饒州餘干縣東南處。《太平寰宇記》卷一〇七「饒州餘干縣」
載曰：「干越亭，《越絕書》云：『餘，大越故界。』即謂干越也。在
縣東南三十步，屹然孤挺，古之遊者，多留題章句焉。」行旅中，雖
有鄱水、草色、鶯聲、水雲、暮鳥、沙鷗、湖月、梅枝、秋雁等自然
美景相伴，然內心有著「鶯聲傷逐臣」「不才甘謫去」「謫宦投東道」
之不安心境。

　　劉長卿最後終於在寶應元年夏，代宗即位大赦，量移浙西某地，
歸至蘇州一帶。這次取道長江，經池州回航。〈初聞貶謫續喜量移登
干越亭贈鄭校書〉曰：「生涯已逐滄浪去，冤氣初逢澳汗收。何事還
邀遷客醉，春風日夜待歸舟。」表達出不須遠赴蠻荒受苦之喜樂。由
洪州量移浙西的回程中，有〈晚次苦竹館卻憶干越舊遊〉〈北歸次秋
浦界清溪館〉等二詩描述山水風光：

匹馬風塵色，千峰旦暮時。遙看落日盡，獨向遠山遲。
故驛花臨道，荒村竹映籬。（〈晚次苦竹館卻憶干越舊遊〉）

萬里猿啼斷，孤村客暫依。雁過彭蠡暮，人向宛陵稀。

（〈北歸次秋浦界清溪館〉）

苦竹館在饒州，清溪館在池州。清《一統志》卷三一一「饒州府」有
「苦竹坑水，在浮梁縣東北，源出祁門縣褚公嶺，西南流，五十里入
縣界，又十五里至凌村港口，入小北港。」又《太平寰宇記》卷一〇
五「池州」：「（隋開皇）十九年，於廢石城置秋浦縣，屬宣城郡。」
從這二詩「日盡」「遠山」「荒村」「猿啼」「孤村」諸詞看來，劉長卿

所描繪的山水詩是有荒寒意味的。

劉長卿在大曆十一年（776）時，因吳仲孺誣奏而貶至睦州（唐時屬江南東道，在今浙江淳安），直至建中元年（780）秋冬之際，遷隨州刺史後，才離開睦州，他在貶所待了約四年時間。﹝註21﹞前官為鄂岳轉運留後（大曆五年時），檢校祠部員外郎。期間巡行湘南，歷經岳、潭、衡、永、道、連、郴諸州，活動於長江中游和兩湖、兩廣等地。大曆九年時，受吳仲孺誣奏而去職東歸常州，於義興興建碧澗別墅。在大曆十一年時，朝廷命監察御史苗丕就地按覆，長卿之冤得雪，復籍，然仍貶為睦州司馬。於是由鄂州沿江而下，經江州、洪州，赴睦州任所。他從鄂岳轉運留後之官貶為睦州司馬，自長江中游鄂州順江而至下游睦州，在行旅山水中，隱含孤寂而白首之情懷，如：

> 孤舟百口渡，萬里一猿聲。
>
> 落日開鄉路，空山向郡城。（〈按覆後歸睦州贈苗侍御〉）
>
> 獨行風嫋嫋，相去水茫茫。
>
> 白首辭同舍，青山背故鄉。（〈江州留別薛六柳八二員外〉）
>
> 江上月明胡雁過，淮南木落楚山多。
>
> 寄身且喜滄州近，顧影無如白髮何。（〈江州重別薛六柳八二員外〉）
>
> 江海無行跡，孤舟何處尋。
>
> 青山空向淚，白月豈知心。（〈赴新安別梁侍御〉）

一人行旅途中，頻換渡口，身態已疲，加以猿聲、落日、空山等外在荒涼景象，強化內心之孤寂感，此時的劉長卿已屆天命之年，五十出頭，白髮之悲，亦可想而知。

韓愈在貞元十九年下詔被貶嶺南陽山後，即自長安往陽山之貶途中，寫下〈湘中〉〈同冠峽〉〈次同冠峽〉〈貞女峽〉等四首行旅山水詩。

> 猿愁魚踊水翻波，自古流傳是汨羅。
>
> 蘋藻滿盤無處奠，空聞漁父扣舷歌。（〈湘中〉）

﹝註21﹞詳參〔唐〕劉長卿著、儲仲君箋注：《劉長卿詩編年箋注》（北京：中華書局，1996 年 7 月（1999 重印）），「劉長卿簡表」，頁 586～587。

南方二月半，春物亦已少。維舟山水間，晨坐聽百鳥。
宿雲尚含姿，朝日忽昇曉。羈旅感和鳴，囚拘念輕矯。
潺湲淚久迸，詰曲思增繞。行矣且無然，蓋棺事乃了。
（〈同冠峽〉）

今日是何朝，天晴物色饒。落英千尺墮，遊絲百丈飄。
泄乳交巖脈，懸流揭浪標。無心思嶺北，猿鳥莫相撩。
（〈次同冠峽〉）

江盤峽束春湍豪，雷風戰鬥魚龍逃。
懸流轟轟射水府，一瀉百里翻雲濤。
漂船擺石萬瓦裂，咫尺性命輕鴻毛。（〈貞女峽〉）

上列四詩中，湘中、同冠峽和貞女峽位於嶺南之地，約在今湖南地帶。
赴陽山的心情是悲傷的，其「潺湲淚久迸」「無心思嶺北」「咫尺性命
輕鴻毛」之句俱已明示也。「自古流傳是汨羅」則將屈原遭貶之命運
與己作一結合。「落英千尺墮，遊絲百丈飄」和「懸流轟轟射水府，
一瀉百里翻雲濤」則寫出貶途中的宏闊風景。約一年後調任江陵法曹
參軍，赴江陵途中，行旅山水詩有〈宿龍宮灘〉〈題合江亭寄刺史鄒
君〉〈謁衡嶽廟遂宿嶽寺題門樓〉〈岣嶁山〉〈陪杜侍御游湘西兩寺獨
宿有題一首因獻楊常侍〉〈洞庭湖阻風贈張十一署〉〈岳陽樓別竇司直〉
〈晚泊江口〉等。試看以下三詩：

浩浩復湯湯，灘聲抑更揚。奔流疑激電，驚浪似浮霜。
夢覺燈生暈，宵殘雨送涼。如何連曉語，一半是思鄉。
（〈宿龍宮灘〉）

岣嶁山尖神禹碑，字青石赤形模奇。科斗拳身薤倒披，
鸞飄鳳泊拿虎螭。事嚴跡秘鬼莫窺，道人獨上偶見之。
我來咨嗟涕漣洏，千搜萬索何處有，森森綠樹猿猱悲。
（〈岣嶁山〉）

郡城朝解纜，江岸暮依村。二女竹上淚，孤臣水底魂。
雙雙歸蜇燕，一一叫群猿。回首那聞語，空看別袖翻。

（〈晚泊江口〉）

韓愈描寫龍宮灘之海景是奔流、驚浪，反映出內心之不安，故有思鄉之慰安。而峋嶁山尖及江岸暮村之景，透過「神禹碑」、「二女竹上淚，孤臣水底魂」之歷史故事，夏禹、舜之二女、屈原等悲事，刻畫出哀悲之心境。

韓愈在第二次自長安貶往潮州之路途中，行經藍田關、武關、鄧州、曲河驛、襄州宜城、韶州樂昌縣昌樂瀧、韶州始興郡、廣州峽山、廣州增城縣。如下圖所示：

圖 5　為韓愈自長安至貶地潮州之行走路線示意

韓愈說：「一封朝奏九重天，夕貶潮州路八千」（〈左遷至藍關示姪孫湘〉）及「我今罪重無歸望，直去長安路八千」（〈武關西逢配流吐蕃〉）可見這貶途有多麼遙迢，而這行旅中的景物描寫是如何的呢？試看以下諸例：

　　雲橫秦嶺家何在？雪擁藍關馬不前。（〈左遷至藍關示姪孫湘〉）

　　丘墳滿目衣冠盡，城闕連雲草樹荒。（〈題楚昭王廟〉）

惡溪瘴毒聚，雷電常洶洶。

鱷魚大於船，牙眼怖殺儂。〈〈瀧吏〉〉

潮陽未到吾能說，海氣昏昏水拍天。〈〈題臨瀧寺〉〉

韶州南去接宣溪，雲水蒼茫日向西。

〈〈晚次宣溪辱韶州張端公使君惠書敘別酬以絕句二章〉〉

雲昏水奔流，天水漭相圍……海風吹寒晴，波揚眾星輝。

〈〈宿曾江口示姪孫湘二首〉〉

八千里的坎坷路途，所見是昏寒幽暗的景象。這對貶謫士人來說，身心雙重的折磨，予人相當大的生命壓力。若將韓愈陽山和潮州兩次之貶綜合分析，可見其山水詩中蘊含貶謫情懷。如以下諸例：

竄逐蠻荒幸不死，衣食纔足甘長終。(謁衡嶽廟遂宿嶽寺題門樓)

靜思屈原沈，遠憶賈誼貶。

椒蘭爭妒忌，絳灌共讒諂。

(陪杜侍禦遊湘西兩寺獨宿有題一首因獻楊常侍)

羈旅感和鳴，囚拘念輕矯。(同冠峽)

前年遭譴謫，探曆得邂逅。(南山詩)

無心思嶺北，猿鳥莫相撩。(次同冠峽)

如何連曉語，一半是思鄉。(宿龍宮灘)

潮陽未到人先說，海氣昏昏水拍天。(題臨瀧寺)

嗟我亦拙謀，致身落南蠻。(宿曾江口示姪孫湘二首之二)

上舉八詩引句皆可看出韓愈的貶謫情懷，而他是如何將貶謫之事融入山水詩景象的描寫呢？我們從上舉 8 首來逐一分析。1 例中，「噴雲泄霧藏半腹，雖有絕頂誰能窮。我來正逢秋雨節，陰氣晦昧無清風」之景是陰鬱暗沈，所見之山是「仰見突兀撐青空」，最後「夜投佛寺上高閣，星月掩映雲曈朧。猿鳴鍾動不知曙，杲杲寒日生於東」，雲是模糊，日是寒幽，加上猿鳴鍾動聲響，更增添內心之寂寥。2 例中，一開頭則「長沙千里平，勝地猶在險」說明險要的勝地位置。「山樓黑無月，漁火燦星點。夜風一何喧，杉檜屢磨颭。猶疑在波濤，恍惚

夢成魘」此景是陰森可懼，末聯「輾轉嶺猿鳴，曙燈青睒睒。」加強內心之悲淒。3 例中，「維舟山水間，晨坐聽百鳥。宿雲尚含姿，朝日忽升曉」之景較爲清麗，但內心是「潺湲淚久迸，詰曲思增繞」。4 例中，「晴明出棱角，縷脈碎分繡。蒸嵐相澒洞，表裏忽通透。無風自飄簸，融液煦柔茂。橫雲時平凝，點點露數岫。天空浮修眉，濃綠畫新就。孤撑有巉絕，海浴褰鵬噣」則描寫南山奇險變幻之百態，「春陽潛沮洳」以下諸句接寫四時之景色。再接以「西南雄太白，突起莫間簉。」連以「昆明大池北，去覷偶晴晝。」幾乎將南山周圍綿延不絕之景描摹出來。5 例中，「落英千尺墮，遊絲百丈飄。泄乳交岩脈，懸流揭浪標」描寫飄蕩不安之景。6 例中，「奔流疑激電，驚浪似浮霜。夢覺燈生暈，宵殘雨送涼」勾摹驚悚悲涼之景。7 例中，「海氣昏昏水拍天」是種昏暗浪高之景。8 例中，「雲昏水奔流，天水溔相圍」及「海風吹寒晴，波揚眾星輝」描摹波浪不定、海面昏暗之景。唐人司空圖《題柳柳州集後序》云：「愚嘗覽韓吏部歌詩累百首，其驅駕氣勢，若掀雷抉電，奔騰於天地之間，物狀奇變，不得不鼓舞而徇其呼吸也。」〔註22〕可謂讀詩通透矣！

由以上 8 例的山水詩中，我們發現在韓愈在兩次無故遭貶謫之情緒主導下，其所描繪之山景是奇險突兀，而海景是昏曚飄蕩，山水對他來說是驚懼可怖，而非壯麗。〔註23〕因此在他兩次赴貶所途中，數度有死的感覺，如：

> 行矣且無然，蓋棺事乃了。(〈同冠峽〉)
>
> 漂船擺石萬瓦裂，咫尺性命輕鴻毛。(〈貞女峽〉)
>
> 知汝遠來應有意，好收吾骨瘴江邊。(〈左遷至藍關示姪孫湘〉)

總的來說，韓愈兩次遭貶，其貶地離京城極遠，遠至八千里，然貶期

〔註22〕詳見陳伯海《唐詩彙評》，頁 1594。

〔註23〕李肇《國史補》卷中：「韓愈好奇，與客登華山絕峯，度不可返，乃作遺書，發狂慟哭。華陰令百計取之，乃下。」詳見《唐五代筆記小說大觀》，頁 180。我們從韓愈山水詩中，已可判斷他對山水之懼矣。

不到三年，故貶地生活並不如劉禹錫和柳宗元深刻。因此在貶地並無留下山水詩，而行旅過程中的山水詩是極少，僅有〈湘中〉〈同冠峽〉〈次同冠峽〉〈貞女峽〉等詩。

劉禹錫在第一次貶往朗州途中，經荊州時，有〈荊門道懷古〉一首山水詩。詩曰：「南國山川舊帝畿，宋臺梁館尚依稀。馬嘶古樹行人歇，麥秀空城澤雉飛。風吹落葉填宮井，火入荒陵化寶衣。徒使詞臣庾開府，咸陽終日苦思歸。」表達一種荒寒的南國山川景象，透過北朝的庾信，表達自己苦思歸的心情。

元和十年劉禹錫第二次貶謫在赴連州途中，出長安時，不往東南翻越秦嶺，取道商州，反而向東行，先經洛陽，再往南行。因為洛陽是劉禹錫的故鄉，他曾說：「家本滎上，籍占洛陽。病辭江岸，老見鄉樹。」〔註24〕（〈汝州上後謝宰相表〉）由於這次貶地比上次十年前的朗州之貶甚遠，在家鄉親友的餞行後，心情相當沈重，故有「如今暫寄尊前笑，明日辭君步步愁」（〈赴連州途經洛陽，諸公置酒相送，張員外賈以詩見贈，率爾酬之〉）之句也。而他的戰友柳宗元則貶至柳州，兩人在衡陽湘水分道揚鑣，柳宗元往東南到柳州，劉禹錫則往南到連州。〈再授連州至衡陽酬柳柳州贈別〉詩云：「去國十年同赴召，渡湘千里又分歧。」貶途中的最後一站是桂嶺，桂嶺在連州桂陽縣，這是個渺無人煙的地方，其〈度桂嶺歌〉曰：「桂陽嶺，下下復高高。人稀鳥獸駭，地遠草木豪。寄言千金子，知余歌者勞。」而這貶途中，他共寫下〈赴連山途次德宗山陵寄張員外〉〈赴連州途經洛陽，諸公置酒相送，張員外賈以詩見贈，率爾酬之〉〈後梁宣明二帝碑堂下作〉〈望衡山〉〈再授連州至衡陽酬柳柳州贈別〉〈重答柳柳州〉〈答柳子厚〉〈度桂嶺歌〉等行旅詩，其中僅〈望衡山〉為山水詩。〈望衡山〉詩云：

東南倚蓋卑，維嶽資柱石。前當祝融居，上拂朱鳥翮。
青冥結精氣，滂礴宣地脈。還聞膚寸陰，能致彌天澤。

（《劉禹錫詩集編年箋注》，頁200）

〔註24〕瞿蛻園校點：《劉禹錫全集》，上海古籍出版社，頁118。

此詩作於元和十年劉禹錫從長安赴連州途經衡山時。《元和郡縣圖志》卷二十九「江南道」五「衡州・衡山縣」載曰：「衡山，南嶽也。一名岣嶁山，在縣西三十里。《南嶽記》曰：『衡山者，朱陽之靈臺，太虛之寶洞。』又云：『赤帝館其嶺，祝融託其陽，以其宿當翼、軫，度應機、衡，故爲名。』又曰：『上如車蓋及衡軛之形，山高四千一十丈。』」〔註25〕已清楚介紹衡山的種種。而在劉禹錫筆下的衡山是高大壯闊，故以「東南倚蓋卑，維嶽資柱石」形容之。「前當祝融居」具有古代神話的色彩，衡山之精神則展現在精氣的變化，比山高一層的天空與地脈連成一氣，勾出山的壯觀，故有「青冥結精氣，滂礴宣地脈」之句也。

柳宗元在元和十年三月第二次再貶爲柳州刺史（今廣西柳州）。《舊唐書憲宗紀》載曰：「（元和十年三月）乙酉，⋯⋯以永州司馬柳宗元爲柳州刺史，⋯⋯」而自永州司馬徙爲柳州刺史中間，柳宗元曾接到詔書返京，不久又自京城遠赴柳州貶地。其〈詔追赴都二月至灞亭上〉詩云：「十一年前南渡客，四千里外北歸人。詔書許逐陽和至，驛路開花處處新。」可知柳宗元在元和十年二月已由永州返至長安附近的灞亭。返京途中，作有〈離觴不醉至驛卻寄相送諸公〉〈詔追赴都迴寄零陵親故〉〈界圍巖水簾〉〈過衡山見新花開卻寄弟〉〈汨羅遇風〉〈北還登漢陽北原題臨川驛〉〈善謔驛和劉夢得酹淳于先生〉〈清水驛叢竹天水趙云余手種一十二莖〉〈李西川薦琴石〉等詩。召還京城後，停留約一個月，在三月即接到貶爲柳州刺史的命令，因此立刻啓程至柳州。赴柳途中，他寫下〈長沙驛前南樓感舊〉〈衡陽與夢得分路贈別〉〈再上湘江〉〈再至界圍巖水簾遂宿巖下〉〈桂州北望秦驛手開竹逕至釣磯留待徐容州〉〈嶺南江行〉等詩，其中〈再至界圍巖水簾遂宿巖下〉〈嶺南江行〉則屬行旅山水詩。〈再至界圍巖水簾遂宿巖下〉詩云：

〔註25〕李吉甫撰《元和郡縣圖志》下，北京：中華書局，頁706。

發春念長違，中夏欣再睹。是時植物秀，杳若臨懸圃。
歊陽訝垂冰，白日驚雷雨。笙簧潭際起，鸑鷟雲間舞。
古苔凝青枝，陰草濕翠羽。蔽空素綵列，激浪寒光聚。
的皪沈珠淵，錚鳴捐佩浦。幽巖畫屏倚，新月玉鈎吐。
夜涼星滿川，忽疑眠洞府。

詩前有序謂「是年出刺柳州。五月復經此。」全詩幾乎俱爲景句，描
寫水簾特殊景觀相當細膩，「歊陽訝垂冰，白日驚雷雨。笙簧潭際起，
鸑鷟雲間舞。」以垂冰和雷雨形容水簾外觀，笙簧形容水聲，鸑鷟則
形容水自高而下。「的皪沈珠淵」狀水花飛濺，而「錚鳴捐佩浦」狀
水石相擊之聲。末四句則寫其倚枕幽巖下，在星月相伴的夜景下，如
眠神仙所居之洞天。全詩毫無赴貶途之身心疲累，取而代之的是一種
投入大自然的享受。另外，之前柳宗元自永州召還時，同樣經過湘江
的界圍巖，曾寫下〈界圍巖水簾〉：

界圍匯湘曲，青壁環澄流。懸泉粲成簾，羅注無時休。
韻磬叩凝碧，鏘鏘徹巖幽。丹霞冠其巔，想象凌虛遊。
靈境不可狀，鬼工諒難求。忽如朝玉皇，天冕垂前旒。
楚臣昔南逐，有意仍丹丘。今我始北旋，新詔釋縲囚。
采眞誠眷戀，許國無淹留。再來寄幽夢，遺貯催行舟。

前十二句俱在寫景，水簾即是懸泉之特殊景觀，外形正如「天冕垂前
旒」，皇帝冠冕前懸垂的珠串。首次到訪，行舟匆匆，因其「新詔釋
縲囚」，擺脫十年囚徒生活，急欲回到京城。不久後，果然「再來寄
幽夢」，而有〈再至界圍巖水簾遂宿巖下〉一詩，此次竟宿眠巖下，
眞是悠哉！再如〈嶺南江行〉：

瘴江南去入雲煙，望盡黃茆是海邊。
山腹雨晴添象跡，潭心日暖長蛟涎。
射工巧伺遊人影，颶母偏驚旅客船。
從此憂來非一事，豈容華髮待流年。（《柳宗元詩箋釋》，頁302）

元和十年六月，柳宗元入桂赴柳途中作此詩。瘴江是條可怕的江。據
《元和郡縣圖志・嶺南道・廉州》謂曰：「瘴江，州界有瘴名，爲合

浦江。……自瘴江至此，瘴癘尤甚，中之者多死，舉體如墨。春秋兩時彌甚，春謂青草瘴，秋謂黃茅瘴。」所以「從此憂來非一事」指其內心不僅貶謫一事之憂，尚憂貶地生存之困境，瘴江、黃茅、象跡、蛟涎、射工、颶母等關乎到生命健康之危害，病況累積後，在元和十四年時，柳宗元竟以四十七歲之年壽，死於貶所。〔註26〕

　　元稹赴江陵途中，他寄十七首詩給白居易。白居易〈和答詩十首·和思歸樂〉之序云：「及足下到江陵，寄在路所為詩十七章，凡五六千言，言有為，章有旨，迨於宮律體裁，皆得作者風。」這些行旅詩大都是抒發個人困頓之情，涉及山水景色者甚少，如：

　　　　褊淺無所用，奔波奚所營。

　　　　團團井中水，不復東西征。(分水嶺)

　　　　況我三十二，百年未半程。

　　　　江陵道塗近，楚俗雲水清。(思歸樂)

　　　　遺落在人世，光華那復深。

　　　　年年怨春意，不競桃杏林。(桐花)

上列三詩顯示，從西安到江陵的路途中，他從漢水南下，經襄陽，而至江陵。其〈渡漢江〉和〈襄陽道〉可為證。〈渡漢江〉(詩序：去年春，奉使東川，經嶓冢山下。)詩曰：「嶓冢去年尋漾水，襄陽今日渡江漬。山遙遠樹纔成點，浦靜沈碑欲辨文。萬里朝宗誠可羨，百川流入渺難分。鯢鯨歸穴東溟溢，又作波濤隨伍員。」

　　當時白居易本在長安擔任太子贊善大夫一職，被貶江州後，他必須從長安往東南而至江州，故而他先到長安東南的藍田縣，然後越過秦嶺，經商州，行至襄陽，改由水路（漢水）往南，〔註27〕經郢州，再到鄂州，接長江往東走，則到江州。〔註28〕藍田到江州約近四千里，

〔註26〕韓愈《柳子厚墓誌銘》說：「子厚以元和十四年十一月八日卒，年四十七。」詳見《韓愈集》卷32，〈碑志〉，頁360。

〔註27〕其詩曰：「下馬襄陽郭，移舟漢陰驛。」(〈襄陽舟夜〉)

〔註28〕關於白居易貶謫路線，請一邊閱讀白居易詩，一邊參閱譚其驤主編：《中國歷史地圖集》第五冊：隋、唐、五代十國時期，(北京：中國

「潯陽近四千，始行七十里。」（〈初出藍田路作〉）這段遙遠之路途，想必是顛沛流離。

圖6　為白居易自長安至貶地江州之行走路線圖

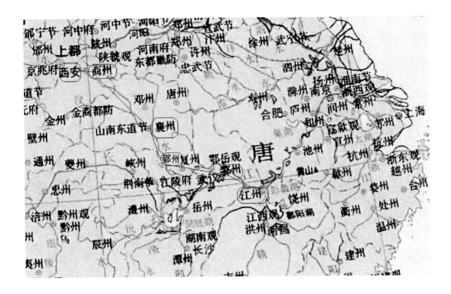

以下引詩可證：

絕頂忽上盤，眾山皆下視。

下視千萬峰，峰頭如浪起。（〈初出藍田路作〉）

春雪君歸日，秦嶺秋風我去時。（〈藍橋驛見元九詩〉）

望秦嶺上回頭立，無限秋風吹白鬚。（〈初貶官過望秦嶺〉）

秋風截江起，寒浪連天白。（〈襄陽舟夜〉）

江雲闇悠悠，江風冷修修。

夜雨滴船背，風浪打船頭。（〈舟中雨夜〉）

白雪樓中一望鄉，青山簇簇水茫茫。（〈登郢州白雪樓〉）

其貶途所見的景象乃峰頭如浪起、秋風、寒浪、雲闇、風冷、夜雨、風浪、水茫茫，可知白居易「人煩馬蹄跙，勞苦已如此。」（〈初出藍

地圖出版社，1996年6月重印），頁38～39。

田路作〉）舟車勞頓，身心俱疲。

　　白居易是在江州待了近四年後，即由江州司馬升遷爲忠州刺史。
樂天元和十四年三月到達忠州，十五年冬回長安，在忠州前後不滿二
年。〔註29〕忠州在今四川忠縣，唐時屬山南東道，在長江上游地段，
而江洲屬長江中下游段，因此白居易必須溯江而西上，其間到過鄂
州、江陵、夷陵，再行經三峽，先是西陵峽、巫峽，最後是瞿塘峽，
然後到達忠州。白居易描述長江水路西上之沿途風光：

　　春岸綠時連夢澤，夕波紅處近長安。

　　猿攀樹立啼何苦，雁點湖飛渡亦難。（〈題嶽陽樓〉）

　　上有萬仞山，下有千丈水。蒼蒼兩崖間，闊狹容一葦。

　　瞿唐呀直瀉，灩澦屹中峙。未夜黑巖昏，無風白浪起。

　　大石如刀劍，小石如牙齒。一步不可行，況千三百里。

　　（〈初入峽有感〉）

　　巫山暮足霑花雨，隴水春多逆浪風。

　　兩片紅旌數聲鼓，使君艛艓上巴東。（〈入峽次巴東〉）

　　瞿唐天下險，夜上信難哉。岸似雙屏合，天如匹帛開。

　　逆風驚浪起，拔稔暗船來。（〈夜入瞿唐峽〉）

　　今來轉深僻，窮峽巔山下。五月斷行舟，灩堆正如馬。

　　巴人類猿狄，矍鑠滿山野。（〈自江州至忠州〉）

　　山束邑居窄，峽牽氣候偏。林巒少平地，霧雨多陰天。

　　隱隱煮鹽火，漠漠燒畬煙。賴此東樓夕，風月時翛然。

　　（〈初到忠州登東樓寄萬州楊八使君〉）

　　鶯聲誘引來花下，草色句留坐水邊。

　　唯有春江看未厭，縈砂遶石漾潺湲。（〈春江〉）

　　白狗次黃牛，灘如竹節稠。路穿天地險，人續古今愁。

　　忽見千花塔，因停一葉舟。畏途常迫促，靜境暫淹留。

　　巴曲春全盡，巫陽雨半收。（〈發白狗峽次黃牛峽登高寺卻望忠州〉）

〔註29〕羅聯添著：《白樂天年譜》，（臺北市：國立編譯館，民國 78 年 7 月
　　初版），頁 175。

當他經過嶽陽樓時，透過猿之苦啼和雁之難渡，反映其內心之悲苦，緊接著進入三峽，「上有萬仞山，下有千丈水」說出此地山水之駭人，水深則行舟須注意安全，山高則視線不佳，他再形象化地描寫此地之險，像是「大石如刀劍，小石如牙齒」這種比喻實令人驚恐萬分。又如「未夜黑巖昏，無風白浪起」強調雖白日行駛三峽，然因山高而光線很難照射進來，故覺氣候陰暗而詭譎。再如「岸似雙屏合，天如匹帛開」「山束邑居窄，峽牽氣候偏」「路穿天地險，人續古今愁」「巫山暮足霑花雨，隴水春多逆浪風」「五月斷行舟，灩堆正如馬」諸句，皆反覆致意三峽之險峻。因此行舟此地，生死一線，令人畏恐，而有「常恐不才身，復作無名死」之概嘆矣。二年後，在他離開忠州途中，寫了〈發白狗峽次黃牛峽登高寺卻望忠州〉一詩，其中有「巴曲春全盡，巫陽雨半收」之景句，說明雖遠離忠州，而仍思念此地之麗景，故有「忽見千花塔，因停一葉舟」之句，全詩情景合一，藝術手段高妙。

　　總之，透過中唐六位詩人在貶途中所寫的山水詩，我們發現貶途風景大都是荒寒昏暗而尖山驚浪的，且伴隨猿啼浪聲，心境上則呈現悲苦驚恐。正如宋人周輝《清波雜志》卷四所謂：「放臣逐客，一旦棄置於外，其憂悲憔悴之嘆，發於詩什，特為酸楚。」

第三節　中唐詩人在貶地生活之山水風光

　　清人喬億《劍溪說詩》稱：「永柳山水孤峻，與永嘉隴蜀各別，故子厚詩文，不必謝之深秀，杜之險壯，但寓目輒書，自然獨造。」及沈德潛《說詩晬語》卷下所謂：「遊山水詩，永嘉山水主靈秀，謝康樂稱之，蜀中山水主險隘，杜工部稱之，永州山水主幽峭，柳儀曹稱之。略一轉移，失卻山川面目。」兩則詩話提出了不同地域有相異的山水風貌，而中唐詩人被貶之地域遍及長江上中下游及嶺南地區，若從地域角度區分，應當能清楚掌握南方貶地之各種景象。

一、長江上游之貶地——忠州、通州、遂州長江縣（蜀，今四川省）

中唐詩人貶謫至長江上游之地有忠州、通州和長江，俱屬四川省。從時間點看，元稹在元和十年先貶至通州，後白居易在元和十四年再至忠州，最後是賈島於開成二年貶至遂州長江縣，以下則分別論述之。

元和十年，元稹三十七歲時，出爲通州司馬，即由長安赴通州就任，〔註30〕至元和十四年離任，通州在唐時屬山南西道。他在通州（今達州）四年期間，與江州的白居易互相唱和。《舊唐書・元稹列傳116》卷一六六載曰：「俄而白居易亦貶江州司馬，稹量移通州司馬。雖通、江懸邈，而二人來往贈答。凡所爲詩，有自三十、五十韻，乃至百韻的。江南人士，傳道諷誦，流聞闕下，里巷相傳，爲之紙貴。<u>觀其流離放逐之意，靡不淒惋</u>。」自「觀其流離放逐之意，靡不淒惋」之句判斷，元稹在通州之山水詩似乎不多，即使有的話，應當是將其淒惋之意融入山水之景中，如：

1、古時應是山頭水，自古流來江路深。若使江流會人意，也應知我遠來心。（〈嘉陵水〉）

2、知君暗泊西江岸，讀我閒詩欲到明。今夜通州還不睡，滿山風雨杜鵑聲。（〈酬樂天舟泊夜讀微之詩〉）

3-1 月濛濛兮山掩掩，束束別魂眉斂斂。蠹珧覆時天欲明，碧幌青燈風灩灩。淚消語盡還暫眠，唯夢千山萬山險。

3-2 水環環兮山簇簇，啼鳥聲聲婦人哭。離床別臉睡還開，燈炧暗飄珠蔌蔌。山深虎橫館無門，夜集巴兒扣空木。

3-3 雨瀟瀟兮鵑咽咽，傾冠倒枕燈臨滅。倦僮呼喚應復眠，啼雞拍翅三聲絕。握手相看其奈何，奈何其奈天明別。

（〈通州丁溪館夜別李景信三首〉）

第一首在描述嘉陵水「自古流來江路深」廣大之景時，融入「也應知

我遠來心」貶謫之情。餘二首之「滿山風雨杜鵑聲」、「月濛濛兮山掩掩」、「水環環兮山簇簇」、「雨瀟瀟兮鵑咽咽」等寫景句中，亦加入了個人悽惋之情。

　　元稹在通州四年後，接著是白居易調至忠州，由司馬轉為刺史，雖名之為升任，然仍在蠻荒之地。當他到忠州後，所見則是一片荒涼景象：「林巒少平地，霧雨多陰天。隱隱煮鹽火，漠漠燒畬煙。」在忠州生活，以春江為伴，其〈春江〉詩云：「炎涼昏曉苦推遷，不覺忠州已二年。閉閣只聽朝暮鼓，上樓空望往來船。鶯聲誘引來花下，草色句留坐水邊。唯有春江看未厭，縈砂遶石漾潺湲。」從中可見其山水情懷。他又栽桃種杏，以解寂愁，〈種桃杏〉詩曰：「無論海角與天涯，大抵心安即是家。路遠誰能念鄉曲，年深兼欲忘京華。忠州且作三年計，種杏栽桃擬待花。」另外他以七絕形式創作〈竹枝詞〉四首，富有民歌特色，反映四川民俗風情兼寫景，如：

> 瞿唐峽口水煙低，白帝城頭月向西。
> 唱到竹枝聲咽處，寒猿暗鳥一時啼。
> 竹枝苦怨怨何人，夜靜山空歇又聞。
> 蠻兒巴女齊聲唱，愁殺江南病使君。
> 巴東船舫上巴西，波面風生雨腳齊。
> 水蓼冷花紅簇簇，江蘺濕葉碧淒淒。
> 江畔誰人唱竹枝，前聲斷咽後聲遲。
> 怪來調苦緣詞苦，多是通州司馬詩。

在「瞿唐峽口水煙低，白帝城頭月向西」、「夜靜山空歇又聞」之山水景色中，融入地方竹枝特點，「水蓼冷花紅簇簇，江蘺濕葉碧淒淒」則帶有悲傷情調。

　　四川之貶地除了元稹、白居易先後來此外，賈島晚年亦貶至此，他在五十九歲時，坐飛謗責授遂州長江縣主簿，此地唐時屬劍南道。六十二歲時，遷普州司倉參軍，六十五歲時，卒於官舍，葬於普州，其所任二職皆在四川。賈島晚年貶官至長江縣三年期間，約有八首

詩，〔註31〕然山水詩甚少，僅〈題長江廳〉一首，其曰：

> 言心俱好靜，廨署落暉空。歸吏封宵鑰，行蛇入古桐。
> 長江頻雨後，明月眾星中。若任遷人去，西溪與剗通。

「廨署落暉空」和「長江頻雨後，明月眾星中」之句描寫的是一種清新而深具禪意的景色，雖貶謫至此，然詩中並未顯露悲悽之情。

二、長江中游之貶地——朗州、江陵

劉禹錫在〈劉氏集略說〉中說：「及謫於沅、湘間，為江山風物之所蕩，往往指事成歌詩，或讀書有所感，輒立評議。」〔註32〕提供一條關於促成他山水詩成就之主因的線索，亦即政治上的貶謫使他有機會接觸南方江山風物，從而產生許多山水詩篇。劉禹錫從長安貶至湖南的朗州，在人們眼中是個蠻荒之地，它在唐時屬江南西道，今湖南常德市。在朗州所創作的眾多篇什中，屬山水詩者，則有〈步出武陵東亭臨江寓望〉〈洞庭秋月行〉〈遊桃源一百韻〉等三首。〔註33〕〈步出武陵東亭臨江寓望〉詩云：

> 鷹至感風候，霜餘變林麓。孤帆帶日來，寒江轉沙曲。
> 戍搖旗影動，津晚櫓聲促。月上彩霞收，漁歌遠相續。

（《劉禹錫詩集編年箋注》，頁 148）

全詩寫劉禹錫臨江時所見聞之景物，首聯敏銳觀察出物候天氣之速變，正如其永貞新之速敗，頷聯寫孤帆航行於曲折之寒江中，似乎抒寫其孤獨之心境，頸聯的旗影動和櫓聲促，亦增其貶謫之悲涼，末聯的彩霞收，景雖暗淡，然漁歌此起彼落，則又寫其樂觀心情。八句雖

〔註31〕 分別有〈赴長江道中寄令狐相公〉〈觀冬設上東川楊尚書〉〈謝令狐相公賜衣九事〉〈寄令狐相公〉〈驪駿勝贏馬〉〈寄令狐相公〉〈官高頻敕授〉〈題長江〉〈鄭尚書新開滘江二首〉〈贈圓上人〉等詩，請詳參李嘉言新校，賈島著：《長江集新校》，頁 201～202。

〔註32〕 〔唐〕劉禹錫著，瞿蛻園校點：《劉禹錫全集》（上海市：上海古籍出版社，1999 年），卷 20，〈雜著〉，頁 141。

〔註33〕 關於劉禹錫詩之繫年分期及注解，可參閱蔣維崧、趙蔚芝、陳慧星、劉聿鑫箋注：《劉禹錫詩集編年箋注》（濟南：山東大學出版社），1997 年 9 月。

寫黃昏江景，然景情交融，手法高明。再如〈洞庭秋月行〉：

洞庭秋月生湖心，層波萬頃如鎔金。
孤輪徐轉光不定，遊氣濛濛隔寒鏡。
是時白露三秋中，湖平月上天地空。
嶽陽城頭暮角絕，蕩漾已過君山東。
山城蒼蒼夜寂寂，水月逶迤繞城白。
蕩槳巴童歌竹枝，連檣估客吹羌笛。
勢高夜久陰力全，金氣肅肅開清躔。
浮雲野馬歸四裔，遙望星斗當中天。
天雞相呼曙霞出，斂影含光讓朝日。
日出喧喧人不閒，夜來清景非人間。

（《劉禹錫詩集編年箋注》，頁155）

由末句「夜來清景非人間」知其所描寫為洞庭夜色清景。前六句狀秋月投射在湖面之濛濛幽景，時而湖面如鏡，時而層波如鎔金，用比喻法具體形容湖景，再寫迴盪之號角聲和湖上遊客之歌聲，秋氣肅肅，浮雲四散，仰望星斗遙現，一夜過了，曙霞朝日將出。自黑夜到日出，隨著時間推移，光影變化，寫景細微，面面俱到。在韻腳上，首兩句句尾「心」「金」，押「侵」韻；接著兩句句尾「定」「鏡」，押「徑」「敬」韻，同韻；接著四句句尾「中」「空」「東」，押「東」韻；再四句句尾「寂」「白」「笛」，押「錫」韻；再兩句句尾「全」「躔」，押「先」韻；再兩句句尾「出」「日」，押「質」韻；末兩句句尾「閒」「間」，押「刪」韻。韻腳之多變，如同其內心五味雜陳之情緒。而〈遊桃源一百韻〉之篇幅長達千字之多，在體式上有獨特貢獻，我在體式那章已論述過，在此則不再贅述。

長江中游除了朗州外，尚有江陵。元稹到了江陵後，因地處蠻荒，故其筆下的自然景象是荒涼的，如：

不堪堤上立，滿眼是蚊蟲。（閒二首）

水怪潛幽草，江雲擁廢居。（夜雨）

江瘴炎夏早，蒸騰信難度。（表夏，十首之三）

漠漠江面燒，微微楓樹煙。(解秋，十首之十)

生活在惡劣的環境下，他的健康狀況亦漸受威脅，其〈遣病，十首之一〉表達江陵瘴氣的可怕：「服藥備江瘴，四年方一瘳。豈是藥無功，伊予久留滯。滯留人固薄，瘴久藥難制。去日良已甘，歸途奈無際。」而〈痁臥聞幕中諸公徵樂會飲因有戲呈三十韻〉一詩描述病情相當清楚：「濩落因寒甚，沈陰與病偕。藥囊堆小案，書卷塞空齋。脹腹看成鼓，羸形漸比柴。道情憂易適，溫瘴氣難排。治爐扶輕杖，開門立靜街。耳鳴疑暮角，眼暗助昏霾。」元稹病情已嚴重到「骨瘦如柴，腹部腫脹，扶杖行走，耳鳴又眼暗」之地步了。

南方和北方之風物環境本有極大不同，這在他送別朋友之序就有體認到，其〈送崔侍御之嶺南二十韻〉序有云：「古朋友別。皆贈以言。況南方物候飲食。與北土異。其甚者。夷民喜聚蠱。祕方云。以含銀變黑為驗。攻之重雄黃。海物多肥腥。啖之好嘔泄。驗方云。備之在鹹食。嶺外饒野菌。視之蟲蠱者無毒。羅浮生異果。察其鳥啄者可餐。大抵珠璣玳瑁之所聚。貴潔廉。湮鬱暑溼之所蒸。避溢慾。其餘道途所慎。離愴之懷。盡之二百言矣。敘不復云。」元稹因長居南方，致身染重病，故此時好友白居易寄藥給他，白居易〈聞微之江陵臥病以大通中散碧腴垂雲膏寄之因題四韻〉詩曰：「憑人寄向江陵去，道路迢迢一月程。未必能治江上瘴，且圖遙慰病中情。」而在江陵五年間，元稹經由李景儉撮合，元和六年納安氏為妾(元和五年作離思五首悼念韋叢)，共生三子女，分別名為「荊」「樊」「降真」，可惜的是安氏在元和九年時病卒，因此縱使元稹如何的虛弱，然有好友及家人之關懷，在江陵五年應不虛度矣！

除了江瘴荒涼之景外，元稹也將四時之景描寫出來，如：

水生低岸沒，梅瘦小珠連。(〈遣春〉，三首之一)

空濛天色嫩，杳淼江面平。(〈遣春〉，十首之二)

鏡皎碧潭水，微波粗成文。

煙光垂碧草，瓊脈散纖雲。(〈遣春〉，十首之三)

　　低迷籠樹煙，明淨當霞日。

　　陽焰波春空，平湖漫凝溢。（〈遣春〉，十首之四）

　　孟月夏猶淺，奇雲未成峰。

　　度霞紅漠漠，壓浪白溶溶。（〈表夏〉之四）

　　日暮江上立，蟬鳴楓樹黃。（〈解秋〉，十首之三）

　　雲色日夜白，驕陽能幾何。（〈解秋〉，十首之四）

　　夜閒心寂默，洞庭無垢氛。（〈解秋〉，十首之五）

　　扣冰淺塘水，擁雪深竹闌。（〈寒〉）

在江陵期間，他也遊歷洞庭湖和湖南一帶，並寫下美麗的詩句，如下
列五首：

　　人生除泛海，便到洞庭波。駕浪沈西日，吞空接曙河。

　　虞巡竟安在，軒樂詎曾過。唯有君山下，狂風萬古多。

　　（〈洞庭湖〉）

　　高處望瀟湘，花時萬井香。雨餘憐日嫩，歲閏覺春長。

　　霞刹分危榜，煙波透遠光。情知樓上好，不是仲宣鄉。

　　（〈湘南登臨湘樓〉）

　　晚日宴清湘，晴空走艷陽。花低愁露醉，絮起覺春狂。

　　舞旋紅裙急，歌垂碧袖長。甘心出童羖，須一盡時荒。

　　（〈晚宴湘亭〉）

　　觀象樓前奉末班，絳峰只似殿庭間。

　　今日高樓重陪宴，雨籠衡岳是南山。

　　（〈陪張湖南宴望嶽樓禛為監察禦史張中丞知雜事〉）

　　嶽陽樓上日銜窗，影到深潭赤玉幢。

　　悵望殘春萬般意，滿櫳湖水入西江。（〈嶽陽樓〉）

他還有二首登龍山之作品，頗有謝靈運山水詩風，其〈早春登龍山靜
勝寺時非休澣司空特許是行因贈幕中諸公〉寫到：「謝傅知憐景氣新，
許尋高寺望江春。龍文遠水吞平岸，羊角輕風旋細塵。山茗粉含鷹嘴
嫩，海榴紅綻錦窠勻。歸來笑問諸從事，占得閒行有幾人。」又〈奉
和嚴司空重陽日同崔常侍崔郎中及諸公登龍山落帽臺佳宴〉：「謝公愁

思眇天涯,蠟屐登高爲菊花。貴重近臣光綺席,笑憐從事落烏紗。萸房暗綻紅珠朵,茗碗寒供白露芽。詠碎龍山歸去號,馬奔流電妓奔車。」

李景儉、張季友、王文仲、王衆仲等人邀請元稹宴遊,寫下一首〈泛江玩月十二韻〉之詩。詩前有序曰:「予以元和五年,自監察禦史貶授江陵士曹掾。六月十四日,張季友、李景儉二侍禦。王文仲司錄、王衆仲判官兩昆季,爲予載酒炙,選聲音,自府城之南橋(一作淮),乘(一作攀)月泛舟。窮竟一夕,予因賦詩以紀之。」其中李景儉即是介紹安氏給元稹作妾之媒人。本詩有諸多寫景句,相當清麗,如:

> 同泛(一作況是)月臨江,遠樹懸金鏡。深潭倒玉幢,委波添淨練。洞照減凝釭,闐咽沙頭市。玲瓏竹岸窗,巴童唱巫峽。海客話神瀧,已困連飛盞。猶催未倒缸,飲荒情爛熳。

元稹細寫與友人們通宵達旦之宴遊情景,如實地將江陵此地之山水風光呈現出來,令人流連忘返。

三、長江下游之貶地——洪州、睦州、江州

(一)洪　州

劉長卿從蘇州啓程,南經湖州、衢州、饒州,再往西南走,則至待命地——洪州。在洪州待命期間,他也遊覽鄱陽、餘干等地,寫下一些山水詩,如〈將赴嶺外留題蕭寺遠公院寺即梁朝蕭內史創〉〈奉陪鄭中丞自宣州解印與諸姪宴餘干後溪〉等。許多景句加入古人遺事,頗具懷古意味,如:

> 內史舊山空日暮,南朝古木向人秋。
> 天香月色同僧室,葉落猿啼傍客舟。
> (〈將赴嶺外留題蕭寺遠公院寺即梁朝蕭內史創〉)
>
> 林中阮生集,池上謝公題。戶牖垂藤合,藩籬插槿齊。
> 夕陽山向背,春草水東西。度雨諸峰出,看花幾路迷。
> (〈奉陪鄭中丞自宣州解印與諸姪宴餘干後溪〉)

內史乃指梁人蕭穎達。《梁書·蕭穎達傳》載曰:「俄復爲侍中、衛尉卿,出爲信威將軍、豫章內史。」豫章即洪州也。而阮生和謝公則分

別是魏晉六朝的阮籍和謝靈運。

　　之後接到朝廷命令回蘇州。先行經湖州前溪館，再回至蘇州舊官舍。有〈敕恩重推使牒追赴蘇州次前溪館作〉及〈自江西歸至舊官舍贈袁贊府〉之詩可證也。〔註34〕〈敕恩重推使牒追赴蘇州次前溪館作〉詩曰：「漸入雲峰**裏**，愁看驛路開。亂鴉投落日，疲馬向空山。」可見其行旅之疲憊，又〈自江西歸至舊官舍贈袁贊府〉：「卻見同官喜復悲，此生何幸有歸期。」誠可見其回歸蘇州之喜。不久又重推至洪州待命，〈重推後卻赴嶺外待進止寄元侍郎〉詩曰：「大造功何薄，長年氣尚冤」表達出對貶謫未決的無奈。這次在謫居江西期間，他又遊覽餘干、江州等地，此時他留下許多貶地山水詩，如〈夕次擔石湖夢洛陽親故〉〈登餘干古縣城〉〈秋杪江亭有作〉〈登思禪寺上方題修竹茂松〉〈自鄱陽還道中寄褚徵君〉〈和靈一上人新泉〉〈一公新泉〉〈餘干夜宴奉餞前蘇州韋使君新除婺州作〉〈過鄭山人所居〉等詩。他將江西一帶的各種景象表現地相當活靈：

　　　萬里雲海空，孤帆向何處。寄身煙波**裏**，頗得湖山趣。
　　　江氣和楚雲，秋聲亂楓樹。（〈夕次擔石湖夢洛陽親故〉）

　　　孤城上與白雲齊，萬古荒涼楚水西。
　　　官舍已空秋草綠，女牆猶在夜鳥啼。
　　　平江渺渺來人遠，落日亭亭向客低。
　　　沙鳥不知陵谷變，朝飛暮去弋陽溪。（〈登餘干古縣城〉）

　　　寂寞江亭下，江楓秋氣斑。世情何處澹，湘水向人間。
　　　寒渚一孤雁，夕陽千萬山。（〈秋杪江亭有作〉）

　　　上方幽且暮，臺殿隱蒙籠。遠磬秋山**裏**，清猿古木中。
　　　眾溪連竹路，諸嶺共松風。（〈登思禪寺上方題修竹茂松〉）

　　　南風日夜起，萬里孤帆漾。
　　　元氣連洞庭，夕陽落波上。（〈自鄱陽還道中寄褚徵君〉）

〔註34〕前溪館在湖州武康縣。據《太平寰宇記》卷九四「湖州武康縣」所載：「前溪，在縣西一百步。前溪者，古永安縣前之溪也。今德清縣有後溪也。邑人晉充家於此溪。樂府有〈前溪曲〉，則充之所製。」

石淺寒流處，山空夜落時。

夢間聞細響，虛澹對清漪。（〈和靈一上人新泉〉）

落地纔有響，噴石未成痕。

獨映孤松色，殊分眾鳥喧。（〈一公新泉〉）

行春五馬急，向夜一猿深。山過康郎近，星看婺女臨。

（〈餘干夜宴奉餞前蘇州韋使君新除婺州作〉）

寂寂孤鶯啼杏園，寥寥一犬吠桃源。

落花芳草無尋處，萬壑千峰獨閉門。（〈過鄭山人所居〉）

以上所引諸詩中，或視覺上的賞心，如「江氣和楚雲」、「孤城上與白雲齊」、「江楓秋氣斑」、「眾溪連竹路」、「夕陽落波上」、「山空夜落時」、「獨映孤松色」；或聽覺上的悅耳，如「秋聲亂楓樹」、「遠磬秋山裏」、「夢間聞細響」、「殊分眾鳥喧」、「寂寂孤鶯啼杏園」諸句，皆顯示出劉長卿對自然景象的感受力十分深刻。

（二）睦　州

劉長卿到了睦州後，許多山水詩的創作大都集中在應酬送別友人和當地的遊覽風光。在應酬送別友人身分中又可分官員、僧人和道士三類，官員者如：

月明江路聞猿斷，花暗山城見吏稀。

惟有郡齋窗裏岫，朝朝長對謝玄暉。（〈送柳使君赴袁州〉）

離別江南北，汀洲葉再黃。路遙雲共水，砧迴月如霜。

（〈酬皇甫侍御見寄時相國姑臧公初臨郡〉）

黃葉一離一別，青山暮暮朝朝。

寒江漸出高岸，古木猶依斷橋。（〈蛇浦橋下重送嚴維〉）

寒江鳴石瀨，歸客夜初分。人語空山答，猿聲獨戍聞。

（〈酬李員外崔錄事載華宿三河戍先見寄〉）

晚暮相依分，江潮欲別情。水聲冰下咽，砂路雪中平。

（〈酬張夏雪夜赴州訪別途中苦寒作〉）

樹色雙溪合，猿聲萬嶺同。石門康樂住，幾里枉帆通。

（〈送齊郎中典括州〉）

新家浙江上，獨泛落潮歸。秋水照華髮，涼風生褐衣。

（〈送金昌宗歸錢塘〉）

歸人乘野艇，帶月過江村。正落寒潮水，相隨夜到門。

（〈送張十八歸桐廬〉）

目送滄海帆，人行白雲外。江中遠回首，波上生微靄。

秋色姑蘇臺，寒流子陵瀨。（〈嚴子瀨東送馬處直歸蘇〉）

洞庭何處雁南飛，江茭蒼蒼客去稀。

帆帶夕陽千里沒，天連秋水一人歸。

黃花裛露開沙岸，白鳥銜魚上釣磯。（〈青溪口送人歸岳州〉）

猿聲入嶺切，鳥道問人深。旅食過夷落，方言會越音。

（〈送崔載華張起之閩中〉）

盛府依橫海，荒祠拜伏波。人經秋瘴變，鳥墜火雲多。

（〈送張司直赴嶺南謁張尚書〉）

以上所列的山水詩景句中，劉長卿善於運用景物以渲染送別的氛圍，像是黃葉、猿聲、秋水、涼風、微靄、秋色、寒流、夕陽、秋瘴、火雲等意象，予人一種與友人離別時的感傷情調。其中「石門康樂住」與「朝朝長對謝玄暉」之句，含蘊對山水環境的嚮往。而送行僧人者，如：

蒼蒼竹林寺，杳杳鐘聲晚。荷笠帶夕陽，青山獨歸還。

（〈送靈澈上人〉）

遠客迴飛錫，空山臥白雲。夕陽孤艇去，秋水兩溪分。

（〈送方外上人之常州依蕭使君〉）

這兩首意境高遠，餘味無盡。又有送行道士者，如：

山色湖光併在東，扁舟歸去有樵風。（〈東湖送朱逸人歸〉）

獨上雲梯入翠微，蒙蒙煙雪映巖扉。

世人知在中峰裏，遙禮青山恨不歸（〈寄許尊師〉）

晨香長日在，夜磬滿山聞。

揮手桐溪路，無情水亦分。（〈送宣尊師醮畢歸越〉）

三首俱以淡筆出之，「山色湖光併在東」「蒙蒙煙雪映巖扉」和「晨香

長日在」等句，舖陳了清新的美景，送別之情，意在言外。以上是關於劉長卿與友人間應酬送行時的山水景象描寫，有細緻的，也有廣闊的，尤以江邊送行爲多。除了送行山水詩之外，也寫當地的風光，只是寫景中，總含露著衰老黃昏之色調，如：

> 江樹臨洲晚，沙禽對水寒。
>
> 山開斜照在，石淺亂流難。(〈卻歸睦州至七里灘下作〉)
>
> 江上幾回今夜月，鏡中無復少年時。
>
> (〈謫官後臥病官舍簡賀蘭侍御〉)
>
> 遠嶼靄將夕，玩幽行自遲。
>
> (〈入白沙渚夤緣二十五里至石竄山下懷天台陸山人〉)
>
> 猶對山中月，誰聽石上泉。
>
> 猿聲知後夜，花發見流年。(〈喜鮑禪師自龍山至〉)

其他尚有一些賞樂之景，如：

> 鳥散秋鷹下，人閒春草生。
>
> 冒嵐歸野寺，收印出山城。(〈題元錄事開元所居〉)
>
> 康樂愛山水，賞心千載同。(〈題蕭郎中開元寺新構幽寂亭〉)
>
> 山居秋更鮮，秋江相映碧。(〈奉陪蕭使君入鮑達洞尋靈山寺〉)

「人閒春草生」之句，顯然襲自謝靈運的「池塘生春草」，加以對「康樂愛山水」之句的歌詠，可見他對謝靈運親近大自然之舉極爲認同。

（三）江　州

在近三千里的寒浪秋風折磨下，白居易終於到達貶地江州。《舊唐書地理志》卷四十載曰：「江州中隋九江郡。武德四年，平林士弘，置江州，領溢城、潯陽、彭澤三縣。……在京師東南二千九百四十八里，至東都二千一百九十七里。」江州至長安的距離，白居易說是近四千里，而舊唐書說是近三千里，我折衷言之，約三千里。而江州所統領的溢城、潯陽、彭澤三縣中，彭澤縣在東晉時陶潛曾在此做過縣令，因此他參訪過陶潛舊宅，受其影響很深。其〈訪陶公舊宅〉詩序謂：「余夙慕陶淵明爲人，往歲渭上閒居，嘗有效陶體詩十六首。今

遊廬山，經柴桑，過栗里，思其人，訪其宅，不能默默，又題此詩云。」

基本上，他在江州的生活是有些愜意的，《舊唐書》載曰：

> 居易儒學之外，尤通釋典，常以忘懷處順為事，都不以遷
> 謫介意。在潯城，立隱舍於廬山遺愛寺，嘗與人書言之曰：
> 「予去年秋始遊廬山，到東西二林間香爐峰下，見雲木泉
> 石，勝絕第一。愛不能捨，因立草堂。前有喬松十數株，
> 修竹千餘竿，青蘿為牆援，白石為橋道，流水周於捨下，
> 飛泉落於簷間，紅榴白蓮，羅生池砌。」

白居易在江西廬山興立草堂，愛其雲木泉石，青蘿流水，宛如人間仙
境。在思想上，除傳統儒學外，尤通釋典，故能消除遷謫悲傷於無形。
在遊山玩水之際，他描寫許多江州的秀麗風光和名勝古蹟，如潯陽樓、
潯水、百花亭、庾樓、大林寺、東林寺、廬山、香爐峰等地。〔註35〕
以下分析此地的寫景佳句：

> 大江寒見底，匡山青倚天。深夜潯浦月，平旦鑪峰煙。
> 清輝與靈氣，日夕供文篇。（〈題潯陽樓〉）

> 煙浪始渺渺，風襟亦悠悠。初疑上河漢，中若尋瀛州。
> 汀樹綠拂地，沙草芳未休。青蘿與紫葛，枝蔓垂相繆。
> 繫纜步平岸，迴頭望江州。城雉映水見，隱隱如蜃樓。
> （〈泛潯水〉）

> 山形如峴首，江色似桐廬。（〈百花亭〉）

> 百花亭上晚裴回，雲影陰晴掩復開。
> 日色悠揚映山盡，雨聲蕭颯渡江來。（〈百花亭晚望夜歸〉）

> 獨憑朱檻立淩晨，山色初明水色新。
> 竹霧曉籠銜嶺月，蘋風暖送過江春。
> 子城陰處猶殘雪，衙鼓聲前未有塵。（〈庾樓曉望〉）

〔註35〕他在〈司馬廳記〉說：「江州左匡廬，右江湖，土高氣清，富有佳境。
　　　　刺史守土臣，不可遠遊；群吏執事官，不敢自暇佚，惟司馬綽綽可
　　　　以容與山水詩酒間。由是，郡南樓，山北樓，水潯亭，百花亭，風
　　　　篁石岩，瀑布廬宮，源潭洞，東西二林寺，泉石鬆雪，司馬盡有之
　　　　矣。」

人間四月芳菲盡，山寺桃花始盛開。(〈大林寺桃花〉)

向晚雙池好，初晴百物新。裊枝翻翠羽，濺水躍紅鱗。

萍汎同遊子，蓮開當麗人。(〈晚題東林寺雙池〉)

風迴雲斷雨初晴，返照湖邊暖復明。

亂點碎紅山杏發，平鋪新綠水蘋生。

翅低白雁飛仍重，舌澀黃鸝語未成。(〈南湖早春〉)

草香沙暖水雲晴，風景令人憶帝京。

……開鶯樹下沈吟立，信馬江頭取次行。(〈寒食江畔〉)

雲黑雨翛翛，江昏水闇流。

有風催解纜，無月伴登樓。(〈西河雨夜送客〉)

香鑪峰北面，遺愛寺西偏。白石何鑿鑿，清流亦潺潺。

有松數十株，有竹千餘竿。松張翠繖蓋，竹倚青琅玕。

其下無人居，悠哉多歲年。有時聚猿鳥，終日空風煙。

(〈香鑪峰下新置草堂即事詠懷題於石上〉)

高低有萬尋，闊狹無數丈。不窮視聽界，焉識宇宙廣。

江水細如繩，溢城小於掌。(〈登香鑪峰頂〉)

南簷納日冬天暖，北戶迎風夏月涼。

灑砌飛泉纔有點，拂窗斜竹不成行。

(〈香爐峰下新卜山居草堂初成偶題東壁〉)

上舉十三例中，第一首「清輝與靈氣，日夕供文篇」之句，表明江州與山水詩之關係，由於貶地美麗景象，可供他創作山水詩之素材。從「繫纜步平岸」「百花亭上晚裴回」「獨憑朱檻立淩晨」「萍汎同遊子」「開鶯樹下沈吟立」諸句，可看出他親身感受江州風物之美，唯有如此才能將景物寫得細緻動人。所以他使用比喻技巧，將抽象景象化為具體的畫面，如「城雉映水見，隱隱如蜃樓」寫溢水水面上海市蜃樓之特殊景觀，又「江水細如繩，溢城小於掌」則寫其在香鑪峰頂時，俯看地面之景物如繩如掌，具體呈現出畫面。他的對仗句亦是精巧，如「竹霧曉籠銜嶺月，蘋風暖送過江春」描繪出庾樓曉望之新明山水，「裊枝翻翠羽，濺水躍紅鱗」則將東林寺雙池上翠鳥翻飛或江魚濺水之活潑畫面，以淡筆

描寫出來，而「亂點碎紅山杏發，平鋪新綠水蘋生」則是南湖早春之景象，「灑砌飛泉纔有點，拂窗斜竹不成行」則是香爐峰下草堂之美景，透過對仗之安排，呈現景物之整體感覺，頗有氣勢。他也善以字詞靈活組合來渲染各種氣氛。如〈西河雨夜送客〉中，透過雲黑、雨聲、江昏、有風、無月等物象，營造出送客之淒涼氛圍，再如〈庾樓曉望〉中，透過水色新、蘋風、江春、殘雪、未有塵等詞，點明山水清麗之景象。在〈香爐峰下新置草堂即事詠懷題於石上〉中，更點出閒雲野鶴之悠閒生活，由此可見白居易寫景之技巧純熟。

　　在這些美景作伴下，白居易在江州的心情又是如何？在生活愜意中，帶有些許憂愁，亦即表面忻樂，骨子悲苦，如：

　　　到官行半歲，今日方一遊。

　　　此地來何暮，可以寫吾憂。（〈泛溢水〉）

　　　向夜欲歸愁未了，滿湖明月小船迴。（〈百花亭晚望夜歸〉）

　　　長恨春歸無覓處，不知轉入此中來。（〈大林寺桃花〉）

　　　臨流一惆悵，還憶曲江春。（〈晚題東林寺雙池〉）

　　　不道江南春不好，年年衰病減心情。（〈南湖早春〉）

　　　舍此欲焉往，人間多險艱。

　　　（〈香爐峰下新置草堂即事詠懷題於石上〉）

　　　紛吾何屑屑，未能脫塵鞅。（〈登香爐峰頂〉）

除悲愁外，他的山水詩也透露思鄉之緒，如：

　　　三百年來庾樓上，曾經多少望鄉人。（〈庾樓曉望〉）

　　　忽見紫桐花悵望，下邽明日是清明。（〈寒食江畔〉）

　　　忽似往年歸蔡渡，草風沙雨渭河邊。（〈建昌江〉）

庾樓乃庾亮鎮守江州所建。下邽在長安附近。唐人李吉甫《元和郡縣圖志》曰：「下邽縣，望。東南至州八十里。本秦舊縣，地理志屬京兆。」〔註36〕渭河亦在長安。三詩可見白居易對長安之情無以忘懷。

〔註36〕〔唐〕李吉甫撰、賀次君點校《元和郡縣圖志》（北京：中華書局，1983（2005 年重印）），頁 36。

四、嶺南之貶地——永州、柳州、連州陽山、潮州、連州

中唐詩人貶至嶺南地域者，先是韓愈第一次的連州陽山，再來是柳宗元的永州和柳州，以及劉禹錫的連州，劉柳是永貞革新集團後，較為悲慘，最後則是韓愈第二次的潮州之貶。以下論述順序，先說韓愈，再說柳宗元和劉禹錫。

（一）韓愈貶連州陽山與潮州

韓愈約在貞元二十一年春到了貶地陽山後，寫了〈縣齋讀書〉〈送惠師〉〈送靈師〉〈李員外寄紙筆〉〈叉魚〉〈聞梨花發贈劉師命〉〈梨花下贈劉師命〉〈劉生〉〈縣齋有懷〉〈君子法天運〉〈晝月〉〈醉後〉〈雜詩四首〉等詩，沒有山水詩。韓愈第二次貶謫是在元和十四年，到了潮州後，約半年之久，則量移至袁州，僅寫〈答柳柳州食蝦蟆〉〈琴操十首〉，〈量移袁州張韶州端公以詩相賀因酬之〉等詩，而沒有山水詩。

（二）柳宗元貶永州和柳州

元和元年至十年，柳宗元貶至永州（今湖南零陵）。柳宗元在〈與李翰林建書〉有一段描述永州遊覽生活之情況：「永州于楚為最南，狀與越相類。僕悶即出遊，<u>遊復多恐</u>。涉野有蝮虺大蜂，仰空視地，寸步勞倦；近水即畏射工沙虱，含怒竊發，中人形影，動成瘡痏。<u>時到幽樹好石，暫得一笑，已復不樂</u>。何者？譬如囚拘圜土，一遇和景出，負牆搔摩，伸展支體，當此之時，亦以為適，然顧地窺天，不過尋丈，終不得出，豈復能久為舒暢哉？」〔註37〕說明永州山水在他的眼中是可怕，即使偶見幽樹好石，亦僅得片刻愉樂，欲長久閒適，恐難得矣！他的永州山水詩基本上可分孤寂和舒悶等二種內涵。表達孤寂之情者，如〈江雪〉：

千山鳥飛絕，萬逕人蹤滅。

<u>孤舟蓑笠翁</u>，獨釣寒江雪。（《柳宗元詩箋釋》，頁268）

從淺層看，結冰的湖面上有一位孤獨漁翁在廣大無人的千山間釣魚，

〔註37〕《柳河東全集》，頁677。

這幅漁夫寒江釣雪圖已足賞心悅目，然從深層看，這位孤獨的漁翁可能是作者自寓，暗示著即使在永貞革新失敗後遭貶，但他不畏詭譎邪惡的政治環境（指的是寒江雪），仍堅持革新的人生理想（指的是詩中釣魚一事），這也展現出他的自信。〔註38〕而他的孤寂是表現在革新理想的盟友皆貶謫到各地去了。《批點唐詩正聲》評：「絕唱，雪景如在目前。」《而庵說唐詩》亦謂：「余謂此詩乃子厚在貶時所作以自寓也。」〔註39〕再如〈入黃溪聞猿（溪在永州）〉：

> 溪路千里曲，哀猿何處鳴。
> 孤臣淚已盡，虛作斷腸聲。（《柳宗元詩箋釋》，頁186）

「孤臣淚已盡」已明示孤寂之心，透過千里曲的溪路和沿途的哀猿聲，加強內心之悲淒。再如〈中夜起望西園值月上〉：

> 覺聞繁露墜，開戶臨西園。寒月上東嶺，泠泠疏竹根。
> 石泉遠逾響，山鳥時一喧。倚楹遂至旦，寂寞將何言。
>
> （《柳宗元詩箋釋》，頁224）

此詩前六句之夜景營造出幽冷之氛圍，如《唐詩鏡》所言：「語有景趣，然此景趣在冥心獨悟者領之。」而末兩句則滲透著孤寂之心情，倚楹賞景，若有所思，思其無端遭貶之過程。五六句的泉響和鳥喧似乎在為他的悲慘命運發鳴著。再如〈夏初雨後尋愚溪〉：

> 悠悠雨初霽，獨繞清溪曲。引杖試荒泉，解帶圍新竹。
> 沈吟亦何事，寂寞固所欲。幸此息營營，嘯歌靜炎燠。

雨霽、清溪、荒泉、新竹構成一種山林美境，然遊覽者卻以寂寞之心觀賞，所尋之溪則成次要的目的。詠愚溪者，尚有一首，〈雨後曉行獨至愚溪北池〉曰：「宿雲散洲渚，曉日明村塢。高樹臨清池，風驚夜來雨。予心適無事，偶此成賓主。」俱寫其孤獨心境。而愚溪何謂也？據其〈愚溪詩序〉謂：「愚溪之上，買小丘為愚丘，自愚丘東北行六十步，得泉焉，又買居之為愚泉。愚泉凡六穴，皆出山下平地，

〔註38〕此詩亦可從現代生活的角度解讀，詳見拙著《國學與現代生活》（臺北：秀威資訊，2006年），頁27。
〔註39〕詩話兩則引自《唐詩彙評》，頁1790。

蓋上出也。合流屈曲而南，爲愚溝，遂負土累石，塞其隘爲愚池。」
又劉禹錫〈傷愚溪詩三首〉前有引曰：「故人柳子厚之謫永州，得勝
地，結茅樹蔬，爲沼沚，爲臺榭，目曰愚溪。柳子沒三年，有僧遊零
陵，告余曰：愚溪無復囊時矣。一聞僧言，悲不能自勝，遂以所聞爲
七言以寄恨。」可知愚溪宜爲柳宗元之心靈避難所，正如同陶潛之桃
花源也。愚溪在零陵縣西南。以上諸多山水詩皆表現出柳宗元內心的
孤寂，其〈酬婁秀才將之淮南見贈之什〉所謂「遠棄甘幽獨，誰言値
故人？……祇應西澗水，寂寞但垂綸。」則是最佳的註腳矣。

　　永州山水詩尚有表達舒悶之情者，如〈湘口館瀟湘二水所會〉：
　　九疑濬傾奔，臨源委縈迴。會合屬空曠，泓澄停風雷。
　　高館軒霞表，危樓臨山隈。茲辰始澂霽，纖雲盡褰開。
　　天秋日正中，水碧無塵埃。杳杳漁父吟，叫叫羈鴻哀。
　　境勝豈不豫，慮分固難裁。升高欲自舒，彌使遠念來。
　　歸流駛且廣，汎舟絕沿迴。（《柳宗元詩箋釋》，頁 101）
九疑和臨源皆爲山嶺名。前八句俱寫自然之景，接寫「杳杳漁父吟，
叫叫羈鴻哀」兩句，顯露出柳宗元悲悶之心境，而「升高欲自舒，彌
使遠念來」則說明其登高覽景之目的乃爲舒悶，只是此鬱邑很難消
解，所謂「彌使遠念來」。再如〈登蒲州石磯望橫江口潭島深迴斜對
香零山（山在永州）〉：
　　隱憂倦永夜，凌霧臨江津。猿鳴稍已疏，登石娛清淪。
　　日出洲渚靜，澄明晶無垠。浮暉翻高禽，沈景照文鱗。
　　雙江匯西奔，詭怪潛坤珍。孤山乃北峙，森爽棲靈神。
　　洄潭或動容，島嶼疑搖振。陶埴茲擇土，蒲魚相與鄰。
　　信美非所安，羈心屢逡巡。紆結良可解，紆鬱亦以伸。
　　高歌返故室，自調非所欣。（《柳宗元詩箋釋》，頁 103）
首句「隱憂倦永夜」已明言內心隱憂，忡忡不樂。「登石娛清淪」是
他接近山水欲以解憂的方法。「日出洲渚靜」以下數句則寫其遊覽途
中之自然景象，「紆結良可解，紆鬱亦以伸」再次強調此行舒悶的過
程，最終未獲消除，末句云「自調非所欣」。再如〈零陵春望〉：

平野春草綠，晚鶯啼遠林。日晴瀟湘渚，雲斷岣嶁岑。
仙駕不可望，世途非所任。凝情空景慕，萬里蒼梧陰。
（《柳宗元詩箋釋》，頁 225）

「日晴瀟湘渚，雲斷岣嶁岑」兩句可見其以工筆摹寫自然景物，「雲斷」狀雲行至山間消散之態，又「瀟湘渚」和「岣嶁岑」兩詞，前者字形皆從水，而後者俱從山，對仗精工。「世途非所任」則道出內心失落之情，他想透過春望山水之美景藉以舒悶，然「凝情空景慕」，難以清除糾雜千結之情緒。再如〈與崔策登西山〉：

鶴鳴楚山靜，露白秋江曉。連袂度危橋，縈迴出林杪。
西岑極遠目，毫末皆可了。重疊九疑高，微茫洞庭小。
迴窮兩儀際，高出萬象表。馳景汎頹波，遙風遞寒篠。
謫居安所習，稍厭從紛擾。生同胥靡遺，壽比彭鏗夭。
蹇連困顛踣，愚蒙怯幽眇。非令親愛蔬，誰使心神悄。
偶茲遁山水，得以觀魚鳥。吾子幸淹留，緩我愁腸繞。

末聯「吾子幸淹留，緩我愁腸繞」之句已明示與友人同登西山乃是爲舒悶之目的也。西山在永州零陵縣西。據《清一統志》「湖南永州府」載曰：「西山在零陵縣西。……縣志：在縣西隔河二里，自朝陽巖起，至黃茅嶺北，長互數里，皆西山也。」而西山之綿延不絕，如「西岑極遠目，毫末皆可了」及「迴窮兩儀際，高出萬象表」等句，似象徵其謫居之悶愁，久久難以釋懷。因此有「謫居安所習」和「偶茲遁山水」之句也。至於與他同行的崔策，字子符，乃宗元姊夫崔簡弟。陸時雍將此詩與謝靈運並列評論曰：「謝靈運：『猿鳴誠知曙，谷幽光未顯。岩下雲方合，花上露猶泫。』語勢如峰巒起伏，委有餘態。柳子厚『鶴鳴楚山靜』一聯，陡然直上矣。『連袂度危橋』一聯，語堪入畫。」（《唐詩選脈會通》引）〔註40〕可見柳宗元山水詩的風格與謝靈運相似。

歷經約六千里的跋山涉水，〔註41〕柳宗元約於元和十年（815）

〔註40〕詳見王國安箋釋：《柳宗元箋釋》，頁 178。
〔註41〕《通典》州郡十四說：「（柳州）去西京五千二百七十里。」又其〈別舍弟宗一〉詩云：「一身去國六千里，萬死投荒十二年。」

八月來到柳州（今廣西柳州市）。〔註42〕任柳州刺史期間，他做了一件造福人民的大事，那就是實施鑿井政策。民生用水對當地人民而言，是件苦差事。他們必須千里迢迢到溪邊或山上去打水回家飲用，挑水過程中，路途驚險萬分，可能因此斷送生命。其〈井銘〉：「始州之人各以甖瓴負江水，莫克井飲。崖岸峻厚，旱則水益遠，人陟降大艱。」然而，當地人民「怨惑訛言，終不能就。」迷信風水之說，遲遲未能破土鑿井。柳宗元以其進步革新思想，破除當地迷信，順利完成鑿井之事，遂作〈井銘〉以茲紀念。〔註43〕除了鑿井外，他也栽種植物美化環境，如甘樹、柳樹、木槲花，而有〈柳州城西北隅種甘樹〉〈種柳戲題〉〈種木槲花〉諸詩存世。

　　柳州是比永州更僻遠荒涼之地，若眞有罪遭貶，十年永州之苦難亦足矣，如今再貶至遠之蠻荒，以一位眞正想投身政治貢獻己力來說，情緒更加不平。因此他的柳州山水詩中含蘊貶謫之悲，如〈柳州城樓寄漳汀封連四州〉：

　　　　城上高樓接大荒，海天愁思正茫茫。
　　　　驚風亂颭芙蓉水，密雨斜侵薜荔牆。
　　　　嶺樹重遮千里目，江流曲似九迴腸。
　　　　共來百越文身地，猶自音書滯一鄉。（《柳宗元詩箋釋》，頁 313）

首句的大荒和愁思，顯然已將貶謫之悲直接道出。緊接著四句則渲染出一種陰風慘雨，視野模糊，曲折多變的氣氛，而嶺樹遮住遠望長安的視界，暗示著遷謫之悲腸如同曲江千折而百迴，正如《唐詩鼓吹箋注》所評：「『驚風』、『密雨』有寓無端被讒，斥逐驚懷之意；又寓風雨蕭條，觸景感懷之意。《詩》三百篇爲鳥獸草木各有所托，唐人寫景俱非無意，讀詩者不可不細心體會也。」〔註44〕此說卓有見地。再

〔註42〕其〈柳州文宣王新修廟碑〉言：「元和十年八月，州之廟屋壞，幾毀神位。刺史柳宗元始至，大懼不任，以墜教基。」見《柳河東全集》，頁 101。
〔註43〕〈井銘〉原文，可參《柳河東全集》，頁 465。
〔註44〕引自《唐詩彙評》，頁 1770。

如〈柳州二月榕葉落盡偶題〉：

　　宦情羈思共淒淒，春半如秋意轉迷。

　　山城過雨百花盡，榕葉滿庭鶯亂啼。(《柳宗元詩箋釋》，頁 334)

首句道出貶謫之悲，後三句則將此「宦情羈思」之悲，融入秋意百花盡淒迷之景物中，鶯亂啼暗示其內心之亂。因此王堯衢《古唐詩合解》卷六評曰：「子厚之刺柳州，雖非坐譴，然邊方煙瘴，則仕宦之情與羈旅之思，自覺含淒而可悲。」〔註45〕再如〈別舍弟宗一〉：

　　零落殘魂倍黯然，雙垂別淚越江邊。

　　一身去國六千里，萬死投荒十二年。

　　桂嶺瘴來雲似墨，洞庭春盡水如天。

　　欲知此後相思夢，長在荊門郢樹煙。

「一身去國六千里」，強調赴貶途之空間遙遠，而「萬死投荒十二年」則說明居貶地時間之久長，時空之悲情加總起來，使得桂嶺和洞庭等山水景象皆異常，雲似墨，水如天。

　　柳州山水詩除含貶謫之悲外，又有思鄉之情懷，如〈登柳州峨山〉〈與浩初上人同看山寄京華親故〉〈柳州寄京中親故〉等。先看〈登柳州峨山〉：

　　荒山秋日午，獨上意悠悠。如何望鄉處，西北是融州。

地理位置上，長安在柳州西北方，故融州應代指長安，柳宗元所懷之鄉應為長安。《元和郡縣志》卷三十七「融州」：「武德四年，於義熙縣復置融州，因州界內融山為名。」再看〈與浩初上人同看山寄京華親故〉：

　　海畔尖山似劍鋩，秋來處處割愁腸。

　　若為化得身千億，散上峰頭望故鄉。

由詩題及末句「散上峰頭望故鄉」判斷，可知柳宗元懷鄉情懷，而這鄉愁乃由海畔尖山所引起，可謂情景交融。宋人蘇軾曾對此詩驗證，其《東坡題跋》卷二曰：「僕自東武適文登，並海行數日，道傍諸峰

〔註45〕引自王國安著：《柳宗元箋釋》（上海：上海古籍出版社，1993 年 9月第 1 版，1998 年 2 月第 2 次印刷），頁 335。

眞若劍鋩。誦子厚詩，知海山多爾耶。」再看〈柳州寄京中親故〉

  林邑山連瘴海秋，牂牁水向郡前流。

  勞君遠問龍城地，<u>正北三千到錦州</u>。

錦州在今湖南麻陽縣西。據《舊唐書·地理志》三：「江南西道錦州：
至京師三千五百里。」錦州既離長安遙遠，更遑論柳州之嶺南地也。
以上討論柳宗元在柳州的山水詩含有貶謫之悲和思鄉情懷兩種內
涵，另外，他還有許多描寫柳州山水風光的詩句，如：

  崩雲下灘水，劈箭上潯江。

  負弩啼寒狖，鳴枹驚夜猵。（〈答劉連州邦字〉）

  落日明朱檻，繁花照羽觴。

  泉歸滄海近，樹人楚山長。（〈酬徐二中丞普寧郡內池館即事見寄〉）

  寒江夜雨聲潺潺，曉雲遮盡仙人山。（〈雨中贈仙人山賈山人〉）

  風起三湘浪，雲生萬里陰。（〈奉和楊尚書郴州追和故李中書夏日登北
樓十韻之作依本詩韻次用〉）

  林邑東迴山似戟，牂牁南下水如湯。

  蒹葭淅瀝含秋霧，橘柚玲瓏透夕陽。（〈得盧衡州書因以詩寄〉）

這些寫景詩句皆可展現柳州其地的不同風貌，亦表現出柳宗元不凡的
寫景功力。

  綜上所述，柳宗元極大多數的山水詩（非指全部的詩）均在貶謫
永柳二地所寫，永州山水詩基本上可分孤寂和舒悶等二種內涵，而柳州
山水詩再強化貶謫之悲和思鄉情懷，所以他的山水詩整體看來是以屈騷
洩憤爲基調，正如他所說「投跡山水地，放情詠離騷。」（《游南亭夜還
敘志七十韻》），汪森《韓柳詩選》曾評其詩：「柳先生詩，其沖澹處似
陶，而蒼秀處則兼乎謝，至其憂思鬱結，纖徐淒婉之致，往往深得楚騷
之遺。」汪氏此結論乃以柳宗元詩的選錄著眼，若摘句看，柳宗元山水
詩實具有陶謝之風，若從全詩看，汪氏所言「憂思鬱結，纖徐淒婉之致，
往往深得楚騷之遺。」可作爲柳宗元山水詩之詮解也。〔註46〕

〔註46〕據我的統計，柳宗元山水詩共有 21 首，其中五絕 2，七絕 3，五律 1，

（三）劉禹錫貶連州——〈海陽十詠〉

　　劉禹錫是在元和十年五月到連州任刺史，連州在廣東省，比湖南還南的不毛之地。劉禹錫在連州約四年，寫下約十二首的山水詩。〈踏潮歌（並引）〉則寫觀潮之壯麗，詩前有引曰：「元和十年夏五月，終風駕濤，南海羨溢。南人云：踏潮也，率三更歲一有之。余為連州，客或為予言其狀，因歌之，附於《南越志》。」說明觀潮時機每三年一次。詩云：

> 屯門積日無回飆，滄波不歸成踏潮。
> 轟如鞭石砉且搖，互空欲駕黿鼉橋。
> 驚湍蹙縮悍而驕，大陵高岸失岧嶢。
> 四邊無阻音響調，背負元氣掀重霄。
> 介鯨得性方逍遙，仰鼻噓吸揚朱翹。
> 海人狂顧迭相招，罽衣髽首聲嘵嘵。
> 征南將軍登麗譙，赤旗指麾不敢囂。
> 翌日風回沴氣消，歸濤納納景昭昭。
> 烏泥白沙復滿海，海色不動如青瑤。

（《劉禹錫詩集編年箋注》，頁 204）

踏潮一詞，明人胡震亨《唐音癸籤》卷十六引邐叟解云：「《番禺記》：兩水相合曰邐潮。蓋風駕前潮不得去，後潮之應候者復至，則為邐潮，海不能容而溢。」說明前後潮水相疊而成的踏潮是岸邊的奇景之一。他以其細密之筆端描繪出踏潮在岸邊舞臺上的夢幻表演，前兩句平靜出場，中間數句寫潮水波瀾壯闊，海天相連，音響震天，最後則又歸於平靜。

　　連州中有一奇地激發劉禹錫的山水詩情，那就是海陽湖。宋人王象之《輿地紀勝》：「海陽湖在桂陽縣東北二里。唐大曆初，道州刺史元結到此，雅好山水，修創林洞，通小舟遊泛。刺史劉禹錫重修。」海陽湖先後經歷元結和劉禹錫二大詩人的整修，更增益其美。劉禹錫

七律 3，五古 11，七古 1，以五古居多。

有〈海陽十詠〉山水組詩歌頌此地。詩前有引曰：「元次山始作海陽湖，後之人或立亭榭，率無指名，及余而大備。每疏鑿構置，必揣稱以標之。人鹹曰有旨。異日，遷官裴侍禦爲〈十詠〉以示余，頗明麗而不虛美。因捃拾裴詩所未道者，從而和之。」海陽湖始於元結之建構，至劉禹錫則重修大備，這也是劉禹錫在連州任內的一項政績。〈海陽十詠〉共詠〈吏隱亭〉〈切雲亭〉〈雲英潭〉〈玄覽亭〉〈裴溪〉〈飛練瀑〉〈蒙池〉〈棼絲瀑〉〈雙溪〉〈月窟〉等十景，如以下十首所示：

結構得奇勢，朱門交碧潯。外來始一望，寫盡平生心。
日軒漾波影，月砌鏤松陰。幾度欲歸去，回眸情更深。
　　（〈吏隱亭〉）

迥破林煙出，俯窺石潭空。波搖杏梁日，松韻碧窗風。
隔水生別島，帶橋如斷虹。九疑南面事，盡入寸眸中。
　　（〈切雲亭〉）

芳幄覆雲屏，石盒開碧鏡。支流日飛灑，深處自疑瑩。
潛去不見跡，清音常滿聽。有時病朝醒，來此心神醒。
　　（〈雲英潭〉）

瀟灑青林際，夤緣碧潭隈。淙流冒石下，輕波觸砌回。
香風逼人度，幽花覆水開。故令無四壁，晴夜月光來。
　　（〈玄覽亭〉）

楚客憶關中，疏溪想汾水。縈紆非一曲，意態如千里。
倒影羅文動，微波笑顏起。君今賜環歸，何人承玉趾。
　　（〈裴溪〉）

晶晶擲巖端，潔光如可把。瓊枝曲不折，雲片晴猶下。
石堅激清響，葉動承餘灑。前時明月中，見是銀河瀉。
　　（〈飛練瀑〉）

瀅渟幽壁下，深淨如無力。風起不成文，月來同一色。
地靈草木瘦，人遠煙霞逼。往往疑列仙，圍棋在巖側。
　　（〈蒙池〉）

飛流透嵌隙，噴灑如絲棻。含暈迎初旭，翻光破夕曛。

餘波遠石去，碎響隔溪聞。卻望瓊沙際，逶迤見脈分。

〈〈棼絲瀑〉〉

流水遠雙島，碧溪相並深。浮花擁曲處，遠影落中心。
閒鷺久獨立，曝龜驚復沈。蘋風有時起，滿穀簫韶音。

〈〈雙溪〉〉

濺濺漱幽石，注入團圓處。有如常滿杯，承彼清夜露。
巖曲月斜照，林寒春晚煦。遊人不敢觸，恐有蛟龍護。

〈〈月窟〉〉（《劉禹錫詩集編年箋注》，頁256）

十首詩中，完全看不出他悲苦惆悵的貶謫之情，反而對景物有極細緻
的描繪，寫吏隱亭時，則「日軒漾波影，月砌鏤松陰。」描繪日光在
水波上舞動，而月亮照映古松。寫切雲亭時，則「隔水生別島，帶橋
如斷虹。」以斷虹形容切雲亭，是比喻手法。寫雲英潭時，則「芳幄
覆雲屏，石奩開碧鏡。」以碧鏡形容雲英潭之靜謐。寫玄覽亭時，則
「淙流冒石下，輕波觸砌回。」細寫石下輕波緩緩流動之姿態。寫裴
溪時，則「倒影羅文動，微波笑顏起。」以擬人法描摹微波有如人之
笑顏開。寫飛練瀑時，則「石堅激清響，葉動承餘灑。」描寫飛瀑灑
向葉面之奇狀。寫蒙池時，則「風起不成文，月來同一色。」描繪池
水與月光同色之妙景。寫棼絲瀑時，則「飛流透嵌隙，噴灑如絲棼。」
以絲棼比喻瀑布之亂態。寫雙溪時，則「浮花擁曲處，遠影落中心。」
浮花飄浮水面，增添雙溪之情調。寫月窟時，則「有如常滿杯，承彼
清夜露。」月窟如酒杯，水流注滿後，使人陶醉。這些生動的清麗詩
句，將海陽湖妝點得宛如人間天堂，令人嚮往矣！詩中不時可看出他
對海陽湖美景之依戀情深，像是「幾度欲歸去，回眸情更深」「前時
明月中，見是銀河瀉」「卻望瓊沙際，逶迤見脈分」等句皆是也。他
還有一詩也是寫海陽湖之殊景，寫景中加入了友情。〈海陽湖別浩初
師（並引）〉詩云：〔註47〕

〔註47〕詩前有引曰：「瀟湘間，無土山，無濁水，民乘是氣，往往清慧極而
　　　文。長沙人浩初，生既因地而清矣。故去牟洗慮，劓顛毛而壞其衣，

近郭有殊境，獨遊常鮮懽。逢君駐緇錫，觀貌稱林巒。湖
滿景方霽，野香春未闌。愛泉移席近，閒石輟棋看。風止
松猶韻，花繁露未乾。橋形出樹曲，巖影落池寒。（湘東架
險凡四橋，山下出泉，逗巖爲池，泓澄可愛者不可遍舉。
故狀其境，以貽好事。）別路千嶂裏，詩情暮雲端。他年
買山處，似此得躋攀。（《劉禹錫詩集編年箋注》，頁 246）

首四句點明海陽湖之殊境，亦引出浩初僧人喜愛山水之行。「湖滿景
方霽」以下八句細寫海陽湖周圍之勝景，野香，泉聲，風來，松韻，
花繁，橋曲，山巖倒影。在山水美景中，融入兩人的友情，歸結出「別
路千嶂裏，詩情暮雲端」兩句。

第四節　本章小結

　　本章主要探討中唐詩人貶謫與山水詩創作之間的關聯。我先分析
劉長卿、韓愈、劉禹錫、柳宗元、元稹、白居易等六人遭貶之因，綜
合言之，不外乎個性剛烈，直言極諫，政治理念不同，小人毀謗，宦
官擅政等主客觀因素所致，然這些中唐詩人卻是忠君愛國，投入一生
心力，只爲了崇高之政治理想，這根本不是犯罪，但他們卻被皇帝當
罪人流放，也因而多了到南方見識的機會，故而產生與北方不同風貌
或特點的山水詩，就這個意義上說，貶謫是因，而山水詩是果，兩者
有因果關係。以下製一簡表，請讀者參照：

居一都之殷。易與士會，得執外教，盡捐苛禮。自公侯守相，必賜
其清問，耳目灌注，習浮於性。而裏中兒賢適與浩初比者，嬰冠帶，
縈妻子，吏得以乘凌之。汩沒天慧，不得自奮，莫可望浩初之清光
於侯門上坐，第自吟羨而已。浩初益自多其術，尤勇於近達者而歸
之。往年之臨賀，唁侍郎楊公。留歲餘，公遺以七言詩，手筆於素。
前年，省柳儀曹於龍城，又爲賦三篇，皆章書。今復來連山，以前
所得雙南金，出於祓，亟請餘廣之。按師爲詩頗清，而弈棋至第三
品，二道皆足以取幸於士大夫，宜熏餘習以深入也。會吳郡以山水
冠世，海陽又以奇甲一州。師慕道，於泉石爲篤，故攜之以嬉。及
言旋，復引與共載於湖上，突於樹石間，以植沃州之因緣，宜賦詩
具道其事。」

表　中唐詩人貶謫分析表

貶謫 詩人	貶　事	貶　時	貶　地	山水詩代表作	貶官之前的官職
劉長卿	二次皆因剛而犯上，遭人毀謗	第一次乾元二年，第二次大曆十年	第一次南巴，第二次睦州	〈登思禪寺上方題修竹茂松〉	第一次為蘇州長尉，第二次為鄂岳轉運留後
韓愈	第一次因上書言飢荒，第二次諫迎佛骨	第一次貞元十九年，第二次元和十四年	第一次陽山，第二次潮州	無貶地山水詩，而〈宿龍宮灘〉是行旅山水詩	第一次為監察御史，第二次為刑部侍朗
劉禹錫	第一次永貞革新失敗，第二次小人陷害	第一次元和元年，第二次元和十年	第一次朗州，第二次連州	〈海陽十詠〉	第一次為屯田員外郎
柳宗元	第一次永貞革新失敗，第二次小人陷害	第一次元和元年，第二次元和十年	第一次永州，第二次柳州	〈與浩初上人同看山寄京華親故〉	第一次為禮部員外郎
元稹	第一次與宦官爭廳而遭擊面	第一次元和五年，第二次元和十年	第一次江陵，第二次通州	〈泛江玩月十二韻〉	東臺監察御史
白居易	第一次僭越職權，通報宰相武元衡為盜所殺	第一次元和十年，第二次元和十四年	第一次江州，第二次忠州	〈題潯陽樓〉	當時為左贊善大夫

貶謫之後，他們在赴貶地的途中，必然會觀賞到快動作的山水鏡頭，一幕接著一幕，然而他們較少心情來欣賞沿途風光，一方面因為才遭皇帝遺棄不久，痛哀情緒尚在，一方面因為未到貶地的驚恐之情油然而生，人類面臨未知之事，本有恐懼心理，這是極其自然之事。故他們這沿途中的山水詩大都蘊含著又悲又懼之情緒。其所描寫的自然景色通常都融入個人的貶謫情懷，如韓愈的陽山和潮州之貶，但無貶地山水詩，且山景是奇險突兀，而海景是昏曚飄蕩，山水對他來說是驚懼可怖，而非壯麗。詩中含有悲涼和孤寂情調。

中唐貶謫詩人到了貶所之後，又因貶居時間長短、個人秉賦差異和貶地特性而有不同心情。就貶期而言，韓愈最少，兩次加總約三年

左右，劉長卿雖貶南巴，始終僅在洪州待命，元稹九年江陵和通州，白居易忠州不到二年，江州近四年。而劉柳最慘，超過十年以上，柳宗元有十四年，最後死於柳州。就貶地而言，長江上游有三個貶地，元稹先貶通州，白居易貶忠州，而賈島貶遂州，俱在今四川省。長江中游有二個貶地，劉禹錫因永貞革新失敗貶朗州，元稹因劉士元擊面事件而貶江陵，在洞庭湖附近。長江下游有三個貶地，劉長卿先貶南巴，而在洪州待命、後貶睦州，白居易因僭越諫官職權，通報宰相武元衡為盜所殺，故被貶至江州（唐屬江南西道，今江西九江），授江州司馬一職。貶江州。嶺南地區有五個貶地，柳宗元因永貞革新失敗於元和元年先貶永州和元和十年再貶柳州，韓愈先因王叔文黨所陷而貶連州陽山、再因排佛言論貶潮州，劉禹錫因〈元和十年，自朗州承召至京，戲贈看花諸君子〉一詩再貶連州。

　　他們多描寫當地之風光景色，如劉禹錫在連州的〈海陽十詠〉，白居易在遊山玩水之際，亦描寫許多江州的秀麗風光和名勝古蹟，如潯陽樓、湓水、百花亭、庾樓、大林寺、東林寺、廬山、香鑪峰等地。劉長卿在洪州待命期間，他也遊覽鄱陽、餘干等地，寫下一些山水詩，如〈將赴嶺外留題蕭寺遠公院寺即梁朝蕭內史創〉〈奉陪鄭中丞自宣州解印與諸姪宴餘干後溪〉等。這些貶地山水詩通常有幾種內涵，即貶謫之悲又有思鄉之情懷，如江州、柳州山水。亦有送別友人，如劉長卿到了睦州後，許多山水詩的創作大都集中在應酬送別友人和當地的遊覽風光。在應酬送別友人身分中又可分官員、僧人和道士三類。亦有描述孤寂和舒悶，如柳宗元永州山水詩。元稹在通州之山水詩似乎不多，即使有的話，應當是將其淒惋之意融入山水之景中。而賈島在晚年因飛謗貶官，僅一首山水詩，頗且禪意而無貶謫。

第五章　中唐詩僧之山水詩

　　中唐時期在江南地區有個特殊的文學現象，中唐詩僧大量湧現，形成一股不可忽視的僧人群體力量。劉禹錫〈澈上人文集紀〉謂：「世之言詩僧多出江左。靈一導其源，護國襲之。清江揚其波，法振沿之。如么弦孤韻，瞥入人耳，非大樂之音，獨吳興晝公能備眾體。」〔註1〕文中述及靈一、護國、清江、法振、晝公（皎然）等著名詩僧。又唐人趙璘《因話錄》卷四「江南多名僧」條載曰：「貞元元和以來，越州有清江、清晝，婺州有乾俊、乾輔，時謂之會稽二清，東陽二乾。」以及元人辛文房《唐才子傳》載：「其喬松於灌莽，野鶴於雞群者，有靈一、靈徹、皎然、清塞、無可、虛中、齊己、貫休八人，皆東南產秀，共出一時，已為錄實。其或雖以多而寡稱，或著少而增價者，如惟審、護國、文益、可止、清江、法照、廣宣、無本、修睦、無悶、太易、景雲、法振、栖白、隱巒、處默、卿雲、棲一、淡交、良乂、若虛、雲表、曇域、子蘭、僧鸞、懷楚、惠標、可朋、懷浦、慕幽、善生、亞齊、尚顏、栖蟾、理瑩、歸仁、玄寶、惠侃、法宣、文秀、僧泚、清尚、智暹、滄浩、不特等四十五人，名既隱僻，事且微冥，今不復喋喋云爾。」〔註2〕以上三條材料俱指出江南一帶詩僧輩出，

〔註1〕《劉禹錫全集》，上海古籍出版社，頁136。
〔註2〕見《唐才子傳校箋》第一冊，頁533。

除靈一等八人外，辛文房再舉四十五位詩僧，其中「無本」詩僧即是詩人賈島，他亦俗亦僧，既然辛文房將他列為詩僧，我也將其列在本章探討，因此這一龐大的唐代詩僧所留下的文化詩歌遺產是極具價值的。〔註3〕

而他們與士大夫有密切來往，加上亦能作詩，僧人在無官務之羈絆下，皎然說：「身閒始覺黐名是，心了方知苦行非。」(〈山居示靈澈上人〉)，故其山水詩因與士大夫仕宦經歷不同，可能呈現的山水詩風貌宜有所不同，因此探討中唐詩僧的山水詩是有意義的。

第一節　皎然《詩式》及其山水詩創作

皎然，俗姓謝，法名晝，字清晝，一字（名）皎然。〔註4〕皎然與山水詩若發生關聯，則應追溯到他的某一代祖先，這祖先即是曾為世所公認的山水詩派鼻祖——謝靈運。他在《詩式》中對謝靈運再三反復致意，以其為作詩之最高典範，在《詩式》「文章宗旨」項下說：「康樂公早歲能文，性穎神澈。及通內典，心地更精，故所作詩，發皆造極。」又「用事」項下謂：「詩人皆以徵古為用事，不必盡然也。……

〔註3〕周裕鍇根據宋人姚勉《雪坡舍人集》卷三十七〈贈俊上人詩序〉：「漢僧譯，晉僧講，梁、魏至唐初，僧始禪，猶未詩也。唐晚禪大盛，詩亦大盛。」的說法，指出「詩僧作為一個特殊的階層，出現於唐代，嚴格說來，形成於中唐大曆之後。」並加以論述說「東晉至隋近三百年間，僅有詩僧三十餘人，而且作品寥寥。而據《全唐詩》記載，唐詩僧共百餘人，詩作有四十六卷，並且其中絕大部份詩僧和僧詩都集中在大曆以後的百年間。」詳見周裕鍇著《中國禪宗與詩歌》(高雄：麗文（由上海人民出版社授權出版），1994年，頁42～43。

〔註4〕趙昌平考證辛文房《唐才子傳》所言：「皎然字清晝，吳興人。俗姓謝，宋靈運之十世孫也。」後，認為應當書為「皎然，俗姓謝，法名晝，字清晝，一字（名）皎然」較為妥當。又指出「唐宋人稱皎然尚有『皎公』『雪晝』諸稱，雪者，湖州之雪溪。按晚唐五代又有名皎然者，為福州長生寺僧，為雪峰門人，見《景德傳燈錄》卷一八、《五燈會元》卷七，時人亦多有詩贈之，與大曆時之皎然為另一人。」詳見傅璇琮主編《唐才子傳校箋》第二冊，頁184～185。

如康樂公〈還舊園作〉：『偶與張邴合，久欲歸東山。』此敘志之忠，是比非用事也。」又「重意詩例」項下曰：「兩重意已上，皆文外之旨。若遇高手，如康樂公，覽而察之，但見情性，不睹文字，蓋詣道之極也。」〔註5〕再者，在其〈述祖德贈湖上諸沈〉一詩則明言世業相承之關係：「我祖文章有盛名，千年海內重嘉聲。雪飛梁苑操奇賦，春發池塘得佳句。世業相承及我身，風流自謂過時人。」說明了皎然能詩之因素與其爲謝靈運後裔有極大關係。

　　皎然能詩的另一個原因在於與中唐諸多著名詩人交往。皎然是大曆時期江南地區以顏眞卿爲領袖人物的湖州文人集團的主要詩友之一，這個集團互爲酬唱，在聚會時，賦詩吟詠，多位詩人聯句成一首詩，以下引其聯句所列的詩人名單，自可看出皎然的交友圈。

〈又溪館聽蟬聯句〉
顏眞卿、楊憑、楊凝、權器、陸羽、耿湋、喬【案：失姓。】、裴幼清、伯成【案：失姓。】、皎然

〈水堂送諸文士戲贈潘丞聯句〉
顏眞卿、潘述、陸羽、權器、皎然、李崿

〈登峴山觀李左相石尊聯句〉
顏眞卿、劉全白【案：評事。後爲膳部員外郎。守池州。】、裴循【案：長城縣尉。】、張薦、吳筠、強蒙【案：處士。善醫。】、范縉、王純、魏理【案：評事。】、王修甫、顏峴【案：眞卿兄子。】、左輔元【案：撫州人。】、劉茂【案：魏縣尉。】、顏渾【案：眞卿族弟。官太子通事舍人。】、楊德元、韋介、皎然【案：名畫。】、崔弘、史仲宣、陸羽、權器【案：校書郎。】、陸士修【案：嘉興縣尉。】、裴幼清、柳淡、釋塵外【案：自號北山子。】、顏頔【案：顏眞卿族姪。】、顏須【案：顏眞卿族姪。】、顏頊【案：顏眞卿族姪。】、李崿【案：字伯高。趙人。擢制科。歷官廬州刺史。】

〔註5〕詳見清何文煥《歷代詩話》，頁29～31。

〈與耿湋水亭詠風聯句〉

顏眞卿、裴幼清、楊憑、楊凝、左輔元、陸士修、權器、
陸羽、皎然、耿湋、喬【案：失姓。】、陸涓【案：吳人。
陽翟令。】

〈建元寺西院寄李員外縱聯句〉

皇甫曾、崔子向、鄭說、晝

〈七言滑語聯句〉

顏眞卿、晝、劉全白、李崿、李益

上列聯句名單中，以顏眞卿、陸羽、耿湋、李益等文士較爲知名。顏
眞卿是當時的湖州刺史，其家學淵源可溯自他的祖先顏之推，其祖著
有《顏氏家訓》。顏眞卿的書法較爲世人注目，蘇軾在《東坡題跋》
稱其：「詩至於杜甫，文至於韓愈，畫至於吳道子，書至於顏魯公，
而古今之變，天下之能事盡矣。」陸羽撰有《茶經》三卷，被祀爲茶
神。皎然曾與其品茗論茶，〈九日與陸處士羽飲茶〉詩曰：「九日山僧
院，東籬菊也黃。俗人多泛酒，誰解助茶香。」耿湋和李益是大曆十
才子之一。

　　皎然與韋應物亦有聯繫。韋應物有〈寄皎然上人〉，而皎然有〈答
蘇州韋應物郎中〉，且《唐詩紀事》卷二六「韋應物」條載曰：「應物
性高潔，所在席地焚香而坐，廁其列者，唯顧況、劉長卿、丘丹、秦
系、皎然。」此可證也。另外，唐趙璘《因話錄・角部》曾載皎然曾
向韋應物請教作詩之法：「吳興僧晝，字皎然，工律詩。嘗謁韋蘇州，
恐詩體不合，乃於舟中抒思，作古體十數篇爲贄。韋公全不稱賞，晝
極失望。明日寫其舊製獻之，韋公吟諷，大加嘆詠。因語晝云：『師
幾失聲名，何不但以所工見投，而猥希老夫之意。人各有所得，非卒
能致。』晝大伏其鑒別之精。」〔註6〕兩人認識則是不爭之事實，至
若誰向誰請教詩法，則不甚重要。

〔註6〕趙昌平認爲此事未可徵信。詳見傅璇琮主編《唐才子傳校箋》第二
　　　　冊，頁199。

　　既然皎然以繼承祖先謝靈運詩業爲榮，又與文士酬唱聯句交往，故皎然對作詩有獨到方法和見解，應無庸置疑。以下則結合其文學理論著作《詩式》和山水詩創作作一比對分析，試圖找出詩學理論和詩歌創作之關係。

　　皎然山水詩中，就體式而言，以五律居多，五古次之，五七言絕再次之，七律極少，沒有七古。皎然《詩式》與山水詩可作爲聯結的詩學觀點主要是以「對句與苦思」、「不睹文字」爲二大核心概念。皎然《詩式》中的「對句不對句」項下說：

> 夫對者，如天尊、地卑、君臣、父子，蓋天地自然之數。
> 若斤斧跡存，不合自然，則非作者之意。又詩語二句相須，
> 如鳥有翅，若惟擅工一句，雖奇且麗，何異於鴛鴦五色，
> 隻翼而飛者哉？

皎然認爲作詩兩兩成對是天經地義，正如鳥有雙翅，這是第一層涵意，第二層是對仗時必須合乎自然，避免斤斧跡存。即使其中一句奇麗，另一句亦應互相搭配。而對句要做得好，不能隨性出手，必須歷經一段苦思。他在「取境」項下說到：

> 詩不假修飾，任其醜樸。但風韻正，天眞全，即名上等。
> 予曰：不然，無鹽闕容而有德，曷若文王太姒有容而有德
> 乎？

詩句不用修飾，這個想法被皎然否定了。他認爲詩歌宜內容和形式兩方面兼顧，正如文王賢妻般有才德雙備。詩句若須修飾，則亦須苦思，成篇之前，作者苦思，成篇之後，使讀者看不出苦思的跡痕，這才是作詩高手。於是他說：

> 又云：不要苦思，苦思則喪自然之質。此亦不然。夫不入
> 虎穴，焉得虎子？取境之時，須至難、至險，始見奇句。
> 成篇之後，觀其氣貌，有似等閒，不思而得，此高手也。

所以皎然反對「苦思則喪自然之質」之說法，反而認爲欲得甘美果實之前，宜須付出相當努力栽種。因此對句是詩中之自然本質，必須苦思經營，讓人看不出刻痕。若依苦思對句來檢視皎然本身所寫的山水

詩，是否能驗證出他是理論結合實際呢？先從他的五律山水詩看，五律中的兩組對仗句是支撐全詩的骨架，若骨架雕塑得不露痕跡，那全詩就更完美了，他在「詩有六至」項下說：「至苦而無跡」。試看皎然五律體的山水詩對句：

早涼生浦漵，秋意滿高低。

前事雖堆案，閒情得泝溪。（〈早秋陪韓明府泛阮元公溪〉）

雙林秋見月，萬壑靜聞鐘。

珮玉行山翠，交扆動水容。（〈和閬士和李蕙冬夜重集〉）

人天霽後見，猿鳥定中聞。

真界隱青壁，春山凌白雲。（〈奉同盧使君幼平遊精舍寺〉）

寥亮泛雅瑟，逍遙扣玄關。

嶺雲與人靜，庭鶴隨公閒。（〈夏日奉陪陸使君長源公堂集〉）

一室煩暑外，眾山清景中。

忘歸親野水，適性許雲鴻。（〈夏日集裴錄事北亭避暑〉）

席上落山影，桐梢迴水容。

放懷涼風至，緩步清陰重。（〈夏日題桐廬楊明府納涼山齋〉）

曠望煙霞盡，淒涼天地秋。

相思路渺渺，獨夢水悠悠。（〈與盧孟明別後宿南湖對月〉）

野花當砌落，溪鳥逐人還。

有興常臨水，無時不見山。（〈題沈少府書齋〉）

暮客去來盡，春流南北分。

萋萋御亭草，渺渺蕪城雲。（〈京口送盧孟明還揚州〉）

蕭條古關外，岐路更東西。

大澤雲寂寂，長亭雨淒淒。（〈於武原從送盧士舉〉）

寂寞千峰夜，蕭條萬木寒。

山光霜下見，松色月中看。（〈宿支硎寺上房〉）

纖雲溪上斷，疏柳影中秋。

漸映千峰出，遙分萬派流。（〈南樓望月〉）

蔓草緣空壁，悲風起故臺。

野花寒更發，山月暝還來。〈〈宿吳匡山破寺〉〉

遙知秣陵令，今夜在西樓。

別葉蕭蕭下，含霜處處流。〈〈山中月夜寄無錫長官〉〉

何似南湖近，芳洲一畝間。

意中雲木秀，事外水堂閒。〈〈題湖上蘭若示清會上人〉〉

芳草行無盡，清源去不窮。

野煙迷極浦，斜日起微風。〈〈若邪春興〉〉

纔向窗中列，還從林表微。

色濃春草在，峰起夏雲歸。〈〈夏日同崔使君論登城樓賦得遠山〉〉

霏微過麥隴，蕭散傍莎城。

靜愛和花落，幽聞入竹聲。〈〈夏日登觀農樓和崔使君〉〉

細脈穿亂沙，叢聲咽危石。

初因智者賞，果會幽人跡。〈〈詠小瀑布〉〉

以上列舉十九首山水詩，去其首尾四句，中間兩聯在五律體的作法
上，在對仗、詞性和平仄及押韻等三方面須作適當之調配，詞性相對
外，平仄亦須注意失黏失對之問題，如〈詠小瀑布〉詩中，「細脈穿
亂沙，叢聲咽危石。初因智者賞，果會幽人跡」之平仄為「仄仄平仄
平，平平仄平仄。平平仄仄仄，仄仄平平平。」頸聯和頷聯五字平仄
及詞性俱相對，且『叢聲』和『初因』二詞平平相黏。又如〈題沈少
府書齋〉中，「野花當砌落，溪鳥逐人還。有興常臨水，無時不見山」
之平仄為「仄平平仄仄，平仄仄平平。仄仄平平仄，平平仄仄平」兩
聯對仗十分精當，『溪鳥』和『有興』二詞並未失黏。其他如〈若邪
春興〉〈夏日奉陪陸使君長源公堂集〉等詩皆韻律調配得當，將山水
風貌繪描出來。「野煙迷極浦，斜日起微風」淡描出若邪溪春日之迷
離美景，「真界隱青壁，春山凌白雲」將山雲含蘊佛性之景展現開來，
「靜愛和花落，幽聞入竹聲」以變換字序之手法，以『靜』『幽』二
字安排在句首，將觀農樓周圍之靜幽清澄美景具體呈現，且韻律相

諧，正如他在「詩有四深」中所謂：「用律不滯，由深於聲對」，又「明作用」項下所言：「作者措意，雖有聲律，不妨作用」，以及「明四聲」項下所稱：「宮商暢於詩體，輕重低昂之節，韻合情高，此未損文格」。因此在他使用的疊字修辭中，「相思路渺渺，獨夢水悠悠」「萋萋御亭草，渺渺蕪城雲」「別葉蕭蕭下，含霜處處流」等句，確實音韻和諧，且將送別或相思之真情融入其中，達到情景交融之效果。律體和古體比較來說，古體較不用考慮那麼多，相對之下，也較為省時簡易，而皎然本可避用對仗方式寫山水詩，可是他卻採用了，可見他苦思經營對句之處，較之其祖謝靈運較多使用五古詩歌頌大自然，這是在繼承謝靈運之時，也表現創造性的一面。

不過，對仗句中仍有不精工之地方，如「蕭條古關外，岐路更東西」、「何似南湖近，芳洲一畝間」「曠望煙霞盡，淒涼天地秋」等句。在他的五古體山水詩中，在描繪山水景色中，亦偶有對仗精工的山水景物對句，如：

積翠遙空碧，含風廣澤秋。(〈同顏使君真卿李侍御萼遊法華寺登鳳翅山望太湖〉)

秋賞石潭潔，夜嘉杉月清。(〈和楊明府早秋遊法華寺〉)

雲窺香樹沓，月見色天重。(〈奉和崔中丞使君論李侍御萼登爛柯山宿石橋寺效小謝體〉)

泄雲收淨綠，眾木積芳陰。(〈夏日集李司直縱溪齋〉)

雲送滿洞庭，風吹繞楊柳。(〈集湯評事衡湖上望微雨〉)

水照千花界，雲開七葉峰。(〈冬日遙和盧使君幼平綦毋居士遊法華寺高頂臨湖亭〉)

瓊峰埋積翠，玉嶂掩飛流。(〈晨登樂遊原望終南積雪〉)

這些對句的經營，顯示皎然作詩苦思的結果，符合他的「詩語二句相須，如鳥有翅」之對句理論，以及「不要苦思，苦思則喪自然之質。此亦不然。」之苦思經營理論也。

再者，結合他本身的僧人背景，他主張「不睹文字」之禪悟境界。

他在「重意詩例」項下說到：

> 兩重意已上，皆文外之旨。若遇高手，如康樂公，覽而察
> 之，<u>但見情性，不睹文字</u>，蓋詣道之極也。

文字即所謂的表象，不睹文字則是不受表象矇蔽，然後可見清靜之情
性。此所謂佛家所言明心見性之義也。當心性清靜後，所見之景同時
亦清澄。故其又在「文章宗旨」項下曰：

> 曩者嘗與諸公論康樂爲文，<u>直於情性</u>，尚於作用，<u>不顧詞
> 彩</u>，而風彩自然。彼清景當中，天地秋色，詩之量也。

皎然與諸公討論謝靈運之文時，認爲其特點在於「直於情性」四字，
「不顧詞彩」則強調不受文字之束縛，因而詩文呈現出天地秋色之清
景。由此可知皎然的山水詩有許多表現這種禪學的清景。如：

> 碧峰委合沓，香蔓垂莫苓。
> 清景爲公有，放曠雲邊亭。（〈和楊明府早秋遊法華寺〉）
>
> 曜彩含朝日，搖光奪寸眸。
> 寒空標瑞色，爽氣襲皇州。（〈晨登樂遊原望終南積雪〉）
>
> 影刹西方在，虛空翠色分。
> 人天霽後見，猿鳥定中聞。（〈奉同盧使君幼平遊精舍寺〉）
>
> 有興常臨水，無時不見山。
> 千峰數可盡，不出小窗間。（〈題沈少府書齋〉）
>
> 前林夏雨歇，爲我生涼風。
> 一室煩暑外，眾山清景中。（〈夏日集裴錄事北亭避暑〉）

上列五首山水詩俱描繪出山水清景，「千峰數可盡，不出小窗間」二
句說明透過山中書齋之窗口，可望見清晰之千峰，這不就像一幅山水
畫嗎？

　　皎然不僅在《詩式》中提出不睹文字的詩學理論，在他的詩亦常
再三反覆致意。如〈苕溪草堂自大曆三年夏新營泊秋及春彌覺境勝因
紀其事簡潘丞述湯評事衡四十三韻〉曰：「外事非吾道，忘緣倦所歷。
中宵廢耳目，形靜神不役。色天夜清迥，花漏時滴瀝。<u>東風吹杉梧，
幽月到石壁</u>。此中一悟心，可與千載敵。」透過東風和幽月在夜光中

的變幻，頓悟禪理。再如〈答俞校書冬夜〉：「月彩散瑤碧，示君禪中境。真思在杳冥，浮念寄形影。」禪境如同月彩散瑤碧。尚有一首是記錄他求禪的過程，〈白雲上人精舍尋杼山禪師兼示崔子向何山道山人〉詩謂：

> 望遠涉寒水，懷人在幽境。爲高皎皎姿，及愛蒼蒼嶺。
> 果見栖禪子，潺湲灌真頂。積疑一念破，澄息萬緣靜。
> 世事花上塵，惠心空中境。清閒誘我性，遂使腸慮屏。
> 許共林客遊，欲從山王請。木栖無名樹，水汲忘機井。
> 持此一日高，未肯謝箕穎。夕霽山態好，空月生俄頃。
> 識妙聆細泉，悟深滌清茗。此心誰得失，笑向西林永。

首四句寫皎然求禪途中之艱苦，並淡繪杼山禪師所居之境乃「皎皎姿」和「蒼蒼嶺」之幽處，顯示其非凡徒。「果見栖禪子」以下八句，說明他遇見禪師且悟道之情形。一念破則在於擺脫執著表相之念頭，澄息則指撥雲見日，照見清淨之本心。花上塵乃指因人類「眼耳鼻舌身意」六根受外相誘惑而生的六種「色聲香味觸法」污塵，空中境說的是這六塵即蒙蔽清淨心的表象。猶如《六祖壇經·機緣品第七》所言：「汝觀自本心，莫著外法相。」因此「夕霽山態好，空月生俄頃」兩句即富有禪意，霽和生二字，俱指氣候由雨轉晴之變化，眼前所見之山態好和月出之現象皆是短暫而非永恆，所以在「月」字前著一「空」字，並在「月生」後加以「俄頃」二字矣。以下再舉其禪意山水之詩，如：

> 一片雨，山半晴。長風吹落西山上，滿樹蕭蕭心耳清。雲鶴驚亂下，水香凝不然。風迴雨定芭蕉溼，一滴時時入晝禪。（〈山雨〉）

> 秋水月娟娟，初生色界天。蟾光散浦溆，素影動淪漣。何事無心見，虧盈向夜禪。（〈溪上月〉）

> 古寺寒山上，遠鐘揚好風。聲餘月樹動，響盡霜天空。永夜一禪子，泠然心境中。（〈聞鐘〉）

> 從來湖上勝人間，遠愛浮雲獨自還。孤月空天見心地，寥寥一水鏡中山。（〈送維諒上人歸洞庭〉）

這四首山水詩所展現的是一種空靈之境。所謂空靈，空是清淨，靈是自性自然。〈山雨〉詩中，「風迴雨定芭蕉溼」顯現其心定而不受外相干擾，芭蕉水滴寫入畫中。同理〈溪上月〉中的月是外相，不受其虧盈變化之影響，即可獲得禪悟。正是禪宗所謂「如是諸法在自性中，如天常清，日月常明，爲浮雲蓋覆，上明下暗。忽遇風吹雲散，上下俱明，萬象俱現。」（《六祖壇經・懺悔品第六》）而〈聞鐘〉詩中的外相是「聲餘月樹動」，但禪悟之後則是「響盡霜天空」，心境不受干擾，故有泠然心境中。〈送維諒上人歸洞庭〉中，孤月和鏡中山是迷離的外相，見心地則表現出明心見性般之澄澈。無論外相如何變化，內心依然不受影響。皎然所提出的但見情性，即是佛家清淨之心，而不睹文字，即是所謂的去除虛幻外相的之執著，由此清澄之心所呈現之空靈意境，這是其山水詩創作之特點，亦即理論與實際相互結合之明證！

　　皎然七律山水詩與其他中唐詩人一樣，極少使用七律體寫景狀物，如〈晚春尋桃源觀〉：「武陵何處訪仙鄉，古觀雲根路已荒。<u>細草擁壇人跡絕，落花沈澗水流香。山深有雨寒猶在，松老無風韻亦長。</u>全覺此身離俗境，玄機亦可照迷方。」中間兩聯對仗精工，顯示苦思詩句之結果，末兩句則表現迷悟之禪理。在技巧上，若將皎然此詩混入其他中唐詩人之七律山水詩之中，其中間兩聯精工寫景對仗句幾乎難以分辨，試看以下諸例：

　　　黃鳥數聲催柳變，清溪一路踏花歸。
　　　空林野寺經過少，落日深山伴侶稀。（戴叔倫〈越溪村居〉）
　　　漢口夕陽斜渡鳥，洞庭秋水遠連天。
　　　孤城背嶺寒吹角，獨戍臨江夜泊船。
　　　（劉長卿〈自夏口至鸚鵡洲夕望岳陽寄源中丞〉）
　　　晚葉尚開紅躑躅，秋芳初結白芙蓉。
　　　聲來枕上千年鶴，影落杯中五老峰。（白居易〈題元八谿居〉）
　　　林邑東迴山似戟，牂牁南下水如湯。

蒹葭淅瀝含秋霧，橘柚玲瓏透夕陽。

（柳宗元〈得盧衡州書因以詩寄〉）

寒樹依微遠天外，夕陽明滅亂流中。

孤村幾歲臨伊岸，一雁初晴下朔風。

（韋應物〈自鞏洛舟行入黃河即事寄府縣僚友〉）

湖草初生邊雁去，山花半謝杜鵑啼。

青油畫卷臨高閣，紅旆晴翻繞古堤。

（劉禹錫〈酬浙東李侍郎越州春晚即事長句〉）

煙霧開時分遠寺，山川晴處見崇陵。

沙灣漾水圖新粉，綠野荒阡罿色繒。（王建〈早登西禪寺閣〉）

朝瞻雙頂青冥上，夜宿諸天色界中。

石潭倒獻蓮花水，塔院空聞松柏風。

（錢起〈夜宿靈臺寺寄郎士元〉）

以上所列為中唐詩人較少使用的七律體山水詩，他們所描繪出的山水自然之景，均似一幅幅美麗活潑的山水畫，如王建將其登西禪寺閣所飽覽之山景，以對仗形式寫下「煙霧開時分遠寺，山川晴處見崇陵」，禪寺清晨時本在煙霧籠罩下，視覺效果呈現朦朧之美，隨時間挪移，日出東方後，雲霧散開，顯露出清明之景象，於是遠處之崇陵清晰可見。其他如錢起「石潭倒獻蓮花水，塔院空聞松柏風」描繪出靈臺寺蓮花水源源不絕之奇觀，劉禹錫「青油畫卷臨高閣，紅旆晴翻繞古堤」描寫越州春晚之壯觀畫面。將夕照之景描繪得詩情畫意般引人入勝者，韋應物「寒樹依微遠天外，夕陽明滅亂流中」和劉長卿「漢口夕陽斜渡鳥，洞庭秋水遠連天」之句，體現出山水蕭瑟的一面，可謂寫景聖手。若將上列八詩與皎然之「細草擁壇人跡絕，落花沈澗水流香。山深有雨寒猶在，松老無風韻亦長」之句相較，幾乎難辨是文人或詩僧之作，可知他已是具備詩才的僧人。皎然還有淡然閒遠的五七絕體山水詩，如：

山頂東西寺，江中旦暮潮。

歸心不可到，松路在青宵。（〈界石守風忘天竺靈隱二寺〉）

峰色秋天見，松聲靜夜聞。

影孤長不出，行道在寒雲。(〈秋居法華寺下院望高頂贈如獻上人〉)

林杪不可分，水步遙難辨。

一片山翠邊，依稀見村遠。(〈望遠村〉)

山居不買剡中山，湖上千峰處處閒。

芳草白雲留我住，世人何事得相關。(〈題湖上草堂〉)

上列五七言絕句中，「江中旦暮潮」「峰色秋天見」「一片山翠邊」「湖上千峰處處閒」諸句，造語平易，景象如在目前，寫景高超。因此除了未寫七古山水詩之外，皎然山水詩可說是諸體皆備，而以五言律體最多。皎然《詩式》與山水詩可作為聯結的詩學觀點主要是以「對句與苦思」、「不睹文字」為二大核心概念。對句與苦思可證其寫詩之態度嚴謹，「不睹文字」說明了其山水詩的空靈之境及禪意之特點矣！

第二節　賈島之送僧山水詩

　　賈島之身份較其他中唐詩人來說是特殊的，他早年為詩僧，之後為士人。據《新唐書‧韓愈附賈島列傳》卷一百七十六所載：「島字浪仙，范陽人，初為浮屠，名無本。來東都，時洛陽令禁僧午後不得出，島為詩自傷。愈憐之，因教其為文，遂去浮屠，舉進士。」可知賈島本為浮屠，法號無本，因韓愈教其文藝而還俗為士人。至於賈島在洛陽因其僧人身分而遭午後禁足一事，他所作詩自傷是指何詩呢？《唐詩紀事》卷四十「賈島」條有解答：「島為僧時，洛陽令不許僧午後出寺。島有詩云：『不如牛與羊，獨得日暮歸。』」又孟郊〈戲贈無本〉曰：「瘦僧臥冰凌，嘲詠含金痍。」孟郊稱其為瘦僧。

　　再者，晚唐詩人李洞仰慕賈島，稱其為賈島佛。〔註7〕孫光憲《北夢瑣言》卷七載云：「進士李洞慕賈島，欲鑄而頂戴，嘗念賈島佛，而其詩體又僻於島。」《唐才子傳‧李洞》卷九記之更詳，曰：「酷慕賈長江，遂銅寫島像，載之巾中。常持數珠念賈島佛，一日千遍。人

〔註7〕宋人周密《齊東野語》卷十六亦有「賈島佛」條。

有喜賈島者，洞必錄島詩贈之，叮嚀再四曰：『此無異佛經，歸焚香拜之。』其仰慕一何如此之切也。」他之所以被後人李洞崇拜至此，當成佛神膜拜，可能與其曾爲詩僧之經歷有關。

以上諸說俱可證其爲詩僧之身份矣。因此他對僧人有份特殊之情感，他有諸多五律體山水詩是贈送給僧人，透過自然山水之描寫，表達對僧人之真摯情感，我稱之爲送僧山水詩，這是一個較爲特殊之現象。在賈島之前，大曆時期劉長卿的五絕體〈送靈澈上人〉〈送靈澈〉、七律體〈送靈澈上人還越中〉以及五律體〈送靈澈上人歸嵩陽蘭若〉等四詩亦屬送僧山水詩，其中〈送靈澈上人〉詩曰：「蒼蒼竹林寺，杳杳鐘聲晚。荷笠帶夕陽，青山獨歸遠。」很有意境和聲感，在淡淡之夕陽下，目送僧人孤獨之背影遠向青山，濃厚交誼，躍然紙上！

劉長卿是以文士身份寫送僧山水詩，而賈島則以詩僧身份寫送僧山水詩，兩種不同身份的構思方式應該會呈現差異，以下則舉賈島送僧山水詩爲例，列舉時擬以全詩呈現，免於掉入摘句批評之片面泥淖裏。先看〈送安南惟鑑法師〉：

> 講經春殿裏，花遶禦床飛。南海幾迴過，舊山臨老歸。
> 潮搖蠻草落，月溼島松微。空水既如彼，往來消息稀。

（《賈島詩集校注》，頁 130）

三四句寫惟鑑法師行旅時的漂泊不定，再寫潮搖月溼之蠻荒景象，末句著一空字，可見禪意深深。再看〈送知興上人〉：

> 久住巴興寺，如今始拂衣。欲臨秋水別，不向故園歸。
> 錫掛天涯樹，房開嶽頂扉。下看千里曉，霜海日生微。

（《賈島詩集校注》，頁 178）

五六句寫知興上人「四海爲家處處家」的漂泊生活，末句寫上人居所之霜海日生微的景象。詩中未見賈島之情。再看〈送僧歸天臺〉：

> 辭秦經越過，歸寺海西峰。石澗雙流水，山門九里松。
> 曾聞清禁漏，卻聽赤城鐘。妙字研磨講，應齊智者蹤。

（《賈島詩集校注》，頁 215）

三四句寫海西峰之山水景色。赤城是浙江天臺縣北的山名。鐘聲亦是

山景中最常見的意象，透過長安清禁和天臺赤城之對舉，烘托出塵外之音。再看〈送空公往金州〉：

> 七百里山水，手中櫛栗粗。松生師坐石，潭滌祖傳盂。
> 長擬老嶽嶠，又聞思海湖。惠能同俗姓，不是嶺南盧。
>
> （《賈島詩集校注》，頁 230）

此詩在寫平淡寫景之餘，融入佛教相關故事，五六句山水對句，精工深細。再看〈送惟一遊清涼寺〉：

> 去有巡臺侶，荒溪眾樹分。瓶殘秦地水，錫入晉山雲。
> 秋月離喧見，寒泉出定聞。人間臨欲別，旬日雨紛紛。
>
> （《賈島詩集校注》，頁 278）

三四句秦地水和晉山雲，對仗精工，錫入乃一醒目之禪語。末聯又可見賈島對別離之感傷，雨紛紛烘托了離別之氣氛。再看〈送天臺僧〉：

> 遠夢歸華頂，扁舟背嶽陽。寒蔬修淨食，夜浪動禪床。
> 雁過孤峰曉，猿啼一樹霜。身心無別念，餘習在詩章。
>
> （《賈島詩集校注》，頁 125）

華頂峰在今浙江天臺縣東北，這是僧人欲往之地。中四句寫其行旅時之生活簡樸及艱辛。尤以「夜浪動禪床」最能顯示行舟歸途時之磨難，加以孤峰曉和一樹霜之白色景象和孤寂心情，結以身心無別念，寫出佛法安定人心之妙用。再看〈送慈恩寺霄韻法師謁太原李司空〉：

> 何故謁司空，雲山知幾重。磧遙來雁盡，雪急去僧逢。
> 清磬先寒角，禪燈徹曉烽。舊房開片石，倚著最高松。
>
> （《賈島詩集校注》，頁 177）

三四句的磧遙和雪急描寫出行旅中的荒漠和大雪之景，末聯則點出禪意無限。

再看〈送宣皎上人遊太白〉：

> 剃髮鬢無雪，去年三十三。山過春草寺，磬度落花潭。
> 得句才鄰約，論宗意在南。峰靈疑懶下，蒼翠太虛參。
>
> （《賈島詩集校注》，頁 233）

三四句山水相對，頗有禪意。末聯之山景融合在太虛之間。再看〈送

惠雅法師歸玉泉〉：

> 衹到瀟湘水，洞庭湖未遊。飲泉看月別，下峽聽猿浮。
> 講不停雷雨，吟當近海流。降霜歸楚夕，星冷玉泉秋。

（《賈島詩集校注》，頁 179）

玉泉爲山名，山下有玉泉寺，在今湖北當陽縣西北。三四句爲山水對句，末句降霜和星冷指出了荒寒之景。再看〈送無可上人〉：

> 圭峰霽色新，送此草堂人。塵尾同離寺，蛩鳴暫別親。
> 獨行潭底影，數息樹邊身。終有煙霞約，天臺作近鄰。

（《賈島詩集校注》，頁 100）

圭峰在今陝西省鄠縣東南。賈島在清新的山色中送行無可上人，無可是他的從弟。五六句設想其行旅中孤獨和漂泊無依之體驗。再看〈送神邈法師〉：

> 柳絮落濛濛，西州道路中。相逢春忽盡，獨去講初終。
> 行疾遙山雨，眠遲後夜風。繞房三兩樹，迴去葉應紅。

（《賈島詩集校注》，頁 176）

四句的獨去，指出對神邈法師的孤獨身影之懷念。五六句的行疾和眠遲，描述神邈法師行旅中之風雨飄搖。再如〈送僧〉：

> 此生披衲過，在世得身閒。日午遊都市，天寒往華山。
> 言歸文字外，意出有無間。仙掌雲邊樹，巢禽時出關。

（《賈島詩集校注》，頁 339）

三四句寫僧人行旅中的悠閒心情，五六句爲禪語。末聯寫景，寫巢禽悠閒出關之景。

　　從上列十二首送僧山水詩中，不難看出賈島對僧人之誠眞友誼，詩中之山水風景爲開闊的，中間兩聯對仗精工，苦心鍛鍊，詩中時有禪語，體式上多爲五律。明人周履靖《騷壇秘語》說他：「煉景情眞，太拘聲病。」〔註8〕前半段是說對了，他的送僧山水詩即是顯證。至於太拘聲病一語，不知周履靖是從他的什麼詩作判斷，若是從上列的山水詩言之，確有失評矣。

_____

〔註8〕詳見《唐詩彙評》，頁 2578。

第三節　中唐詩僧之修行山水詩——禪寺與雲遊四海

　　宋人葛立方《韻語陽秋》卷四載：「張祐喜遊山而多苦吟，凡所歷僧寺，往往題詠。如〈題僧壁〉云：『客地多逢酒，僧房卻厭花。』〈萬道人禪房〉云：『殘陽過遠水，落葉滿疏鐘。』〈題金山寺〉云：『僧歸夜船月，龍出曉堂雲。寺影中流見，鐘聲兩岸聞。』〈題孤山寺〉云：『不雨山長潤，無雲水自陰。斷橋荒蘚澀，空院落花深。』如杭之靈隱、天竺，蘇之靈巖、楞伽，常之惠山、善權，潤之甘露、招隱，皆有佳作。李涉在岳陽嘗贈其詩曰：『岳陽西南湖上寺，水閣松房遍文字。新釘張生一首詩，自餘吟著皆無味。』信知僧房佛寺賴其詩以摽榜者多矣。」這一段話指出僧房佛寺須透過山水詩而得以揚名，山水詩則因僧房佛寺所處之自然環境而有靈感來源，可見兩者關係之密切。

　　就禪宗本身而言，山林環境乃是僧人最佳修行之地。《六祖大師緣起外紀》曾述及慧能：「遊境內，山水勝處，輒憩止，遂成蘭若十三所。」又禪宗的傳燈錄中亦多書寫自然意象來表達禪悟境界，如《五燈會元》卷五：「如何是夾山境？」師（夾山善會禪師）曰：『猿抱子歸青嶂裡，鳥銜花落碧岩前』。」在山林環境的陶冶下，再加上與士大夫詩人常有詩作酬贈，因此山水詩的創作亦是詩僧文學才華的呈現。

　　禪宗修行的方式並不侷限在佛寺之中，《六祖壇經·疑問品第三》曾說：「若欲修行，在家亦得，不由在寺。」因此許多中唐詩僧俱有雲遊各地的經驗，從而促成山水詩的興盛，與士人不同者，乃在於詩僧絕無官職之累，因此詩中的元素則與任官毫無關係，反而更多關注人生大道，如清江〈早發陝州途中贈嚴秘書〉所言：「此身雖不繫，憂道亦勞生。萬里江湖夢，千山雨雪行。」再如靈澈〈歸湖南作〉：「山邊水邊待月明，暫向人間借路行。」可知詩僧清江和靈澈的修行之旅是雲遊四海。故以下擬就僧人修行的兩個方式來探討其山水詩，一是禪寺山水詩，一是雲遊四海山水詩，換句話說，詩僧山水詩的創作內

容乃由其生活在山林中的禪寺或是雲遊四海而來。〔註9〕

一、禪寺修行

　　禪寺一般都建築在山林之中，其主因在其幽靜之特點。幽靜之環境可使人忘卻煩惱或益人思索哲理。對僧人來說，他們可避免紅塵俗世之誘惑，虛迷外相之困擾，因此僧人的居所自然在禪寺之中。當然，也有詩僧居在草堂之中，如皎然。他有〈南池雜詠〉五首可爲證。詩前有序曰「余草堂在池上洲。昔柳吳興詩。汀洲採白蘋。即此地也。左右雲山滿目。一坐遂有終焉之志。會廣德中寇盜淮海騷動。宵人肆志。吾屬不安。因賦南池五詠。聊以自適。」中唐詩僧存詩不多，以皎然最多，無可、靈澈居次，清江、法照、廣宣、法振、善生再次之。這群體詩僧中，以山水爲歌詠題材者甚少。

　　在山水詩中，詩僧和文士表現不同之處在於前者將山水視爲禪悟對象，而後者將山水當作審美對象。所以詩僧山水詩中會呈現一種與物冥契的畫面，即僧人在充滿山林氣息中，觀照山水景象，從而證悟本心。先看皎然的兩首詩：

　　　　路入松聲遠更奇，山光水色共參差。
　　　　<u>中峰禪寂一僧在</u>，坐對梁朝老桂枝。（〈法華寺上方題江上人禪空〉）
　　　　上界雨色乾，涼宮日遲遲。水文披菡萏，山翠動罘罳。
　　　　<u>中有清眞子</u>，悟悟步閒墀。手縈頗黎縷，願證黃金姿。
　　　　<u>旋草階下生，看心當此時</u>。（〈題報恩寺惟照上人房〉）

皎然在上列二詩中，指出禪師兩種修行方式：一是江上人在法華寺坐禪修行，一是惟照上人在報恩寺觀心修行。就禪宗而言，在盛唐之後，分爲南宗慧能（638～713）和北宗神秀（606～706）。據《舊唐書·方伎列傳》載曰：「初，神秀同學僧慧能者，新州人也，與神秀行業相埒。弘忍卒後，慧能住韶州廣果寺。韶州山中，舊多虎豹，一朝盡

〔註9〕　唐僧人之詩篇，除見《全唐詩》外，亦可參南宋李龔所編《唐僧弘秀集》十卷本。

去，遠近驚歎，咸歸伏焉。神秀嘗奏則天，請追慧能赴都，慧能固辭。
神秀又自作書重邀之，慧能謂使者曰：『吾形貌矬陋，北土見之，恐
不敬吾法。又先師以吾南中有緣，亦不可違也。』竟不度嶺而死。天
下乃散傳其道，謂神秀爲北宗，慧能爲南宗。」〔註10〕說明則天皇帝
之後，以弘忍爲五祖之禪宗分裂爲南宗和北宗，南宗是以慧能爲代
表，北祖以神秀爲領袖。在唐代，佛教宗派不僅禪宗一派，尙有繼承
印度佛教原型的三論宗、唯識宗和密宗，另外還有結合中國傳統思想
創立的宗派，如天台宗、華嚴宗和禪宗，另外還有繼承印度佛典而創
立的淨土宗，祂也是中國特有的宗派。這中國化的佛教宗派中，以禪
宗影響中國人生活最深。〔註11〕

　　禪宗在修行方式上，南宗主心悟，而北宗主坐禪。《六祖壇經‧
護法品第九》說：

> 薛簡曰：「京城禪德皆云：『欲得會道，必須坐禪習定；若
> 不因禪定而得解脫者，未之有也。』未審師所說法如何？」

> 師曰：「道由心悟，豈在坐也？經云：『若言如來若坐若臥，
> 是行邪道。』何故？無所從來，亦無所去，無生無滅，是
> 如來清淨禪。諸法空寂，是如來清淨坐，究竟無證，豈況
> 坐耶？」

京城禪（北宗神秀一派）認爲坐禪之目的乃爲專注而心定而解脫得
道。而南宗慧能則認爲道由心悟，非必坐禪，以「明心見性」爲其理
論綱領。人心本爲清淨，因各種欲望蒙蔽清淨心，因此自求本心即可。
簡易方法是「令學道者頓悟菩提，各自觀心，自見本性。」（《六祖壇
經‧般若品第二》）具體方法則是「先立無念爲宗，無相爲體，無住
爲本」（《六祖壇經‧定慧品第四》）皎然山水詩中則記錄自己或詩僧
在禪寺的修行畫面，如：

> 山光霜下見，松色月中看。（〈宿支硎寺上房〉）

〔註10〕《舊唐書》卷191，〈方伎列傳第141‧神秀附慧能〉，頁5110。
〔註11〕關於佛教宗派之討論，可參祁志祥著：《佛學與中國文化》上海：學
　　　　林出版社，2000年12月，頁59。

馳心驚葉動，傾耳聞泉滴。(〈妙喜寺高房期靈澈上人不至重招之
一首〉)

為君中夜起，孤坐石上月。(〈杼山禪居寄贈東溪吳處士馮一首〉)

昔日經行人去盡，寒雲夜夜自飛還。(〈秋晚宿破山寺〉)

峰色秋天見，松聲靜夜聞。(〈秋居法華寺下院望高頂贈如獻上人〉)

幽僧悟深定，歸客忘遠別。寄歷無性中，真聲何起滅。(〈妙
喜寺遠公院賦得夜磬送呂評事〉)

夜夜池上觀，禪身坐月邊。(〈南池雜詠，五首之一：水月〉)

「孤坐石上月」顯示皎然之修行方式是坐禪。在他的《詩式》又說「不
立文字」，因此皎然是結合南北二宗之修行活動，以坐禪為手段，悟心
為目的。上舉諸多例子可證詩僧在禪寺之修行所採的方式是觀照山林美
景，在詩僧觀念裏它是幻相。他們看松或聞泉的目的是要透過「無念」
「無相」之功夫達到所謂禪定之境界。所以皎然在〈奉同盧使君幼平遊
精舍寺〉中說：「人天齋後見，猿鳥定中聞。」在〈詠小瀑布〉亦謂「不
向定中聞，那知我心寂。」皆是強調他透過觀照山水景物以達禪定的修
行目標。除了皎然山水詩對禪宗兩種修行方式之呈現外，清江〈精舍遇
雨〉：「空門寂寂淡吾身，溪雨微微洗客塵。臥向白雲情未盡，任他黃鳥
醉芳春。」所謂的「淡吾身」亦是一種佛家思維方式，即將自身看成幻
相，所以言「淡」。再如靈澈〈東林寺寄包侍御〉：「古殿清陰山木春，
池邊跂石一觀身。誰能來此焚香坐，共作鑪峰二十人。」觀身亦是禪學
的修行方法，身是假相。而焚香坐則是北宗坐禪之功夫也。

　　詩僧將山林禪寺坐禪或觀心之修行經驗記錄於詩歌，從而豐富充
實了中國山水詩的內容，使山水詩更有深度和廣度，比較其他文士，
雖然文士詩中不免有類似坐禪觀物之活動，如王維：「行到水窮處，
坐看雲起時。」(終南別業)；孟浩然：「坐看霞色曉，疑是赤城標。」
(舟中曉望) 以及劉得仁：「默坐看山久，閒行值寺過。」(秋夜寄友
人，二首之二) 等詩，然他們畢竟不是僧人，不須在禪寺完成這些動
作，只能偶一為之矣。恰如周裕鍇所說：「詩僧生活在環境清幽靜謐

的深山古寺，遠離世俗城鎮，他們觀照山水，沈思冥想，以期頓悟自性。一方面，『山林大地皆念佛法』，『青青翠竹，盡是法身，郁郁黃花，無非般若』山水草木都是有佛性的生命；另一方面，『我心即山林大地』，山林草木都是自我心靈的外化形式。因而他們比一般士大夫更多地把整個身心投向了自然山水。」〔註12〕

二、雲遊四海

　　中唐詩僧之修行已非如傳統佛教所倡導「在寺修行」，如《六祖壇經・疑問品第三》所說：「若欲修行，在家亦得，不由在寺。」因此詩僧亦多居無定所，如清江〈夕次襄邑〉所言：「<u>何處戒吾道，經年遠路中</u>。客心猶向北，河水自歸東。古戍鳴寒角，疏林振夕風。輕舟惟載月，那與故人同。」以及〈月夜有懷黃端公兼簡朱孫二判官〉：「<u>江雁往來曾不定，野雲搖曳本無機</u>。修行未盡身將盡，欲向東山掩舊扉。」雲遊四海中，他們的山水詩記錄了他們的生活，主要在旅宿和遊覽兩方面，其中以無可為最多。先看清江〈喜皇甫大夫同宿大梁驛〉：

　　　　<u>江頭旌旆去，花外卷簾空。夜色臨城月，春聲渡水風。</u>
　　　　也知行李別，暫喜話言同。若問廬山事，終身愧遠公。

詩僧清江是會稽人。他在雲遊各地中曾與皇甫大夫同宿，此詩前四句寫兩人同宿大梁驛之景色，第二句「花外卷簾空」頗具禪意。再看無可〈暮秋宿友人居〉：

　　　　招我郊居宿，開門但苦吟。<u>秋眠山燒盡，暮歇竹園深。</u>
　　　　<u>寒浦鴻相叫，風窗月欲沈。</u>翻嫌坐禪石，不在此松陰。

無可，長安人，是賈島之從弟。他與馬戴、姚合和賈玄多有酬唱。前二句交待作詩苦吟之態度，中間兩聯格律謹嚴，描寫寄宿郊居之暮秋山水景象，尤以「秋眠山燒盡」之句形容夕陽染紅山面，猶如山巒火燒熊熊之景，〔註13〕這四句景非得要沉思靜觀不可，「翻嫌坐禪石」

〔註12〕詳見周裕鍇《中國禪宗與詩歌》，頁53～54。
〔註13〕無可另外有「微陽下喬木，遠燒入秋山」之象外句，王維亦有「古
　　　　壁蒼苔黑，寒山遠燒紅」（〈河南嚴尹弟見宿弊廬訪別人賦十韻〉）

則指出靜觀山水，不一定要坐禪冥思矣。再如〈宿安國簡公院〉：

　　雨後清涼境，因還欲不回。井甘桐有露，竹迸地多苔。

　　<u>幡映宮牆動</u>，香從御苑來。<u>青龍舊經疏，寥落有誰開</u>。

無可感慨佛經無人翻讀，似乎說明南宗「不立文字」之眞義也。第五句「幡映宮牆動」則是引用《六祖壇經・行由品第一》中的「時有風吹旛動。一僧曰風動，一僧曰旛動，議論不已。惠能進曰：『不是風動，不是旛動，仁者心動。』」的故事。再如〈宿西嶽白石院〉：

　　白石上嵌空，寒雲西復東。瀑流懸住處，雛鶴失禪中。

　　岳壁松多古，壇基雪不通。未能親近去，擁褐愧相同。

白石院之景象在無可的筆下是荒寒的，所謂「岳壁松多古，壇基雪不通」之句，而這些景象在佛家看來是虛幻不實，短暫存有。

　　以四海爲家之僧人來說，山水詩中可看出他們對月之感受甚深，如清江〈登樓望月寄鳳翔李少尹〉：

　　陌上涼風槐葉凋，夕陽秋露濕寒條。

　　<u>登樓望月楚山上，月到樓南山獨遙</u>。

　　<u>心送秦人趨鳳闕，月隨陽雁極煙霄</u>。

　　軒車不重無名客，此地誰能訪寂寥。

清江登樓望月，在專注望月之下，而有「月到樓南」，又有「月隨陽雁」之句，對月之情感可見一斑。再如法振〈月夜泛舟〉：

　　西塞長雲盡，<u>南湖片月斜</u>。漾舟人不見，臥入武陵花。

片月倒映南湖，與泛舟之法振同遊，僧月親近。再如無可〈中秋臺看月〉：

　　<u>海雨洗塵埃，月從空碧來</u>。水光籠草樹，練影挂樓臺。

　　皓耀迷鯨口，晶熒失蚌胎。宵分憑欄望，應合見蓬萊。

首二句揭示佛心清淨之眞諦，月從空碧來，乃指撥雲見月，塵埃洗淨。

之句，類似「秋眠山燒盡」之景。南宋魏慶《詩人玉屑》卷三引《冷齋》說：「唐僧多佳句，其琢句法比物以意，而不指言一物，謂之象外句。如無可上人詩曰：『聽雨寒更盡，開門落葉深。』是落葉比雨聲驪。又曰：『微陽下喬木，遠燒入秋山。』是微陽比遠燒也。」

再如皎然兩首詩,〈南樓望月〉:「<u>夜月家家望,亭亭愛此樓</u>。纖雲溪上斷,疏柳影中秋。漸映千峰出,遙分萬派流。關山誰復見,應獨起邊愁。」以及〈與盧孟明別後宿南湖對月〉:「<u>五湖生夜月,千里滿寒流</u>。曠望煙霞盡,淒涼天地秋。相思路渺渺,獨夢水悠悠。何處空江上,裴回送客舟。」皎然直觀夜月,將夜月安排在山水詩的首句,予人一種直接而不假雕飾的審美感受。就自性清淨來說,夜月是實體,而倒映在江面上之月乃爲虛相,故有「漸映千峰出」和「千里滿寒流」之句也。

詩僧除了在本身寺廟修行外,亦會至其他地方遊歷。如無可雲遊四海過程中,曾至金州與姚合共遊南池。〈陪姚合遊金州南池〉:「柳暗清波漲,衝萍復漱苔。張筵白鳥起,掃岸使君來。洲島秋應沒,荷花晚盡開。高城吹角絕,騶馭尚裴回。」又〈過杏溪寺寄姚員外〉:「門徑眾峰頭,盤巖復轉溝。雲僧隨樹老,杏水落江流。峽狖有時到,秦人今日遊。謝公多晚眺,此景在南樓。」以及〈寒夜過睿川師院〉:「長生推獻壽,法坐四朝登。問難無彊敵,聲名掩古僧。絕塵苔積地,棲竹鳥驚燈。語默俱忘寐,殘窗半月稜。」這些詩句看不出無可旅途之疲憊,縱然如此,其內心仍想追求一個安居之所,其〈遊山寺〉:「千峰路盤盡,林寺昔何名。步步入山影,房房聞水聲。多年人跡斷,殘照石陰清。自可求居止,安閒過此生。」最終仍尋找到一個修法之地。其〈禪林寺〉:「台山朝佛隴,勝地絕埃氛。冷色石橋月,素光華頂雲。遠泉和雪溜,幽磬帶松聞。<u>終斷游方念,爐香繼此焚</u>。」

無可尚有一首格律嚴謹的長篇山水詩,共四十句,體裁上屬五言排律。〈寄題廬山二林寺〉:

> 廬岳東南秀,香花惠遠蹤。名齊松嶺峻,氣比沃州濃。
> 積岫連何處,幽崖越幾重。雙流溢隱隱,九派棹憧憧。
> 山限東西寺,林交旦暮鐘。半天傾瀑溜,數郡見鑪峰。
> 巖並金繩道,潭分玉像容。江微匡俗路,日杲晉朝松。
> 棕逕新苞拆,梅籬故葉壅。嵐光生疊砌,霞焰發高墉。

窗籟虛聞狄，庭煙黑過龍。定僧仙嶠起，逋客虎溪逢。
濩落垂楊戶，荒涼種杏封。塔留紅舍利，池吐白芙蓉。
畫壁披雲見，禪衣對鶴縫。喧經泉滴瀝，沒屨草芊茸。
翠竇敧攀乳，苔橋側杖筇。探奇盈夢想，搜峭滌心胸。
冥奧終難盡，登臨惜未從。上方薇蕨滿，歸去養乖慵。

關於廬山二林寺之詩，全唐詩僅有四首，白居易〈春遊二林寺〉〈春憶二林寺舊遊因寄朗滿晦三上人〉二首，無可一首，貫休〈東西二林寺流水〉一首。無可此首除了首尾共四句未對仗外，中間幾乎皆是寫景對句，將廬山全景摹寫得極為精細，無論是人文景觀或自然景象，皆刻畫入微，詩僧寫詩之高妙，值得效法。在篇幅上，白居易〈春遊二林寺〉是五古 22 句，〈春憶二林寺舊遊因寄朗滿晦三上人〉是七律體，晚唐詩僧貫休〈東西二林寺流水〉是五古 20 句。比較言之，無可聲律技巧較高一籌。

以上從詩僧雲遊四海中的旅宿和遊覽兩方面，探究其山水詩之內容，得知無可等詩僧之山水詩是很有價值的。

第四節　本章小結

詩僧自中唐大曆之後，逐步在江南一帶，形成一個詩僧群體，縱然如此，他們存詩並不多。他們的身份與士人不同，在無官職束縛下，其人生之思維方式則呈現佛教禪宗的特質。以下條列研究成果。

第一，先探討皎然《詩式》與其山水詩之關係。皎然《詩式》與山水詩可作為聯結的詩學觀點主要是以「對句與苦思」、「不睹文字」為二大核心概念。對句與苦思可證其寫詩之態度嚴謹，「不睹文字」說明了其山水詩的空靈之境及禪意之特點。

第二，再探析賈島之送僧山水詩。從山水詩中發現賈島對僧人之誠真友誼，詩中之山水風景為開闊的，中間兩聯對仗精工，苦心鍛鍊，詩中時有禪語，體式上多為五律。

第三，最後則分禪寺和雲遊四海兩種詩僧之修行生活，討論詩僧

山水詩中之內容。發現詩僧將山林禪寺坐禪或觀心之修行經驗記錄於詩歌，且無可在雲遊四海過程中，雖無疲態，然最後仍想安居在禪寺之中。

第六章　中唐詩人在山水詩體式上之貢獻

　　宋人嚴羽《滄浪詩話・詩體》將詩歌的外在體式分爲：「有古詩，有近體，有絕句，有雜言，有三五七言，有半五六言，有一字至七字，有三句之歌，有兩句之歌，有一句之歌，有口號，有歌行，有樂府，有楚辭，有琴操，有謠」等諸多名目，可見詩體亦是一種觀察詩歌發展演變之重要角度。詩體主是指的是詩歌的外在形式，廣義來說，一首詩有詩體，而二首以上（含）所組合而成的組詩應可以詩體角度切入，故本章不僅探討單首山水詩，亦包含山水組詩的發展。

　　就體式而言，中唐山水詩在自南朝謝靈運大量創作山水詩後的發展過程裏，是否有別於其他特定時期的特點呢？本章擬全面觀察中唐山水詩的文本，試圖解決山水詩在發展過程中，至中唐時，體式上所呈現的特點之問題。論述時，將以體式的發展變化進行探討。

第一節　中唐詩人大量創作山水組詩

　　唐代組詩型態大致可分「聯章詩組詩」「聯句組詩」「輯詩組詩」「同題共作組詩」等四種類型。「聯章詩組詩」最早可追源于戰國屈原的〈九歌〉，它是由十一首楚國民間祭神歌曲加工而成的組詩。聯

章組詩有幾項重要特徵，其一是意義的相聯，如杜甫〈陪鄭廣文游何將軍山林十首〉〈秋興八首〉；其二是敘事的承轉而下，如高適〈宓公琴台詩三首〉；其三是時間上的相銜，如劉禹錫〈送春曲三首〉；其四是意象的相同，如牛嶠〈楊柳枝五首〉；其五是相同的句法，如劉禹錫的〈同樂天和微之深春二十首〉，而聯章詩中也有章節之間缺乏嚴謹的邏輯聯系，如杜甫〈解悶十二首〉。「聯句組詩」最早可從柏梁台聯句說起，〔註1〕柏梁台聯句是指每人一句，集以成篇，此時未成組詩形式，至晉宋聯句組詩則出現，如范雲、何遜等人。〔註2〕真正大規模出現聯句組詩乃肇因于文人的唱和活動，此風以中晚唐為最。如以裴度主持的有〈喜遇劉二十八偶書兩韻〉，裴度、劉禹錫、白居易、李紳等四人各五言四句，〈劉二十八自汝州赴左馮途經洛中相見聯句〉，裴度、劉禹錫、白居易、李紳等四人各五言四句 2 次，其他如〈秋霖即事聯句三十韻〉〈喜晴聯句〉等皆是。

「同題共作組詩」在文人雅集或朝廷集會時會常常出現，如《全唐詩》在高正臣、崔知賢、席元明、韓仲宣、周彥昭、高球、高瑾、徐皓、長孫正隱、高紹、陳嘉言、周彥暉、高嶠、劉友賢、周思鈞等人的詩卷中均收錄了〈晦日飲高氏林亭〉的同題作品，諸詩均表達了與宴人士對晦日節令的感受和對主人的讚美之情。此次晦日的宴飲賦詩活動共三次，俱由高正臣為主持人，賦詩之作保存在《高氏三宴詩集》中。「輯詩組詩」主要分自輯和他輯兩種情況。自輯是指詩人在人生某一階段將其不同時期或不同地域的作品依某一特定主題需求

〔註1〕　明人徐師曾《文體明辨序說》：「按聯句詩起自〈柏梁〉人各一句，集以成篇。其後宋孝武〈華林曲水〉，梁武帝〈清暑殿〉，唐中宗〈內殿〉諸詩，皆與漢同。唯魏懸瓠方丈竹堂宴饗，則人各二句，稍變前體。自茲以還，體遂不一：有人各四句者，如陶靖節集所載是也。有人各一聯者，如杜甫與李之芳及其甥宇文所作是也。有先出一句，次者對之，就出一句，前人復對之者，如韓昌黎集所載〈城南詩〉是也。」

〔註2〕　清人王士禎《帶經堂詩話》卷一：「聯句昔人各賦四句，分之自成絕句，合之乃為一篇，謝朓、范雲、何遜、江革輩多有此體。」

編輯在一起，再冠上一個總的題目，從而形成組詩。如杜甫〈詠懷古跡五首〉。這五首懷古詩皆非一時所作，而是作者事後編輯一類的。自輯還有一種情況是根據回憶補撰而成，如晚唐詩人韓偓〈無題〉和僧貫休〈山居詩二十四首〉。他輯則是指詩人去世之後由後代選家，或傳播其作品的人編輯而成，如蕭統在《昭明文選》所選錄漢末無名氏詩歌而成〈古詩十九首〉。〔註3〕

　　組詩發展過程中，就其創作者而言，或一人獨寫，如屈原〈九歌〉，或集體創作，如〈古詩十九首〉、裴度等人〈劉二十八自汝州赴左馮途經洛中相見聯句〉和王羲之等人〈蘭亭集詩〉。〔註4〕就其主題而言，或邊塞題材，如王昌齡〈從軍行七首〉；或詠史題材，如陶淵明〈詠貧士七首〉〈讀山海經十三首〉；或田園題材，如陶淵明〈歸園田居五首〉；或詠懷題材，如阮籍〈詠懷詩八十二首〉；或論詩題材，如杜甫〈戲為六絕句〉；或政治題材，如白居易〈秦中吟十首〉〈新樂府五十首〉。上述組詩中，以一人獨寫而言，剔除集體創作和聯句組詩，可看出以人類社會為抒發主題的組詩，大抵從魏晉時期開始，而以自然田園為描寫主題的組詩，亦應開始於魏晉。然田園詩雖屬自然描寫的一環，然詩中加入人類的勞動謳歌，像陶淵明的「採菊東籬下，悠然見南山」則屬之。那麼以大自然風光為歌詠對象的山水組詩應從誰來談起？

　　從南朝時期的謝靈運開始，雖然大量創作以自然山水為主題的山水詩，但尚未自覺以組詩形式歌詠山水景色，這可能是當時以五言古詩的篇幅就足以體現山水之貌。可是南朝和唐代這兩個承接的歷史時

〔註3〕以上關於組詩的介紹及分析，詳見李正春〈論唐代組詩的幾種特殊形態〉，學術交流，中國古代文學研究，總第 153 期第 12 期，2006年 12 年，頁 162～165。亦可同參李正春〈論唐代組詩及其形成原因〉，蘇州科技學院學報（社會科學版），第 24 卷第 1 期，頁 64～68，2007年 2 月。李正春認為唐代組詩形成原因有：禮樂文化的浸染、樂府民歌的影響、唱和與贈答、朝廷宴集、傳播與編輯。

〔註4〕東晉王羲之和謝安、孫綽等 41 人燕集於浙江會稽山陰的蘭亭，宴後，由王羲之匯集與會文人的詩歌作品，並撰寫〈蘭亭集序〉一文。

期中，在山水描寫的地域上，呈現出迥異的風物。南朝定都在南方長江下游的建鄴（今江蘇南京，又稱建康、金陵），山水詩人謝靈運和謝朓的山水描寫俱以江南風景爲歌詠對象，謝靈運出生地是會稽始寧（今浙江上虞），謝朓當過宣城太守（今安徽宣城市），二人活動區域皆在長江下游等地，故其山水詩的景物所展現的亦是南方山水。唐代的都城在北方的黃河流域，在今陝西西安境內，盛唐王維與裴迪唱和的五絕體〈輞川集〉組詩，所描繪的秀麗山水，則是位居西安附近的藍田縣西南的山水間，是秦嶺北麓的一條川道。

就描寫山水題材的詩作看來，謝靈運是大量寫作山水詩的祖師，而山水組詩的鼻祖則非盛唐王維莫屬，他既是詩人又是畫家，所以他的〈輞川集〉是一套「詩中有畫，畫中有詩」的山水組詩。〔註5〕而這套組詩影響中唐錢起〈藍田溪雜詠〉的組詩創作，故以下則就組詩角度論中唐山水詩之體式流變。

一、近承王維五絕體式之山水組詩

王維由於「樂住山林，志求寂靜」（〈請施莊爲寺表〉）選擇在陝西西安附近的藍田縣興建輞川別墅，晚年山居生活無憂無慮，與好友裴迪互相唱和，開創以五絕體式的山水組詩。藍田縣是產玉的地區，境內有藍田猿人遺址、佛教聖地悟眞寺等歷史文化資源。王維之後的錢起也在此地吟詠山水，以五絕形式寫成〈藍田溪雜詠〉。

錢起作詩以王維爲效法對象，在詩史上有繼承之關係。唐人高仲武《中興間氣集》評錢起曰：

　　員外詩，體格新奇，理致清贍。越從登第，挺冠詞林，<u>文</u>

〔註5〕蘇軾〈書摩詰藍田煙雨圖〉（《東坡題跋》卷五）謂：「味摩詰之詩，詩中有畫；觀摩詰之畫，畫中有詩。」唐人張彥遠《歷代名畫記》卷十也稱：「工畫山水，體涉今古，人家所蓄，多是右丞指揮工人，布色原野，簇成遠樹，過於樸拙，復務細巧，翻更失眞。清源寺壁上畫輞川，筆力雄壯。常自製詩曰：『當世謬詞客，前身應畫師，不能捨餘習，偶被時人知。』誠哉是言也。余曾見破墨山水，筆跡勁爽。」

　　宗右丞，許以高格。右丞沒後，員外爲雄。芟齊宋之浮游，
　　削梁陳之靡嫚，迥然獨立，莫之爲群。且如「牛羊上山小，
　　煙火隔林疏」，又「長樂鐘聲花外盡，龍池柳色雨中深」，
　　皆特出意表，標雅古今。又「窮達戀明主，耕桑亦近郊」，
　　則禮義克全，忠孝兼著，足可弘長名流，爲後楷式。士林
　　語曰：「前有沈宋，後有錢郎。」

這一段話指出錢起詩以王維爲宗，王維死後，錢起則取而代之，詩風清
贍，爲十才子之冠，「迥然獨立，莫之爲群」。高仲武所舉的三詩中，「牛
羊上山小，煙火隔林疏」出自〈題玉山村叟屋壁〉，是首五古山水詩。
翁方綱《石洲詩話》卷二稱：「仲文、文房皆渢右丞餘波耳。」〔註6〕
又劉熙載《藝概‧詩概》謂：「錢仲文、郎君冑大率衍王孟之緒，但王
孟之渾成，卻非錢、郎所及。」〔註7〕皆是從詩史的角度說明錢起承繼
王孟之後而起，據此，我們亦可從山水詩角度考察。就體式上來說，王
維和錢起最明顯的繼承關係就是五絕式的山水組詩，亦即王維〈輞川集〉
二十首直接影響了錢起〈藍田溪雜詠〉二十二首的創作方式。

　　蔣寅曾將二人進行比較而指出「說到底，王維如山中高士，日親
雲林，煙霞在目，渾然忘我；錢起則如俗客游山，賞其清睿，感觸平
添，不能去懷。兩人的胸襟、修爲於是乎見，兩人的表現方式也於是
乎分」。這個說法是否正確，我們直接看錢起〈藍田溪雜詠〉的描繪
功力。當其觀察飛禽姿態時，則寫：

　　忽背夕陽飛，乘興清風遠。（晚歸鷺）

　　新篁壓水低，昨夜鴛鴦宿。（竹嶼）

　　能資庭戶幽，更引海禽至。（砌下泉）

　　乍依菱蔓聚，盡向蘆花滅。（戲鷗）

〔註6〕　〔清〕翁方綱《石洲詩話》卷二，詳見郭紹虞編選，富壽蓀校點：《清
　　　　詩話續編》下冊，（上海：上海古籍出版社，1999 年 6 月第 2 次印刷），
　　　　頁 1384。
〔註7〕　詳見郭紹虞編選，富壽蓀校點：《清詩話續編》下冊，（上海：上海
　　　　古籍出版社，1999 年 6 月第 2 次印刷），頁 2428。

　　　　　有意蓮葉間，瞥然下高樹。（衡魚翠鳥）

　　　　　田鶴望碧霄，無風亦自舉。（田鶴）

　　　　　時憐上林雁，半入池塘宿。（題南陂）

觀察花的樣貌，則寫：

　　　　　片霞照仙井，泉底桃花紅。（石井）

　　　　　幽人對酒時，苔上閒花落。（古藤）

　　　　　水上褰簾好，蓮開杜若香。（池上亭）

　　　　　幽石生芙蓉，百花慚美色。（石蓮花）

觀聞山水聲色，則寫：

　　　　　晚景下平阡，花際霞峰色。（登臺）

　　　　　淨（一作靜）與溪色連，幽宜松雨（一作露）滴。（石上苔）

　　　　　遠岫見如近，千里（一作重）一窗**裏**。（窗裏山）

　　　　　風送出山鐘，雲霞度水淺。（遠山鐘）

以上所舉的詩例中，可看出錢起在藍田溪所構築出的山水幽靜意境，他將所見所聞所嗅之主觀感受透過細緻的景物描寫展示出來。在淡淡山色中含蘊生命的飛動。蔣寅認為王維「渾然忘我」，即是指無我之境，而錢起「感觸平添，不能去懷」即是有我之境。從錢詩中「有時載酒來」「望山登春臺」「那知幽石下」「幽人對酒時」「誰知古石上」「遠岫見如近」諸句確實證明他在面對自然景物過程中加入了主觀色彩，使萬物皆染上我的情緒，不過，這些情緒是幽然自在的，因此具有涵養性靈之效果，拉近自我與自然的關係。此點是我們在欣賞〈藍田溪雜詠〉組詩時應有的賞愛態度。

　　接下來的社會寫實詩人張籍也以五絕形式描寫山水風光，其〈和韋開州盛山十二首〉組詩則是一例。此詩可分獨我之境和群我之境，獨我之境表示山水中僅有我的意識或行為參與其中，是一種獨樂樂之境界，〔註8〕如：

────────────

〔註8〕以下引詩均見李冬生注《張籍集注》，頁227～231。

清淨當深處，虛明向遠開。

捲簾無俗客，應只見雲來。（宿雲亭）

自愛新梅好，行尋一徑斜。

不教人掃石，恐損落來花。（梅溪）

疊石盤空遠，層層勢不危。

不知行幾匝，得到上頭時。（磐石礛）

獨入千竿裏，緣岩踏石層。

筍頭齊欲出，更不許人登。（竹岩）

臺上綠蘿春，閑登不待人。

每當休暇日，著屨戴紗巾。（琵琶台）

曲沼春流滿，新浦映野鵝。

閑齋朝飯後，拄杖遠行多。（胡蘆沼）

月出深峰裏，清涼夜亦寒。

每嫌西落疾，不得到明看。（隱月岫）

在以上諸詩所描繪「清淨當深處，虛明向遠開」、「月出深峰裏，清涼夜亦寒」及「曲沼春流滿，新浦映野鵝」之清新美景中，我們會發現僅有張籍一人徜徉其間，或「獨入千竿裏，緣岩踏石層」，或「不知行幾匝，得到上頭時」，或「每當休暇日，著屨戴紗巾」，或「閑齋朝飯後，拄杖遠行多」等獨樂樂之行為投入山水間。而群我之境則表現了除張籍一人外，尚有友人或遊客之動作參與其中，體現閒適之樂，亦即眾樂樂之境界，如：

紫芽連白蕊，初向嶺頭生。

自看家人摘，尋常觸露行。（茶嶺）

瀁酒白螺杯，隨流去複回。

似知人把處，各向面前來。（流杯渠）

春塢桃花發，多將野客遊。

日西殊未散，看望酒缸頭。（桃塢）

山城無別味，藥草兼魚果。

時到繡衣人，同來石上坐。（繡衣石榻）

　　　階上一眼泉，四邊青石磴。

　　　唯有護淨僧，添瓶將盥漱。(上士泉瓶)

從「自看家人摘」「各向面前來」「多將野客遊」「同來石上坐」「唯有護淨僧」諸句，可發現張籍不僅寫其獨遊，而是加上遊客或僧人或家人之陪伴，在「春塢桃花發」之美景中，遊客如織，閒遊其間，別有一番閒情雅致之情調。

　　比較起來，原詩韋處厚〈盛山十二詩〉展現的是一種無人之境，與山水自然融入無間，詩中看不到韋處厚本人及其它遊客，如以下諸詩：

　　　初映鉤如線，終銜鏡似鉤。

　　　遠澄秋水色，高倚曉河流。

　　　(隱月岫，全唐詩卷 479，14 冊，頁 5449)

　　　雨合飛危砌，天開卷曉窗。

　　　齊平聯郭柳，帶繞抱城江。

　　　(宿雲亭，全唐詩卷 479，14 冊，頁 5449)

　　　疏鑿徒為巧，圓窪自可澄。

　　　倒花紛錯秀，鑒月靜涵冰。

　　　(胡盧沼，全唐詩卷 479，14 冊，頁 5449)

這些詩句與王維〈輞川集〉二十首中的「木末芙蓉花，山中發紅萼。澗戶寂無人，紛紛開且落。」(〈辛夷塢〉)及「北垞湖水北，雜樹映朱闌。逶迤南川水，明滅青林端」(〈北垞〉)之句，如出一轍，有著異曲同工之妙，皆展示山水自然幽寂之美，詩人與自然合一，臻於物我兩忘之境界。我們應當理解王維本以自然詩聞名於世，而張籍則以人文為關懷的樂府詩著稱，所以他在自然山水中加入了人文活動，構成有我之境，在自然中展現人文氣息，與王維較多的無我之境有所區別，然不能因之判其高低，客觀來言，兩人體現了山水詩的不同內涵，王維表現山水靜態的一面，而張籍表現山水動態的一面。

　　接著討論韓愈五絕體〈奉和虢州劉給事使君三堂新題二十一詠〉一詩。雖然他與王維、錢起皆用五絕式描繪山水景物，但王錢二人皆是親身經歷，隱居山林之作，而韓則是唱和之作，如同張籍〈和韋開

州盛山十二首〉。《批韓詩》:「朱彝尊曰:『首首出新意,與王、裴〈輞
川〉諸絕頗相似,音調卻不及彼之高雅』。」〔註9〕此論已將韓詩和王
維山水組詩作一比較,但不及王高雅。韓愈〈奉和虢州劉給事使君三
堂新題二十一詠〉前有序說明此組詩之寫作動機:

> 虢州刺史宅連水池竹林,往往爲亭台島渚,目其處爲三堂。
> 劉兄自給事中出刺此州,在任逾歲,職修人治,州中稱無
> 事,頗複增飾,從子弟而遊其間,又作二十一詩以詠其事,
> 流行京師,文士爭和之,余與劉善,故亦同作。

此說明韓愈與劉伯芻爲好友,故而和此事。〔註10〕此詩共詠新亭、流
水、竹洞、月臺、渚亭、竹溪、北湖、花島……等二十一景,描寫虢
州刺史宅涵蘊豐富的動植物生態,景色怡人,如寫動物則:

> 蜂蝶去紛紛,香風隔岸聞。莫將條系纜,著處有蟬號。
> 魚肥知已秀,鶴沒覺初深。魚蝦不用避,只是照蛟龍。

寫植物則:

> 莫教安四壁,面面看芙蓉。穿沙碧蕍淨,落水紫苞香。
> 柳樹誰人種,行行夾岸高。風雨秋池上,高荷蓋水繁。
> 丁寧紅與紫,慎勿一時開。乍似上青冥,初疑躡菡萏。

寫水則:

> 汨汨幾時休,從春複到秋。南館城陰闊,東湖水氣多。
> 藹藹溪流漫,梢梢岸筱長。

從這些山水詩中,看到的是活活潑潑的大自然生態,每一景物雖小
巧,但很明麗動人,有別於韓愈奇險壯闊的山水之景,這是韓愈山水
詩的另一風貌。而李師建昆《韓愈詩探析》中論此組詩則稱:「蓋王

〔註9〕 引自陳伯海主編《唐詩彙評》,頁1729。
〔註10〕 劉伯芻其人可見《新唐書》載云:「劉伯芻字素芝,兵部侍郎迺之子。
行脩謹。淮南杜佑奏署節度府判官。府罷,召拜右補闕,遷主客員外
郎。數過友家飲噱,爲韋執誼陰劾,貶虔州參軍。久乃除考功員外郎。
裴垍待之善,擢累給事中。李吉甫當國而垍卒,不加贈,伯芻爲申理,
乃贈太子少傅。或言其妻垍從母也,吉甫欲按之,求補虢州刺史。稍
遷刑部侍郎、左散騎常侍。卒,贈工部尚書。」,卷160,〈劉伯芻列
傳〉,頁4969。詳見中央研究院・史語所,漢籍電子文獻資料庫。

孟之詩境一片寧靜祥和，而韓愈之詩境卻寓動態之美感。」〔註11〕頗
具卓見。

二、五古體式之山水組詩

　　中唐詩人除了錢起、張籍、韓愈以五絕體式歌詠山水自然外，劉
長卿和孟郊則以五古體式描繪他行旅中的自然風光。劉長卿約四十六
歲時，曾到過湘南之地，其〈岳陽館中望洞庭〉〈長沙過賈誼宅〉〈贈
元容州〉〈入桂渚次砂牛石穴〉諸詩可爲證。在這期間，他以五古體
式寫下〈湘中紀行十首〉山水組詩。〔註12〕記錄湘妃廟、斑竹巖、洞
陽山、雲母溪、赤沙湖、秋雲嶺、花石潭、石菌山、浮石瀨、橫龍渡
等十個景點的山水景色，自覺在詩中呈現山水相對的句型，如：

　　　　寒山響易滿，秋水影偏深。（〈湘中紀行十首　湘妃廟〉）

　　　　水色淡如空，山光復相映。（〈湘中紀行十首　花石潭〉）

　　　　前山帶秋色，獨往（一作住）秋江晚。（〈湘中紀行十首　石圍峰〉）

　　　　眾嶺猿嘯重，空江人語響。（〈紀行十首　浮石瀨〉）

〈湘中紀行十首〉非一時一地之作，然均當作於大曆六年（771）南巡
永、郴諸州，至大曆八年（773）自潭州歸來之間。〔註13〕上舉四例中，
我們看到了山水並列的情形，寒山和秋水，水色與山光，前山和秋江，
眾嶺和空江，似乎是有意識地將行旅過程中的山水美景具體的刻畫出
來，讓人直接感受這些審美現象。其次，在山秀水媚中，加入人文色彩，
如：「莫唱迎仙曲，空山不可聞」（湘妃廟）、「點點留殘淚，枝枝寄此心」
（斑竹巖）構繪舜之二妃哭竹之事蹟。〔註14〕「白雲將犬去，芳草任人

〔註11〕李建崑著：《韓愈詩探析》，台中：中興大學（李建昆），1999 年 9 月
　　　　9 日，頁 132。

〔註12〕〈湘中紀行十首〉，就形式而言，是五言八句，乍看下，應屬五律體
　　　　式，然從〈秋雲嶺〉、〈花石潭〉、〈石菌山〉、〈浮石瀨〉、〈橫龍渡〉
　　　　等五詩之仄聲韻腳判斷，應歸類於五古較爲妥切。

〔註13〕請參見〔唐〕劉長卿著，儲仲君箋注《劉長卿詩編年箋注》下冊，
　　　　頁 361。

〔註14〕《述異記》載曰：「昔舜南巡，葬蒼梧之野。堯之二女娥皇女英追之

歸」（洞陽山）敘寫淮南王得道，雞犬升天之故事。〔註15〕若再藉由「荒
祠古木暗，寂寂此江濱」「空谷無行徑，深山少落暉」「孤峰夕陽後，翠
嶺秋天外」「秋水晚沈沈，猶疑在深處」諸句渲染出荒寒昏暗之景色，
可知其寂寥之心境矣！而後人對其〈湘中紀行〉之創作亦給予極高之評
價。宋人范希文《對床夜語》卷五云：「劉長卿有〈湘中紀行〉十詩，〈花
石潭〉有云：『水色淡如空，山光復相映。』〈浮石瀨〉云：『秋色照瀟
湘，月明聞蕩槳。』〈橫龍渡〉云：『亂聲沙上石，倒影雲中樹。』皆勝
語也。……謂其思銳才窄者，不亦誣矣！」〔註16〕

　　孟郊〈峽哀〉〈石淙〉〈寒溪〉等28首也同樣以五古體式描寫山水
景象。就內容言，孟郊的山水組詩已滲入個人悲涼之身世遭遇，強化詩
歌的抒情功能，同時也呈現出陰森奇險的氛圍來，這種「峽險多饑涎」
「升險為良躋」之駭人描寫特點是以前的山水組詩曾沒有過的，就連韓
愈的山水組詩亦無此現象。而此點在山水詩史上似未有學者論及。

　　〈石淙〉十首是孟郊在四十三歲（793）時所寫，同年尚有〈落
第〉〈再下第〉〈下第東南行〉諸詩，〈峽哀〉十首及〈寒溪〉八首則
未詳何時所作。〔註17〕〈峽哀〉中的山水景物摘句如下：

　　　昔多相與笑，今誰相與哀。

　　　峽哀哭幽魂，嗷嗷風吹來。（其一）

　　　上天下天水，出地入地舟。

　　　石劍相劈斫，石波怒蛟虯。（其二）

　　　樹枝哭霜棲，哀韻杳杳鮮。

　　　逐客零落腸，到此湯火煎。（其三）

　　　噴為腥雨涎，吹作黑井身。

　　　不及，相與協哭，淚下沾竹，竹文上為之斑斑然。」

〔註15〕王充《論衡・道虛》載曰：「（淮南）王得道，舉家升天，畜產皆仙，
　　　　犬吠於天上，雞鳴於雲中。」

〔註16〕見《歷代詩話續編》，上冊，頁443。

〔註17〕詳見邱燮友、李建崑校注：《孟郊詩集校注》，（臺北市：新文豐，民
　　　　國86年）。

怪光閃眾異，餓劍唯待人。(其四)

峽聽哀哭泉，峽弔鰥寡猿。

峽聲非人聲，劍水相劈翻。(其五)

銜訴何時明，抱痛已不禁。

犀飛空波濤，裂石千嶔岑。(其六)

峽棱劃日月，日月多摧輝。

物皆斜仄生，鳥翼斜仄飛。(其七)

仄田無異稼，毒水多獰鱗。

異類不可友，峽哀哀難伸。(其八)

峽水劍戟獰，峽舟霹靂翔。

因依虺蝎手，起坐風雨忙。(其九)

仄樹鳥不巢，踔攲猿相過。

峽哀不可聽，峽怨其奈何。(其十)

風吹、幽魂、翔舟、石劍、怒蛟虯、樹枝、哭泉、腥雨、怪光、寡猿、波濤、嶔岑、毒水、虺蝎等意象營造出一種險哀驚裂之可怖氣氛，使人聞之喪膽。這些三峽週邊景物描寫，其實也是孟郊內心的寫照。「怪光閃眾異」寫峽中之日光不是溫暖而是怪閃的，而峽水是憤怒，是毒獰，是饑餓，是怨哀。這分明將其淒涼之身世及反社會化之傾向透過三峽之險景，一反常態地顯露出來。首先，他既無雄厚之家庭背景，韓愈〈孟先生詩〉:「諒非軒冕族，應對多差參。」，﹝註18﹞個性既孤僻，與世不合。﹝註19﹞又貧病不堪，其〈臥病〉云:「貧病誠可羞，故床無新衾。」﹝註20﹞加以 46 歲始登進士第，﹝註21﹞一連串的挫折加諸其身，當負面情緒累積到極點而無渲泄管道之時，內心自然隨之

﹝註18﹞ ﹝唐﹞韓愈著，嚴昌校點:《韓愈集》，頁 74。
﹝註19﹞ 《舊唐書》說他:「性孤僻寡合，韓愈一見以爲忘形之契。」卷 160，〈孟郊列傳〉，頁 4205。韓愈〈孟先生詩〉則說:「異質忌處群，孤芳難寄林。」
﹝註20﹞ 《孟郊詩集校注》卷二。
﹝註21﹞ 考證部份請參傅璿琮主編:《唐才子傳校箋》，頁 505～506。

扭曲變質，因此其所見所聞之自然景象亦如實地表現出來，外化成一種險詭悚恂之自然怪境。

「異類不可友，峽哀哀難伸」說明他因個性不與世合，社會人心對他而言，不是如陽光般溫煦，而是怪光駭人，因此峽水如湯火煎，如刀劍般傷人，故有「石劍相劈斫」、「餓劍唯待人」及「峽水劍戟獰」之句。從而有「轂號相噴激，石怒爭旋回」（其一）之怒嚎，內心悲憤藉由峽谷湧浪之激蕩，噴泄而出。此詩或許也與他一再落第之失志有關。〈落第〉詩云：「棄置復棄置，情如刀刃傷。」又〈再下第〉詩云：「兩度長安陌，空將淚見花。」又〈下第東南行〉詩云：「江蘺伴我泣，海月投人驚。失意容貌改，畏途性命輕。」可見他心如刀割，也將自然景物比喻成刀劍般無情。在〈石淙〉其四也說：「朔水刀劍利，秋石瓊瑤鮮。」十首中尚可看到變形急速的自然景象，如：

磴雪入呀豰，搠星灑遙天。
聲忙不及韻，勢疾多斷漣。（其四）

疾流脫鱗甲，迭岸沖風霆。
丹巘墮環景，霽波灼虛形。（其五）

古駭毛髮栗，險驚視聽乖。
二老皆勁骨，風趨緣欹崖。（其八）

勁飆刷幽視，怒水懾餘湍。
曾是結芳誠，遠茲勉流倦。（其十）

其間亦能見其悲涼不得志之心緒，如：

驛驥苦銜勒，籠禽恨摧頹。
實力苟未足，浮誇信悠哉。
顧惟非時用，靜言還自咍。（其三）
何況被犀士，制之空以權。
始知靜剛猛，文教從來先。（其四）
從來一智萌，能使眾利歸。
因之山水中，喧然論是非。（其六）
乘時幸勤鑒，前恨多幽霾。

弱力謝剛健，寒策歸安排。(其八)

「顧惟非時用」可見其落第不爲世用之失落心情。而人心之險惡，他也是了然於胸，所以有「因之山水中，喧然論是非」。這也是他孤僻性格之眞實體現。

〈寒溪〉中之山水景物亦是驚恐萬分，如以下摘句：

波瀾凍爲刀，剸割鳧與鷺。

宿羽皆翦棄，血聲沉沙泥。(其三)

冰齒相磨齧，風音酸鐸鈴。

清悲不可逃，洗出纖悉聽。(其四)

波瀾抽劍冰，相劈如仇讎。

尖雪入魚心，魚心明愀愀。(其六)

飛死走死形，雪裂紛心肝。

劍刃凍不割，弓弦強難彈。(其七)

溪風擺餘凍，溪景銜明春。

玉消花滴滴，蚪解光鱗鱗。(其八)

我們也聽到孟郊不平之鳴，吶喊哀豪，藉以宣洩情緒。如以下摘句：

獨立欲何語，默念心酸嘶。(其三)

哮嘐呷唲冤，仰訴何時寧。(其四)

悗如閟兩說，似訴割切由。(其六)

當人生各種不如己意之因素皆集于一身之時，所面對的山水景物也隨之變扭醜怖，由以上三套山水組詩的分析已可明確得知。綜上所論，孟郊以五古體式創作十首〈峽哀〉十首〈石淙〉及八首〈寒溪〉等三題 28 首組詩，在山水詩史進程上具有開創之意義，而其筆下之山水驚怪景物更隱藏了壓抑苦悶已久的悲涼遭遇。

劉禹錫曾因得罪權貴而被外放連州擔任刺史一職。連州中有一奇地激發劉禹錫的山水詩情，那就是海陽湖。宋人王象之《輿地紀勝》：「海陽湖在桂陽縣東北二里。唐大曆初，道州刺史元結到此，雅好山水，修創林洞，通小舟遊泛。刺史劉禹錫重修。」海陽湖先後經歷元

結和劉禹錫二大詩人的整修，更增益其美。劉禹錫有五古八句體式的〈海陽十詠〉山水組詩歌頌此地。詩前有引曰：「元次山始作海陽湖，後之人或立亭榭，率無指名，及余而大備。每疏鑿構置，必揣稱以標之。人鹹曰有旨。異日，遷官裴侍禦爲〈十詠〉以示余，頗明麗而不虛美。因捃拾裴詩所未道者，從而和之。」海陽湖始於元結之建構，至劉禹錫則重修大備，這也是劉禹錫在連州任內的一項政績。茲引〈海陽十詠〉十首山水組詩，〔註22〕從中可領略情景交融之藝術手法：

> 結構得奇勢，朱門交碧潯。外來始一望，寫盡平生心。
> 日軒漾波影，月砌鏤松陰。幾度欲歸去，回眸情更深。
>
> 　　（〈吏隱亭〉）
>
> 迴破林煙出，俯窺石潭空。波搖杏梁日，松韻碧窗風。
> 隔水生別島，帶橋如斷虹。九疑南面事，盡入寸眸中。
>
> 　　（〈切雲亭〉）
>
> 芳幄覆雲屏，石奩開碧鏡。支流日飛灑，深處自疑瑩。
> 潛去不見跡，清音常滿聽。有時病朝醒，來此心神醒。
>
> 　　（〈雲英潭〉）
>
> 瀟灑青林際，葺緣碧潭隈。淙流冒石下，輕波觸砌回。
> 香風逼人度，幽花覆水開。故令無四壁，晴夜月光來。
>
> 　　（〈玄覽亭〉）
>
> 楚客憶關中，疏溪想汾水。縈紆非一曲，意態如千里。
> 倒影羅文動，微波笑顏起。君今賜環歸，何人承玉趾。
>
> 　　（〈裴溪〉）
>
> 晶晶擲岩端，潔光如可把。瓊枝曲不折，雲片晴猶下。
> 石堅激清響，葉動承餘灑。前時明月中，見是銀河瀉。
>
> 　　（〈飛練瀑〉）

〔註22〕以十詠爲題，而以歌詠山水面貌出現者，在劉禹錫之前，尚有李白的〈姑孰十詠〉，所詠爲安徽當塗一帶之自然風光。此十詠爲：姑孰溪、丹陽湖、謝公宅、陵歊臺、桓公井、慈姥竹、望夫山、牛渚磯、靈墟山、天門山等十景，體式爲五言八句。

瀠淳幽壁下，深淨如無力。風起不成文，月來同一色。
地靈草木瘦，人遠煙霞逼。往往疑列仙，圍棋在岩側。

（〈蒙池〉）

飛流透嵌隙，噴灑如絲棼。含暈迎初旭，翻光破夕曛。
餘波遶石去，碎響隔溪聞。卻望瓊沙際，逶迤見脈分。

（〈棼絲瀑〉）

流水遶雙島，碧溪相並深。浮花擁曲處，遠影落中心。
閑鷺久獨立，曝龜驚複沈。蘋風有時起，滿穀簫韶音。

（〈雙溪〉）

濺濺漱幽石，注入團圓處。有如常滿杯，承彼清夜露。
岩曲月斜照，林寒春晚煦。遊人不敢觸，恐有蛟龍護。

（〈月窟〉）（《劉禹錫詩集編年箋注》，頁 256）

十首詩中，大多數的結構皆是前六句寫自然之景，末二句寫個人之
情。如〈切雲亭〉〈雲英潭〉〈玄覽亭〉等詩。在句法上，或寫壯美者，
如「迴破林煙出，俯窺石潭空」「芳幄覆雲屏，石奩開碧鏡」「前時明
月中，見是銀河瀉。」「含暈迎初旭，翻光破夕曛」諸句；或寫柔美
者，如「日軒漾波影，月砌鏤松陰」「淙流冒石下，輕波觸砌回」「瀠
淳幽壁下，深淨如無力」「岩曲月斜照，林寒春晚煦」諸句；或寫生
態者，如「香風逼人度，幽花覆水開」「地靈草木瘦，人遠煙霞逼」
「閑鷺久獨立，曝龜驚複沈」「遊人不敢觸，恐有蛟龍護」等句。十
詩諸意象之迭構，形成一幅富有生命活力的山水畫卷，可見劉禹錫之
寫景功力不凡。他還有一詩也是寫海陽湖之殊景，寫景中加入了友
情。〈海陽湖別浩初師（並引）〉詩曰：〔註23〕

〔註23〕詩前有引曰：「瀟湘間，無士山，無濁水，民乘是氣，往往清慧極而文。
　　　長沙人浩初，生既因地而清矣。故去箄洗慮，剔顛毛而壞其衣，居一
　　　都之殷。易與士會，得執外教，盡捐苛禮。自公侯守相，必賜其清問，
　　　耳目灌注，習浮於性。而裏中兒賢適與浩初比者，嬰冠帶，縈妻子，
　　　吏得以乘淩之。汨沒天慧，不得自奮，莫可望浩初之清光于侯門上坐，
　　　第自吟羨而已。浩初益自多其術，尤勇於近達者而歸之。往年之臨賀，
　　　唁侍郎楊公。留歲餘，公遺以七言詩，手筆於素。前年，省柳儀曹于

　　近郭有殊境，獨游常鮮歡。逢君駐緇錫，觀貌稱林巒。湖
　　滿景方霽，野香春未闌。愛泉移席近，聞石輟棋看。風止
　　松猶韻，花繁露未乾。橋形出樹曲，岩影落池寒。（湘東架
　　險凡四橋，山下出泉，逗岩為池，泓澄可愛者不可遍舉。
　　故狀其境，以貽好事。）別路千嶂**裏**，詩情暮雲端。他年
　　買山處，似此得辭官。（《劉禹錫詩集編年箋注》，頁 246）

首四句點明海陽湖之殊境，亦引出浩初僧人喜愛山水之行。「湖滿景
方霽」以下八句細寫海陽湖周圍之勝景，野香，泉聲，風來，松韻，
花繁，橋曲，山岩倒影。在山水美景中，融入兩人的友情，歸結出「別
路千嶂**裏**，詩情暮雲端」兩句。

三、中唐山水組詩之其他體式（五言六句和五律和七絕）

　　前述劉長卿〈湘中紀行十首〉以五古八句體式的組詩形式描寫南
方長江中游湖南的行旅風光，他又有一套五言六句體式的〈龍門八詠〉
描寫洛陽縣南之龍門的山水風景。與〈湘中紀行十首〉的山水相對句
型一樣，〈龍門八詠〉顯露模山範水的精巧，如：

　　秋山日（一作向）搖落，秋水急波瀾。（〈龍門八詠　闕口〉）

　　東流自朝暮，千載空雲山。（〈龍門八詠　福公塔〉）

　　水田秋雁下，山寺夜鍾深。（〈龍門八詠　石樓〉）

　　風寒未渡水，日暮更看山。（〈龍門八詠　下山〉）

　　不知波上棹，還弄山中月。（〈龍門八詠　渡水〉）

上舉五例中，秋山和秋水，東流和雲山，水田和山寺，渡水和看山，波
上棹和山水月，這些以山水為主要體察對象，透過山水並列手法，將山
水的各種面貌展示出來，有靜態的秋山秋水，也有動態的渡水看山，也

　　龍城，又為賦三篇，皆章書。今複來連山，以前所得雙南金，出於祓，
　　巫請餘賡之。按師為詩頗清，而弈棋至第三品，二道皆足以取幸于士
　　大夫，宜熏余習以深入也。會吳郡以山水冠世，海陽又以奇甲一州。
　　師慕道，于泉石為篤，故攜之以嬉。及言旋，複引與共載於湖上，突
　　于樹石間，以植沃州之因緣，宜賦詩具道其事。」

有烘托的波上棹和山中月，閱讀過程中，使讀者感受出龍門「兩山相對，望之若闕，伊水曆其間北流」之山水之美。〔註24〕清人王士禎《師友詩傳錄》記曰：「五言六句，古齊、梁間多用之。唐人劉文房〈龍門八詠〉，亦善此體，然幾於半律矣。特以其參用仄韻，故亦仍爲古體。大約中聯用對句，前後作起結，平韻仄韻，皆可用也。」〔註25〕說明五言六句雖然南朝已肇其端，但用以描寫山水景物者，劉長卿是第一人。

　　其實不只劉文房善用五言六句之體，姚合也善於運用五言六句體式的組詩來描繪山水之美，如〈題金州西園九首〉和〈杏溪十首〉二組山水詩。先看五言六句體式的〈題金州西園九首〉，〔註26〕詩中所描繪之景爲：

　　　　亭亭白雲榭，下有清江流。（〈江榭〉）

　　　　四壁畫遠水，堂前聳秋山。（〈藥堂〉）

　　　　編草覆柏椽，軒扉皆竹織。（〈草閣〉）

　　　　月中零露垂，日出露尚溥。（〈松壇〉）

　　　　窮秋雨蕭條，但見牆垣長。（〈垣竹〉）

　　　　茅堂階豈高，數寸是苔蘚。（〈莓苔〉）

　　　　芭蕉叢叢生，月照參差影。（〈芭蕉屏〉）

以上諸詩顯示，白雲在亭榭間圍繞，遠水和秋山縮小到四壁和堂前，草竹搭建了草閣，雨水下到牆垣，蘚苔生在茅堂，芭蕉在月光下展現生命力，姚合筆下的金州西園的自然之景是較爲狹小空間。故《四庫全書總目》評曰：「工於點綴小景，搜求新意。」此評僅是姚詩寫景

〔註24〕清《一統志》卷205「山川」：「關塞山，在洛陽縣南。一名伊闕山，亦名龍門山。」《水經注》：「昔大禹疏以通水，兩山相對，望之若闕，伊水曆其間北流，故謂之伊闕，春秋之闕塞也。」《括地志》：「伊闕在洛陽南十九里。」〈龍門八詠〉詩當爲早年居洛時作。請參見〔唐〕劉長卿著，儲仲君箋注《劉長卿詩編年箋注》，頁54。

〔註25〕見《清詩話》，頁139。

〔註26〕金州在唐代行政區域屬山南東道，在今陝西省安康市，在秦嶺以南，漢水流經之區域。姚合約53歲時，擔任正四品上階的金州刺史。

的一個側面。再看同樣五言六句體式的〈杏溪十首〉：

　　　方塘菡萏高，繁豔相照耀。(〈蓮塘〉)

　　　濛濛紫花藤，下複清溪水。(〈架水藤〉)

　　　清冷無波瀾，潎潎魚相逐。(〈石潭〉)

　　　穿花複遠水，一山聞杏香。(〈杏水〉)

　　　葉葉新春筠，下複清淺流。(〈渚上竹〉)

　　　杏堤數里餘，楓影覆亦遍。(〈楓林堰〉)

　　　清風波亦無，歷歷魚可搦。(〈石瀨〉)

以上諸詩所繪之景頗有清雅之貌。由方塘、菡萏、紫花藤、清溪水、魚相逐、杏香、遠水、新春筠、杏堤、楓影等意象，建構出清新的自然景象，境界不小。

　　《東目館詩見》評姚合詩曰：「姚武功五律，脫灑似不作意，而含蘊不盡。」〔註27〕可見他擅用五律體寫詩，我們也可發現他在山水組詩的創作上，除了上述的五言六句體式外，也用五律體。先看〈陝下厲玄侍禦宅五題〉：

　　　曉景松枝覆，秋光月色連。

　　　行尋屐齒盡，坐對角巾偏。(〈濯纓溪〉)

　　　波清見絲影，坐久識魚情。

　　　白鳥依窗宿，青蒲傍砌生。(〈垂釣亭〉)

　　　幽島蘚層層，詩人日日登。

　　　坐危石是榻，吟冷唾成冰。(〈吟詩島〉)

　　　跡深苔長處，步狹筍生時。

　　　高是連幽樹，窮應到曲池。(〈竹裏徑〉)

　　　杯來轉巴字，客坐遶方流。

　　　醉滴苔紋斷，泉連石岸秋。(〈泛觴泉〉)

由「行尋屐齒盡」、「窮應到曲池」、「客坐遶方流」諸句中，可看出姚合觀物角度是動態式而非定點式，而這動態式的觀物方式，可使景物隨著

<hr>

〔註27〕《唐詩匯評》，頁 2259。

姚合行進過程中而呈現多元活潑的視覺享受。因此有「曉景松枝覆，秋光月色連」、「波清見絲影」、「白鳥依窗宿，青蒲傍砌生」、「幽島蘚層層」、「高是連幽樹，窮應到曲池」、「酹滴苔紋斷，泉連石岸秋」等清麗景色映入眼簾。同樣也是寫動態式的觀景角度，如五律體〈遊春十二首〉：

> 看水甯依路，登山欲到天。(之一)
> 樹枝風掉軟，菜甲土浮輕。(之二)
> 苔痕雪水裏，春色竹煙中。迎雨緣池草，摧花倚樹風。(之三)
> 趁暖簷前坐，尋芳樹底行。土融凝墅色，冰敗滿池聲。(之四)
> 寺裏花枝淨，山中水色高。嫩雲輕似絮，新草細如毛。(之六)
> 戀花林下飲，愛草野中眠。(之七)
> 向陽傾冷酒，看影試新衣。嫩樹行移長，幽禽語旋飛。(之八)
> 晴野花侵路，春陂水上橋。塵埃生暖色，藥草長新苗。(之十)
> 嚼花香滿口，書竹粉黏衣。
> 弄日鶯狂語，迎風蝶倒飛。(之十一)
> 曉脫青衫出，閒行氣味長。
> 一瓶春酒色，數頃野花香。(之十二)

以遊春為題，已顯示姚合行進動態賞景之意涵。詩中可見其寫景之細巧，如「樹枝風掉軟，菜甲土浮輕」「土融凝墅色，冰敗滿池聲」「嫩雲輕似絮，新草細如毛」「塵埃生暖色，藥草長新苗」「弄日鶯狂語，迎風蝶倒飛」，景中又帶有姚合之閒情，如「看水甯依路，登山欲到天」「趁暖簷前坐，尋芳樹底行」「戀花林下飲，愛草野中眠」「向陽傾冷酒，看影試新衣」「嚼花香滿口，書竹粉黏衣」「一瓶春酒色，數頃野花香」諸句。詩中也有閒遠之景，如「苔痕雪水裏，春色竹煙中」「寺裏花枝淨，山中水色高」「晴野花侵路，春陂水上橋」。

　　韓愈有一套組詩〈盆池五首〉，它是以七絕形式寫成，可看出其生活情調。寫其聽蛙鳴和雨打荷聲：

> 老翁真個似童兒，汲水埋盆作小池。
> 一夜青蛙鳴到曉，恰如方口釣魚時。
> 莫道盆池作不成，藕稍初種已齊生。

> 　　從今有雨君須記，<u>來聽蕭蕭打葉聲</u>。
> 　　泥盆淺小詎成池，<u>夜半青蛙聖得知</u>。
> 　　<u>一聽暗來將伴侶</u>，不煩鳴喚鬥雄雌。

也寫池邊看魚賞星：

> 　　瓦沼晨朝水自清，小蟲無數不知名。
> 　　忽然分散無蹤影，惟有魚兒作隊行。
> 　　池光天影共青青，拍岸纔添水數缾。
> 　　且待夜深乘月去，試看涵泳幾多星。

在波光天影之優美景物伴隨下，韓愈之心境是閒適悠樂的，《唐詩眞趣編》曰：「現在境界，據情直書，有化機自然之妙。」〔註28〕道出韓愈的另一面。

　　經由以上討論可知，山水組詩自王維開創後，至中唐則蔚爲大觀。其間的流變在於體式的異彩紛呈。自盛唐王維開創絕句體式的山水組詩五絕式二十首〈輞川集〉，接著是錢起二十二首五絕式〈藍田溪雜詠〉，劉長卿也有〈龍門八詠〉和〈湘中紀行十首〉等五言山水組詩，但不是絕句體，前者是五言6句，後者是五言8句的形式。韓愈則是五絕〈奉和虢州劉給事使君三堂新題二十一詠〉和七絕〈盆池五首〉。到了孟郊〈峽哀〉〈石淙〉〈寒溪〉諸詩則開創五古式的山水組詩，其間又有張籍〈和韋開州盛山十二首〉五絕式山水組詩，和劉禹錫〈海陽十詠〉十首山水組詩，最後則由姚合的山水組詩爲殿軍。

第二節　中唐詩人首創千字以上五古長篇山水詩

一、韓愈之〈南山詩〉

　　由〈南山詩〉起首二句：「吾聞京城南，茲惟群山圍。」得知南山在京城長安之南，點明南山即是終南山之謂也。〔註29〕由全唐詩約

〔註28〕引自陳伯海主編《唐詩彙評》，頁1727。
〔註29〕終南山在唐代行政區域乃屬關內道，在萬年縣南五十里，或名太一、中南。萬年縣在周明帝時，在長安城中。據唐《元和郡縣圖志》謂：「終

93 首關於歌詠終南山的詩作中，顯見韓愈〈南山詩〉巨長篇幅的特點，是其他詩人難以匹敵的。〔註30〕在篇幅上，唐代詩人歌詠終南山者，幾乎以五言短篇為常見，或五言四句者：

王維〈贈徐中書望終南山歌〉

王維〈答裴迪輞口遇雨憶終南山之作〉

裴迪〈輞口遇雨憶終南山因獻王維〉

或五言八句者：

太宗皇帝〈望終南山〉

楊師道〈賦終南山用風字韻應詔〉

杜審言〈蓬萊三殿侍宴奉敕詠終南山應制〉

王維〈答裴迪輞口遇雨憶終南山之作〉

白居易〈和劉郎中望終南山秋雪〉

較長者亦不超過 40 句，如：

錢起〈自終南山晚歸〉10 句

孟郊〈登華嚴寺樓望終南山贈林校書兄弟〉12 句

李端〈遊終南山因寄蘇奉禮士尊師苗員外〉18 句

蘇頲〈敬和崔尚書大明朝堂雨後望終南山見示之作〉28 句

南山，在縣南五十里。按經傳所說，終南山一名太一，亦名中南。據張衡西京賦云『終南、太一，隆崛崔崒』。潘岳西征賦云『九嵕、嶻嶭，太一、龍嵸，面終南而背雲陽，跨平原而連嶓冢。』然則終南、太一，非一山也。」北京：中華書局，2005 年重印本，頁 3。

〔註30〕我進入「新詩改罷自長吟──全唐詩檢索系統」，以終南山為檢索條件，得出 93 筆資料。逐一觀察後，韓愈南山詩之浩長篇幅，是前無古人，可謂是首創。其中韓愈有四首關於終南山的詩，除了〈南山詩〉外，其他分別是〈龍移【案：此詩謂南山湫也。湫初在平地。一日風雷。移居山上。其山下湫遂化為土。長安人至今謂之乾湫。】〉7 言 4 句〈題炭谷湫祠堂【案：在京兆之南。終南之下。祈雨之所也。南山、秋懷詩皆見之。】〉5 言 40 句〈南山有高樹行贈李宗閔〉5 言 40 句。請參閱《國科會數位典藏國家型科技計畫──95 年度數位典藏創意學習計畫》網頁，http://cls.hs.yzu.edu.tw/tang/Database/index.html，2006 年 9 月 1 日啟用。

王灣〈奉使登終南山〉34 句

在篇幅上，韓愈〈南山詩〉確實在山水詩中出類拔萃。在此之前，杜甫的〈北征詩〉可謂是五言長篇的佳構，故而詩論家常將〈南山詩〉和杜甫〈北征詩〉相提並論。南宋曾季貍《艇齋詩話》謂：「韓退之〈南山〉詩，用杜詩〈北征〉詩體作。」強調兩者的師承關係。宋人范溫《潛溪詩眼》亦稱：「孫莘老嘗謂：『老杜北征詩勝退之南山詩。』王平甫以謂南山詩勝北征，終不能相服。時山谷尚少，乃曰『若論工巧，則北征不及南山；若書一代之事，以與《國風》《雅》《頌》相表裏，則北征不可無，而南山雖不作，未害也。』二公之論遂定。」說明南山詩比北征詩工巧，然內容之雅正上則不及北征詩。今觀杜甫北征詩，始「皇帝二載秋，閏八月初吉。」，終「煌煌太宗業，樹立甚宏達。」凡 140 句，共700 字。觀其詩題，乃杜甫欲從鳳翔至鄜州，故曰北征。詩中有兩個或字句，「或紅如丹砂，或黑如點漆」，與南山詩中的五十幾個或字句相較下，氣魄大相逕庭。且相較於南山詩 204 句，1020 字的超長篇幅之下，杜甫〈北征詩〉仍望塵莫及。北征一詩主旨，實可以「乾坤含瘡痍，憂虞何時畢」兩句概括，表達對社稷的關懷之情，體現忠君愛國的高貴情操。不若南山詩，韓愈將其貶謫之情包裹在南山浩瀚之景中。

體式與內容是緊密相連的，內容之豐富曲折是可能使體式上成爲超級長篇，故探索〈南山詩〉之內容，亦能探究其千字篇幅之奧秘。首先是句式奇變。韓愈〈南山詩〉共 204 句，1020 字，是首長篇雄奇恢張的狀物山水詩，〔註 31〕此詩最能展現其才力雄大的特質，〔註 32〕亦能看出他極力求變的例證之一。宋人黃徹《䂬溪詩話》卷五：「莊子文多奇變，如『技經肯綮之未嘗』，乃未嘗技經肯綮也。詩句中時有此法，如昌黎『一蛇兩頭見未曾』，『拘官計日月』，『欲進不可又』，

〔註 31〕清人葉矯然《龍性堂詩話》：「中間連用五十餘『或』字，又連用迭字十餘句，其體物精緻，公輸釋斤，道子閣筆矣。」

〔註 32〕宋人胡仔《苕溪漁隱叢話前集》：「《雪浪齋日記》云：『讀退之〈南山〉詩，頗覺似〈上林〉、〈子虛〉賦，才力小者不能到。』」

『君不強起時難更』。坡『迨此雪霜未』，『茲謀待君必』，『聊亦記吾曾』，餘人罕敢用。」〔註33〕評論中的『拘官計日月』，『欲進不可又』則是出自韓愈的〈南山詩〉，茲摘錄相關字句如下：

> 力雖能排幹，雷電怯呵訶。攀緣脫手足，蹭蹬抵積愁。
> 茫如試矯首，塇塞生怐愁。威容喪蕭爽，近新迷遠舊。
> 拘官計日月，欲進不可又。因緣窺其湫，凝湛閱陰歐。
> 魚蝦可俯掇，神物安敢寇。林柯有脫葉，欲墮鳥驚救。

詩例中的「拘官計日月，欲進不可又」應為「拘官計日月，欲進又不可」，固然可能是因押韻的關係而將「又」字調至句尾。〔註34〕「欲進不可又」這種句式實在不合漢語語法，所以宋人黃徹說「餘人罕敢用」，可見其追求獨特。

再者，連用五十幾個「或」字詩句及連用迭字。清人顧嗣立《昌黎先生詩集注》：「公以畫家之筆，寫得南山靈異縹緲，光怪陸離，中間連用五十一『或』字，複用十四迭字，正如駿馬下岡，手中脫轡。」〔註35〕可見韓愈詩法之奔放不拘，如脫轡駿馬。然對此作法亦有持相反意見。清人沈德潛《說詩晬語》：「〈鴟鴞〉詩連下十二『予』字，〈蓼莪〉詩連下九『我』字，〈北山〉詩連下十二『或』字，情至不覺音之繁、詞之複也。後昌黎〈南山〉用〈北征〉之體而張大之，下五十餘『或』字，然情不深而侈其詞，只是漢賦體段。」〔註36〕沈德潛否定韓詩中侈用「或」字，造成情不深之弊端。而詩經中所用多次的「予」「我」字，因其情至，故不覺繁複。姑不論其精心連用的『或』字詩句或迭字，至少已別于其他詩人的山水詩，〔註37〕此點可見其求變之

〔註33〕詳見《歷代詩話續編》，頁369。
〔註34〕陳友冰認為「南山詩中『拘官計日月，欲進又不可』，為了和上聯『威容喪蕭爽，近新迷遠舊』，以及下聯『因緣窺其湫，凝湛閱陰歐』押同一韻腳。」詳見宋緒連等主編《唐詩藝術技巧分類辭典》，北京：中國人民大學出版社，1996年10月，頁876。
〔註35〕詳見陳伯海《唐詩彙評》，頁1613。
〔註36〕詳見陳伯海《唐詩彙評》，頁1612。
〔註37〕李賀詩中沒有或字，而孟郊僅有一例，〈哀孟雲卿嵩陽荒居〉：「定交

努力。吳振華統計南山詩主要意象，分成時間、自然、動、植物、器具、人類活動、文化等意象，指出「總之，詩人用５１個『或（如）』開頭，組建了中國詩史上最大的比喻句群，描寫南山的千姿百態，實際上是展示韓愈目睹心想的胸中南山的雄姿，體現了詩人心靈的雄博。」〔註38〕揭示出〈南山詩〉在詩史上的獨特價值。

　　為何有那麼多或字呢？雖然表面上這些或字是形容南山之各種狀態，然心理上，<u>竊以為與韓愈遭貶謫之惑有關</u>。他一生中有兩次貶謫經驗，一次貶陽山令，一次貶潮州（寫〈南山詩〉時，尚未發生元和十四年諫迎佛骨之事）。〈南山詩〉是韓愈在憲宗元和元年（806）在長安所寫，在前年（貞元十九年）他因上書言關中旱饑之事，〔註39〕以免人民田租之弊，結果由監察御史任內被貶陽山令（今廣東省陽山縣）。〔註40〕因心有不平，為何為民喉舌，關心民瘼，竟至遷謫下場，加上旅途受盡風波，行舟勞疲，情緒累積到極點後，終於渲泄出來，連用五十餘或字，始「或連若相從，或蹙若相鬥」，終「或前橫若剗，或後斷若姁」之句。試看或字句前幾段：

> <u>前年遭譴謫</u>，探曆得邂逅。初從藍田入，顧盼勞頸脰。
> 時天晦大雪，淚目苦蒙瞀。峻塗拖長冰，直上若懸溜。
> 裹衣步推馬，顛蹶退且複。蒼黃忘遐眺，所矚纏左右。

昔何在，至戚今或疏。」，杜甫北征詩亦僅「或紅如丹砂，或黑如點漆」此句耳。

〔註38〕吳振華〈韓詩自然意象分類統計研究〉，《周口師範學院學報》，第24卷第3期，2007年5月，頁10

〔註39〕韓愈〈御史臺上論天旱人飢狀〉：「右臣伏以今年以來，京畿諸縣夏逢亢旱，秋又早霜，田種所收，十不存一。……上恩雖私，下困猶甚，至聞有棄子逐妻以求口食，拆屋伐樹以納稅錢，寒餒道塗，斃踣溝壑。……伏乞特敕京兆府：應今年稅錢及草粟等在百姓腹內徵未得者，並且停徵。」詳見嚴昌校點《韓愈集》卷三十七「行狀」，長沙：岳麓書社，2000年，頁394。

〔註40〕皇甫湜〈韓文公神道碑〉載曰：「入官於四門，先生實師之。擢為御史。（貞元）十九年，關中旱饑，人死相枕藉，吏刻取息。先生列天下根本，民急如是，請寬民徭，而免田租之弊。專政者惡之，行為連州陽山令。」

杉篁咤蒲蘇，杲耀攢介冑。專心憶平道，脫險逾避臭。
昨來逢清霽，宿願忻始副。崢嶸躋塚頂，儵閃雜鼯鼬。
前低劃開闊，爛漫堆眾皺。<u>或連若相從，或蹙若相鬥</u>。
或妥若弭伏，或竦若驚雊。或散若瓦解，或赴若輻湊。
或翩若船遊，或決若馬驟。

「或連若相從」以上諸句中，韓愈道出「前年遭譴謫，探曆得邂逅」的
情緒導火線。〔註41〕之後敘寫貶途中身心勞苦，物候不佳，幾度艱險，
生死一瞬。直到「前低劃開闊，爛漫堆眾皺」山景看似變形，如同自己
身心扭曲般，此時情緒已達高潮，因而連下五十餘或字句，〔註42〕不平
之情渲泄不夠，再接以疊字句：

<u>延延離又屬</u>，夬夬叛還遘。喁喁魚闖萍，落落月經宿。
闟闟樹牆垣，巘巘駕庫廄。參參削劍戟，煥煥銜瑩琇。
敷敷花披萼，閜閜屋摧霤。悠悠舒而安，兀兀狂以狃。
超超出猶奔，蠢蠢駭不懋。<u>大哉立天地</u>，經紀肖營腠。

最後到「大哉立天地」，則心情較為和緩，南山之大，使其心胸為之
開闊。如此多或，暗示他的心中疑惑。而此或字通常帶有泛指人事物
之義，也可與惑相通，又可表達不一定不儘然之意。〔註43〕韓愈不解
為何關心民瘼經濟，卻落得遠貶偏僻南荒之下場。在其〈赴江陵途中

〔註41〕美國學者宇文所安（Stephen owen）在解讀〈南山詩〉時，認為「〈南
　　　　山詩〉是一首很長的詩，包含了複雜的對稱，有感發力的中心，以
　　　　及關於覺悟的敘事，這一敘事在以文字描述對大自然秩序進行再現
　　　　的過程中達到了高潮。」說實在的，我有看沒有懂。西方人解讀中
　　　　國詩，往往脫離了詩人人生經歷，而直接從文本來解析。若要解讀
　　　　詩作，作者之經歷和時代文化等因素必須考量，而南山詩特有的五
　　　　十多個或字句法與詩人貶謫經歷之間的聯繫，是宇文教授沒注意
　　　　的，當然他的說法仍具參考價值。詳見（美）宇文所安著、陳引馳、
　　　　陳磊澤譯：《中國『中世紀』的終結：中唐文學文化論集》（北京：
　　　　生活・讀書・新知三聯書店，2006年1月），頁33。
〔註42〕其中最後四句以易經卦象形容山勢，較為獨特，詩曰：「或如龜拆兆，
　　　　或若卦分繇。或前橫若剝，或後斷若姤。」占卜卦象本是人類對未
　　　　來不確定的心理安慰作用。
〔註43〕高樹藩編纂：《正中形音義綜合大字典》，（臺北市：正中書局，民國
　　　　63年），頁537。

寄贈王二十補闕李十一拾遺李二十六員外翰林三學士〉中說：「孤臣昔放逐，血泣追愆尤。汗漫不省識，怳如乘桴浮。或自疑上疏，上疏豈其由。是年京師旱，田畝少所收。上憐民無食，徵賦半已休。」表達他對陽山之貶的疑惑也。

關於韓愈陽山之貶之因，說法大致有三：一是論宮市，以舊唐書爲代表。二是專政者惡之（李實所讒），以皇甫湜〈韓文公神道碑〉爲代表。三是伾文之力，而劉柳下石爲多，以《韻語陽秋》爲代表。《舊唐書》載曰：「調授四門博士，轉監察御史。德宗晚年，政出多門，宰相不專機務。宮市之弊，諫官論之不聽。愈嘗上章數千言極論，不聽，怒貶爲連州陽山令。」而《新唐書》和《唐才子傳》亦承其說。而皇甫湜則持不同立場，其〈韓文公神道碑〉：「專政者惡之，行爲連州陽山令。」而《韻語陽秋》卷五則批駁上述二說，引用韓愈〈自陽山移江陵〉〈上京兆李實書〉〈江陵塗中〉〈岳陽別竇司直〉〈和張十一憶昨行〉〈永貞行〉等材料，從而論斷爲「則知陽山之貶，伾文之力，而劉柳下石爲多，非爲李實所讒也。」〔註 44〕無論被貶之眞相爲何，韓愈自己也不清楚，如前所引「汗漫不省識，怳如乘桴浮。或自疑上疏，上疏豈其由。」之句。

而〈南山詩〉所呈現的山水景物中，如「晴明出棱角，縷脈碎分繡」「明昏無停態，頃刻異狀候」「驚呼惜破碎，仰喜呀不仆」「時天晦大雪，淚目苦矇瞀」等句之刻畫，已隱現韓愈遭朝廷棄置的幽暗破碎心境，就因南山詩中飽含貶謫元素，激憤的情緒擴大了謝靈運記遊的五言短篇和杜甫敘事的五言長篇之篇幅，從而形成五言超級長篇，遂別開境界，獨闢蹊徑。正如《南山詩評釋》所言：「以韻語刻畫山水，原於屈、宋。漢人作賦，鋪張雕繪，益臻繁縟。謝靈運乃變之以五言短篇，務爲清新精麗，遂能獨辟蹊徑，擅美千秋。昌黎〈南山〉，取杜陵五言大篇之體，攝漢賦鋪張雕繪之工，又變謝氏軌躅，亦能別

〔註 44〕詳參〔清〕何文煥輯：《歷代詩話》下冊，頁 524～525。

開境界，前無古人。」故沈德潛所謂「然情不深而侈其詞」（前引《說詩晬語》）之評，失之精讀矣！

二、白居易之〈遊悟眞寺〉

　　在時間點上，白居易四十四歲後所寫的山水詩，是在元和十年被貶江州以後，地域上主要是南方山水詩。〈遊悟眞寺〉是他四十三歲（元和九年）在下邽（今陝西渭南縣附近，渭河北岸）守母喪時所寫，地域上是屬北方山水詩。〈遊悟眞寺〉首四句言：「元和九年秋，八月月上弦。我遊悟眞寺，寺在王順山。」點明白居易遊覽時間和地點。王順山在西安城東南藍田縣城東約 10 公里處。又末四句言「我今四十餘，從此終身閒。若以七十期，猶得三十年。」說明中晚年欲長居於此山。由於悟眞寺地處偏遠，車馬無法進入，必須步行，故詩曰「自茲舍車馬，始涉藍溪灣。手拄青竹杖，足躡白石灘。漸怪耳目曠，不聞人世喧。」正因少人聞知，故《全唐詩》中關於悟眞寺的歌詠並不多見，除了白居易外，尚有王維、錢起、盧綸、張籍等四人，僅五首而已。如：

　　　　王維（一作王縉）〈遊悟眞寺〉：五言 24 句

　　　　錢起〈登玉山諸峰偶至悟眞寺〉：五言 22 句

　　　　盧綸〈題悟眞寺〉：七言 4 句

　　　　張籍〈使行望悟眞寺〉：七言 4 句

　　　　白居易〈遊悟眞寺〉：五言 260 句

就體式上說，全唐詩中共有三首五古及二首七絕的詩作描寫悟眞寺。就時代上說，一首盛唐，四首中唐，似乎說明中唐時期的悟眞寺較盛唐有名。就篇幅上，白居易〈遊悟眞寺〉五言 260 句，凡 1300 字，遠比其他詩作宏闊。若較之白居易其他長篇詩歌，如〈長恨歌〉或〈琵琶行〉，篇幅不到千字，故〈遊悟眞寺〉可謂「超級山水長詩」。〔註45〕而韓愈

〔註45〕〈長恨歌〉，七言 120 句，840 字，而〈琵琶行〉，七言 88 句，616字。而洋洋灑灑，長篇詩歌創作，本是白居易之所擅長的，趙翼《甌

〈南山詩〉與之相比，在篇幅上則稍遜矣，其五言 204 句，1020 字。
論者大都注意到韓愈〈南山詩〉，而白居易〈遊悟眞寺〉則鮮少論及，
清人趙翼則慧眼獨具，其《甌北詩話》早已點明：

> 唐人五言古詩，大篇莫如少陵之《北征》，昌黎之《南山》。
> 二詩優劣，黃山谷已嘗言之。然香山亦有《游王順山悟眞
> 寺》一首，多至一千三百字，世顧未有言及者。今以其詩
> 與《南山》相較，《南山詩》但儱侗摹寫山景，用數十〔或〕
> 字，極力刻畫；而以之移寫他山，亦可通用。《悟眞寺》詩，
> 則先寫入山，次寫入寺；先憩賓位，次至玉像殿，次觀音
> 岩，點明是夕宿寺中。明日又由南塔路過藍穀，登其巔；
> 又到藍水環流處，上中頂最高峰，尋謁一片石、仙人祠；
> 回尋畫龍堂，有吳道子畫、褚河南書。總結登曆，凡五日。
> 層次既極清楚，且一處爲一處景物，不可移易他處。較《南
> 山詩》似更過之。又《北征》、《南山》皆用仄韻，故氣力
> 健舉；此但用平韻，而逐層畏敘，沛然有餘，無一語冗弱，
> 覺更難也。而詩人不知，則以香山有《長恨》、《琵琶》諸
> 大篇膾炙人口，遂置此詩於不問耳。

趙翼將韓〈南山〉與白〈遊悟眞寺〉兩詩比較後，指出〈南山〉連用數
十或字極力刻畫，摹寫山景之特點，然將之移寫他山，亦可通用。而〈遊
悟眞寺〉從入山寫起，再寫入寺，佛教景觀，登山，尋訪古跡，層次井
然，每處景物之描寫，不可移易他處，故〈遊悟眞寺〉高於〈南山〉。

　　以下則分析〈遊悟眞寺〉詩爲何篇幅會如此之宏闊，其因何在？
必要時將與〈南山詩〉作一比較，而不評其高下，試圖深入探究其詩
則可。〈遊悟眞寺〉可分六大部份剖析，第一部份交待白居易遊悟眞

北詩話》謂：「五言排律長篇，亦莫有如香山之多者。《渭村退居一
百韻》；謫江州有《東南行》一百韻；微之以《夢遊春七十韻》見寄，
廣爲一百韻報之；又《代書詩寄微之一百韻》；《赴忠州舟中示弟行
簡五十韻》；《和微之投簡陽明洞五十韻》；《想東遊五十韻》；《逢蕭
徹話長安舊遊五十韻》；《敘德書情上宣歙崔中丞四十韻》；《新昌新
居四十韻》；此外如三十、二十韻者，更不可勝計。此亦古來所未有
也。」詳見陳友琴編：《白居易資料彙編》，頁 310。

寺之時間和地點，並強調入寺之前四五里必須步行，其座落在兩崖之間。如：

> 元和九年秋，八月月上弦。我遊悟眞寺，寺在王順山。
> 去山四五里，先聞水潺湲。自茲舍車馬，始涉藍溪灣。
> 手拄青竹杖，足躡白石灘。漸怪耳目曠，不聞人世喧。
> 山下望山上，初疑不可攀。誰知中有路，盤折通岩巓。
> 一息幡竿下，再休石龕邊。龕間長丈餘，門戶無扃關。
> 仰窺不見人，石髮垂若鬟。驚出白蝙蝠，雙飛如雪翻。
> 回首寺門望，青崖夾朱軒。如擘山腹開，置寺於其間。

「石髮垂若鬟」「雙飛如雪翻」「如擘山腹開」三句使用比喻法，形象地展示步行入寺途中所見之景物，及寺的地理位置。第二部分則寫入寺門之後所見所聞。有樹木、蟲蛇、松桂、日月光、幽鳥、虹霏、雲迴旋、白雨、野綠、秦原、渭水、漢陵、朱闌、上山人等景物，如：

> 入門無平地，地窄虛空寬。房廊與台殿，高下隨峰巒。
> 岩崿無攝土，樹木多瘦堅。根株抱石長，屈曲蟲蛇蟠。
> 松桂亂無行，四時鬱芊芊。枝梢嫋青翠，韻若風中弦。
> 日月光不透，綠陰相交延。幽鳥時一聲，聞之似寒蟬。
> 首憩賓位亭，就坐未及安。須臾開北戶，萬里明豁然。
> 拂簷虹霏微，繞棟雲迴旋。赤日間白雨，陰晴同一川。
> 野綠簇草樹，眼界吞秦原。渭水細不見，漢陵小於拳。
> 卻顧來時路，縈紆映朱闌。歷歷上山人，一一遙可觀。

「根株抱石長」使用擬人法，賦與根株以人之特性，富有生命力，「眼界吞秦原」則用誇飾法，形容眼界開闊。第三部份則歷述寺中所見之各種佛教建築及寶物，如寶塔、玉像殿、觀音堂，和七寶冠、白琉璃、舍利、玉笛等。如：

> 前對多寶塔，風鐸鳴四端。樂櫨與戶牖，恰恰金碧繁。
> 云昔迦葉佛，此地坐涅盤。至今鐵缽在，當底手跡穿。
> <u>西開玉像殿，白佛森比肩</u>。門藪塵埃衣，禮拜冰雪顏。
> 送霜爲袈裟，貫電爲華鬘。逼觀疑鬼功，其跡非雕鐫。
> 次登觀音堂，未到聞栴檀。上階脫雙履，斂足升淨筵。

六楹排玉鏡，四座敷金鈿。黑夜自光明，不待燈燭然。
眾寶互低昂，碧佩珊瑚幡。風來似天樂，相觸聲珊珊。
白珠垂露凝，赤珠滴血般。點綴佛髻上，合爲七寶冠。
雙缾白琉璃，色若秋水寒。隔缾見舍利，圓轉如金丹。
玉笛何代物，天人施祇園。吹如秋鶴聲，可以降靈仙。

敍述細密，依遊覽各殿堂之順序，將其特點展示出來，表現非凡之記憶力。白居易對佛教思想之習染於此已可見一斑，文中第五部分（詳後）所謂「一遊五晝夜，欲返仍盤桓」，更表明對佛地之嚮往。白居易的母親在元和六年時在長安宣平里第辭世後，他則退居下邽義津鄉金氏村守喪，此後三年皆居此地，有〈慈烏夜啼〉傳世。〔註46〕論者大都認爲白居易的佛教思想應在貶謫受挫後，如《舊唐書卷一六六白居易列傳第166》言：「居易儒學之外，尤通釋典。常以忘懷處順爲事，都不以遷謫介意。在溢城，立隱舍於盧山遺愛寺。嘗與人書言之曰：『予去年秋始遊盧山，到東西二林間香鑪峰下，見雲木泉石，勝絕第一。愛不能捨，因立草堂。前有喬松十數株，修竹千餘竿，青蘿爲牆援，白石爲橋道，流水周於舍下，飛泉落於簷間，紅榴白蓮，羅生池砌。』居易與湊、滿、朗、晦四禪師，追永、遠、宗、雷之　，爲人外之交，每相攜遊詠，躋危登險，極林泉之幽邃。」似乎說明白居易通釋典是在遷謫之後，其實他在貶謫江州前一年的守母喪時的悟眞寺之五日遊覽已露端倪，詩中用語遣詞多數與佛教相關。其中「西開玉像殿，白佛森比肩」兩句中的「白」字有另一版本爲「百」，宋紹興本以下各種刊本均作「白佛森比肩」，日本宗尊本、要文抄本、管見抄本作「百佛森比肩」。日人平岡武夫校定《白氏文集》校云：「森比肩謂眾貌，作百者是也。」『百佛』言佛之名號眾多，如隋那連提耶舍所譯名《百佛名經》。又造佛供養，繪畫或雕刻佛象多者，常稱千佛，如各地之千佛洞、千佛岩、千佛堂。白詩言『百佛』，其意相同。〔註47〕

〔註46〕詳參朱金城著：《白居易年譜》，台北市：文史哲，民國80年，頁55。
〔註47〕詳參謝思煒〈遊悟眞寺考釋〉，清華大學學報，哲學社會科學版，2002

　　第四部份則寫其夜宿寺中之夜景及清晨登山所見之自然景色。
如：

> 是時秋方中，三五月正圓。寶堂豁三門，金魄當其前。
> 月與寶相射，晶光爭鮮妍。照人心骨冷，竟夕不欲眠。
> 曉尋南塔路，亂竹低嬋娟。林幽不逢人，寒蝶飛翾翾。
> 山果不識名，離離夾道蕃。足以療饑乏，摘嘗味甘酸。
> 道南藍穀神，紫傘白紙錢。若歲有水旱，詔使修蘋蘩。
> 以地清淨故，獻奠無羶膻。危石迭四五，嶨嵬欹且刓。
> 造物者何意，堆在岩東偏。冷滑無人跡，苔點如花箋。
> 我來登上頭，下臨不測淵。目眩手足掉，不敢低頭看。
> 風從石下生，薄人而上搏。衣服似羽翮，開張欲飛騫。
> 岌岌三面峰，峰尖刀劍攢。往往白雲過，決開露青天。

「峰尖刀劍攢」形容山峰奇險，令人生懼，尤以「目眩手足掉，不敢
低頭看。」寫其登高害怕之心。第五部份除寫景外，亦加入佛道歷史
各種傳說，展現其豐富之學識，敍述了卞和、過去師、王氏子、寫經
僧等人物故事。如：

> 西北日落時，夕暉紅團團。千里翠屏外，走下丹砂丸。
> 東南月上時，夜氣青漫漫。百丈碧潭底，寫出黃金盤。
> 藍水色似藍，日夜長潺潺。周回繞山轉，下視如青環。
> 或鋪為慢流，或激為奔湍。泓澄最深處，浮出蛟龍涎。
> 側身入其中，懸磴尤險艱。捫蘿躡樛木，下逐飲澗猿。
> 雪迸起白鷺，錦跳驚紅鱣。歇定方盥漱，濯去支體煩。
> 淺深皆洞徹，可照腦與肝。但愛清見底，欲尋不知源。
> 東崖饒怪石，積甃蒼琅玕。溫潤發於外，其間韞璵璠。
> 卞和死已久，良玉多棄捐。或時泄光彩，夜與星月連。
> 中頂最高峰，拄天青玉竿。鼠令上不得，豈我能攀援。
> 上有白蓮池，素葩覆清瀾。聞名不可到，處所非人寰。
> 又有一片石，大如方尺磚。插在半壁上，其下萬仞懸。
> 雲有過去師，坐得無生禪。號為定心石，長老世相傳。

年第 6 期第 17 卷，頁 22。

卻上謁仙祠，蔓草生綿綿。昔聞王氏子，羽化升上玄。
其西矚藥台，猶對芝朮田。時復明月夜，上聞黃鶴言。
回尋畫龍堂，二叟鬢髮斑。想見聽法時，歡喜禮印壇。
複歸泉窟下，化作龍蜿蜒。階前石孔在，欲雨生白煙。
往有寫經僧，身靜心精專。感彼雲外鴿，群飛千翩翩。
來添硯中水，去吸岩底泉。一日三往復，時節長不惋。
經成號聖僧，弟子名楊難。誦此蓮花偈，數滿百億千。
<u>身壞口不壞，舌根如紅蓮</u>。顱骨今不見，石函尚存焉。
粉壁有吳畫，筆彩依舊鮮。素屏有褚書，墨色如新乾。
靈境與異跡，周覽無不殫。<u>一遊五晝夜，欲返仍盤桓</u>。

以「丹砂丸」比喻日，而以「黃金盤」比喻月，構詞新穎。「粉壁有
吳畫，筆彩依舊鮮。素屏有褚書，墨色如新乾。」四句對仗精巧，表
達書畫之靈動飛躍。「<u>身壞口不壞，舌根如紅蓮</u>」在《法苑珠林》卷
八十五亦載有相關故事，載曰「又雍州有僧亦誦《法華》，隱於白鹿
山，感一童子常供給。至終，置尸岩下，餘骸枯朽，唯舌多年不壞。
又齊武成世，并州東看山側有掘地，見一處土，其色黃白，與傍有異，
尋見一物，狀人兩唇。其內有舌，鮮紅赤色。以事奏聞，問諸道人，
無能知者。沙門大統法師上奏曰：『此持《法華》者，令六根不壞。
殷誦千遍，定感此徵。』」舌根如紅蓮，即舌呈鮮紅赤色，直接賦與
文學性。而「一遊五晝夜，欲返仍盤桓」則表達五日之遊，意猶未盡，
強調對佛教之親近。第六部份則抒其感想，表達不慕榮利之隱士情
懷。如：

我本山中人，誤為時網牽。牽率使讀書，推挽令效官。
<u>既登文字科，又忝諫諍員。拙直不合時，無益同素餐。
以此自慚惕，戚戚常寡歡。無成心力盡，未老形骸殘。</u>
今來脫簪組，始覺離憂患。及為山水遊，彌得縱疏頑。
野麋斷羈絆，行走無拘攣。池魚放入海，一往何時還。
<u>身著居士衣，手把南華篇</u>。終來此山住，永謝區中緣。
我今四十餘，從此終身閑。若以七十期，猶得三十年。

（《全唐詩》卷 429，頁 4736）

除了佛教因素之外，「既登文字科，又忝諫諍員」以下八句亦應爲悟真詩篇幅宏闊之另一原因，說到底，還是與他本身經歷有關。白居易在憲宗元和元年四月登第，四月二十八日即授盩厔尉。元和三年四月二十八日，除左拾遺、依前充翰林學士。元和五年五月五日，改官京兆府戶曹參軍，仍充翰林學士。〔註48〕在這期間，他作〈新樂府〉五十首和〈秦中吟〉十首，忠於擔任諫官之職責。

以上從六大部份呈述〈遊悟真寺〉之章法內容，詩中佛教元素頗多，亦加入個人任諫官之感慨，這是其篇富宏闊之因。若與韓愈〈南山詩〉作一比較，在寫作時間點上，前者是貶謫前所寫，後者是貶謫後，如韓所言「前年遭譴謫，探曆得邂逅」之句。在句法上，前者描寫細緻，層次分明，後者則連用五十幾個或字。在章法上，前者依遊覽寺廟時序鋪陳，較爲寫實，而後者寫整個連綿山脈，境界開闊，想像力豐富，兩詩各有所長，在山水詩史上各有價值。《唐宋詩醇》則將〈遊悟真寺〉與韓謝柳之山水遊記詩作一比較，稱：「韓愈南山詩以奇肆勝，此以秀折勝，可謂匹敵。謝靈運遊山詩、柳宗元山水記素稱奇構，以彼方此，不無廣狹之別矣。」強調韓白詩爲廣，謝柳詩爲狹，韓詩有奇肆之特點，而白詩則以秀折取勝。此論公允。

三、劉禹錫之〈遊桃源一百韻〉

劉禹錫〈遊桃源一百韻〉首二句言：「沅江清悠悠，連山鬱岑寂。」點明此詩之所在地在沅江附近。沅江又稱沅水，源出貴州省霧山雞冠嶺，流經黔東、湘西，至黔城以下始稱沅江，入洞庭湖。自上游至下游流經敘州、辰州和朗州等地。〔註49〕他在憲宗元和元年（即永貞元年，806）時，被貶謫至朗州，漢時稱武陵郡，今爲湖南常德市，位於洞庭湖西南方。其〈武陵書懷五十韻〉詩前有引曰：

〔註48〕詳見《白居易年譜》，頁35～41。
〔註49〕請參看譚其驤主編《中國歷史地圖集》第五冊（隋唐五代十國時期），頁38～39，「元和方鎮圖」。

按《天官書》。武陵當翼、軫之分。其在春秋及戰國時。皆
楚地。後爲秦惠王所并。置黔中郡。漢興。更名曰武陵。
東徙於今治所。常林《義陵記》云：「初項籍殺義帝於郴。
武陵人曰。天下憐楚而興。今吾王何罪。乃見殺。郡民縞
素。哭於招屈亭。高祖聞而異之。故亦曰義陵。」今郡城
東南亭舍。其所也。晉、宋、齊、梁間。皆以分王子弟。
事存於其書。永貞元年。余始以尚書外郎出補連山守。道
貶爲是郡司馬。至則以方志所載。而質諸其人民。顧山川
風物。皆騷人所賦。乃具所聞見而成是詩。因自述其出處
之所以然。故用書懷爲目云。

此段話說明劉禹錫在永貞元年被貶至連山守，在道中則轉貶爲朗州司
馬，漢稱武陵郡。而劉禹錫之所以來到朗州，乃與其在政治上所遭遇
的挫折有密切關係。據〈子劉子自傳〉所作的剖白：「是時，太上久
寢疾，宰臣及用事者都不得召對。宮掖事秘，而建桓立順，功歸貴臣。
於是叔文首貶渝州，後命終死。宰相貶崖州。予出爲連州。途至荆南，
又貶朗州司馬。」〔註50〕此一政治上的挫敗即所謂的永貞革新。最大
勝利者是宦官集團。所謂「功歸貴臣」之句，則已明示，透過東漢桓、
順二帝受宦官擁立之史實，藉以揭發永貞革新背後魔爪——宦官弄權
之秘辛。〔註51〕他從長安貶至湖南的朗州，在人們眼中是個蠻荒之地。

　　前論之韓愈和白居易的千字山水詩，所以有如此巨大的篇幅，乃
與其個人貶謫生涯及佛教用語有密切關係，而劉禹錫〈遊桃源一百韻〉
之宏闊篇幅亦與其貶謫因素相關，以下論之。

　　山水對古代失志的士大夫而言，起著一種心靈寄託的作用，避開
人間煩擾，與天地融合爲一。恰好此時劉禹錫所親近的山水，正是東
晉陶淵明筆下的桃花源，其〈桃花源記〉曰：「晉太元中武陵人，捕
魚爲業。緣溪行，忘路之遠近。忽逢桃花林，夾岸數百步，中無雜樹，

〔註50〕　〔唐〕劉禹錫著，瞿蛻園校點：《劉禹錫全集》，頁320。
〔註51〕　〈子劉子自傳〉之解析可參閱吳鋼、張天池、劉光漢補注：《劉禹錫詩
　　　　　文選注》（增訂本），（西安：三秦出版社，1987年12月），頁1～14。

芳草鮮美，落英繽紛。」因此他的五言長詩〈遊桃源一百韻〉借題發
揮，在詩中融入淵明的桃源思想，如詩中所言「淵明著前志，子驥思
遠躡」。藉以抒發他永貞革新挫敗後，欲尋一心靈的安全歸宿。先看
〈遊桃源一百韻〉前面幾段：

> 沅江清悠悠，連山鬱岑寂。回流抱絕巘，皎鏡含虛碧。
> 昏旦遞明媚，煙嵐分委積。香蔓垂綠潭，暴龍照孤磧（山
> 下潭名綠蘿，磧名暴龍。）。

一開頭先描繪此地的周圍自然景觀，絕巘、皎鏡、香蔓、綠潭、暴龍
和孤磧等景物構成一幅令人賞心的世外桃源圖。此種樂土意識乃肇自
《詩經‧碩鼠》所言：「逝將去女，適彼樂土。」一群下層人民深受統
治者貪得無厭的剝削，在「三歲貫女」長久時間的積怨下，遂萌發另
尋「樂土」、「樂國」、「樂郊」的美好念頭。在人類心理中，對於生長
之地抱存著依戀的情感本是極其自然之事，然若居民或因遭受壓迫，
或因不合理對待，或因受人陷害，或因避亂等等，則通常會有兩條路
選擇，一是抵抗，一是遠離。在政治上，大多數是權力小者遠離，執
政者永遠是勝利的一方，故詩經中所謂「適彼樂土」等哀號，則是人
民內心底層最無奈的悲音。至於樂土的景象是什麼？詩經並沒有仔細
描繪。等到東晉時期的陶淵明筆下的桃花源始有進一步的具體描繪，
其〈桃花源記〉藉一武陵漁人誤入桃花林，則敘寫出令人陶醉的景觀：

> 忽逢桃花林，夾岸數百步，中無雜樹，芳草鮮美，落英繽
> 紛。……復行數十步，豁然開朗。土地平曠，屋舍儼然，
> 有良田美池桑竹之屬。

寥寥數語佈置出人間天堂的美麗景象。於是劉禹錫便將朗州的美麗風
物與桃花源記的情節作一連結：

> 淵明著前志，子驥思遠躡（事見陶先生本記）。寂寂無何鄉，
> 密爾天地隔。金行太元歲，漁者偶探賾。尋花得幽蹤，窺
> 洞穿閶隙。依微聞雞犬，豁達值阡陌。居人互將迎，笑語
> 如平昔。廣樂雖交奏，海禽心不懌。揮手一來歸，故溪無
> 處覓。綿綿五百載，市朝幾遷革。有路在壺中，無人知地

脈。皇家感至道，聖祚自天錫。金闕傳本枝，玉函留寶曆。
禁山開秘宇，複戶潔靈宅（詔隸二十戶免徭，以奉灑掃。）。
蕊檢香氛氳，醮壇煙冪冪。我來塵外躅，瑩若朝醒析。

「金行太元歲」以下數句則是桃花源記的情節概述，自東晉以來至中唐約五百年間，此地是未受政治紛擾及戰爭浩劫的桃源仙境，更進一步強化陶淵明所描述的東晉漁人所發現的夢幻王國的浪漫色彩。雖然此地「市朝幾遷革」，但「有路在壺中，無人知地脈」，此地仍遺世而獨立，遊人罕至。於是他要展開一段追尋心中桃源之旅，故有「我來塵外躅，瑩若朝醒析」之句也。與武陵漁人不同者，在於劉禹錫是有意進入桃源遊覽，在前段所描繪的美麗的景象下，因此產生探索其內的動機。接著他又寫到登山路途之風景：

崖轉對翠屏，水窮留畫鷁。三休俯喬木，千級扳峭壁。
旭日聞撞鐘，彩雲迎躡屐。遂登最高頂，縱目還楚澤。
平湖見草青，遠岸連霞赤。幽尋如夢想，綿思屬空闃。
夤緣且忘疲，耽玩近成癖。清猿伺曉發，瑤草凌寒坼。
祥禽舞葱蘢，珠樹搖玢礫。

這一段風景的描寫主要是引出道教仙境來。接著「羽人顧我笑，勸我稅歸軛」以下數句則是遇到道士及聽聞瞿氏子仙人相關事蹟，故有「因話近世仙，聳然心神惕」之句。直至「紛吾本孤賤」，則慨嘆個人身世悲涼，益以「北渚吊靈均，長岑思亭伯。禍來昧幾兆，事去空歎息」之句聯繫屈原貶謫之事，抒發同是天涯倫落人之悲。最後則欲隱居在此，所謂「買山構精舍，領徒開講席」。詩篇結構則是：沅江美景→登仙遇道士→反思自我貶謫遭遇→隱居此山。若我們再比較所有唐代其他同題之作，如：

包　融　武陵桃源送人　7 言 4 句
王　維　桃源行　時年十九　7 言 32 句
盧　綸　同吉中孚夢桃源二首　（5 言 6 句）
武元衡　桃源行送友　7 言 19 句
權德輿　桃源篇　7 言 20 句

韓　愈　桃源圖　7 言 38 句

劉禹錫　遊桃源一百韻，八月十五日夜桃源玩月（7 言 16 句），
　　　　桃源行（7 言 26 句），傷桃源薛道士（7 言 4 句）

施肩吾　桃源詞二首　7 言 4 句，無個人情緒

李群玉　桃源　7 言 4 句，山川四望使人愁，略有情緒

段成式　桃源僧舍看花　7 言 4 句，無個人情緒

劉　滄　題桃源處士山居留寄，7 言 8 句，無個人情緒

張　喬　尋桃源　5 言 8 句，無個人情緒

章　碣　桃源　7 言 8 句，無個人情緒

陳　光　題桃僧　5 言 8 句，無個人情緒

李宏皋　題桃源　7 言 8 句，無個人情緒(慨嘆個人遭遇)

皎　然　晚春尋桃源觀　7 言 8 句，無個人情緒

　　在唐代關於桃源的詩作不到二十首中，在篇幅上，除劉禹錫的千字詩外，再來則是韓愈 7 言 38 句的〈桃源圖〉，最少則是包融的七絕〈武陵桃源送人〉。就其內容言，或以第三人稱的客觀立場演繹武陵桃源故事，較少融入個人身世。如施肩吾〈桃源詞〉之一言：「夭夭花裡千家住，總爲當時隱暴秦。歸去不論無舊識，子孫今亦是他人。」又李宏皋〈題桃源〉：「山翠參差水渺茫，秦人昔在楚封疆。當時避世乾坤窄，此地安家日月長。草色幾經壇杏老，巖花猶帶澗桃香。他年倘遂平生志，來著霞衣侍玉皇。」兩詩乃演繹〈桃花源記〉之事：「自云先世避秦時亂，率妻子邑人來此絕境，不復出焉，遂與外人間隔。」

　　或以第三人稱之客觀立場改寫桃源者，<u>加入求仙意識</u>，然亦未發抒個人身世之悲，如王維〈桃源行〉：

　　　漁舟逐水愛山春，兩岸桃花夾去津。坐看紅樹不知遠，行
　　　盡青溪不見人。山口潛行始隈隩，山開曠望旋平陸。遙看
　　　一處攢雲樹，近入千家散花竹。樵客初傳漢姓名，居人未
　　　改秦衣服。居人共住五陵源，還從物外起田園。月明松下
　　　房櫳靜，日出雲中雞犬喧。驚聞俗客爭來集，競引還家問

都邑。平明閭巷掃花開，薄暮漁樵乘水入。初因避地去人間，及至成仙遂不還。峽裡誰知有人事，世中遙望空雲山。不疑靈境難聞見，塵心未盡思鄉縣。出洞無論隔山水，辭家終擬長游衍。自謂經過舊不迷，安知峰壑今來變。當時只記入山深，青溪幾曲到雲林。春來遍是桃花水，不辨仙源何處尋。

「平明閭巷掃花開，薄暮漁樵乘水入」兩句說明一漁人誤入桃源仙境，其因是避亂，所謂「初因避地去人間，及至成仙遂不還」。在陶淵明〈桃花源記〉中，漁人並無慕仙意識，然在王維〈桃源行〉裏，則滲入求仙思想。末聯「春來遍是桃花水，不辨仙源河處尋。」則表明慕仙未成。而劉禹錫在遊桃源時，也將慕仙意識融入登山過程中，只差別在王維所寫的漁夫不遇仙，而劉禹錫本人遇仙，詩曰：

羽人顧我笑，勸我稅歸軫。霓裳何飄颻，童顏潔白晳。
重巖是藩屏，馴鹿受羈靮。樓居彌清宵，蘿蔦成翠帟。
仙翁遺竹杖，王母留桃核。姹女非丹砂，青童護金液。
寶氣浮鼎耳，神光生劍脊。虛無天樂來，僁窣鬼兵役。
丹丘肅朝禮，玉札工紬繹。枕中淮南方，床下阜鄉舄。
明燈坐遙夜，幽籟聽淅瀝。

關於仙人居於深山的描述，早在《莊子》一書就出現了，他說：「藐姑射之山，有神人居焉，肌膚若冰雪，綽約若處子，不食五穀，吸風飲露，乘雲氣，御飛龍而游乎四海之外。」仙人可分「天仙」「地仙」和「尸解仙」三種，據葛洪《抱朴子》內篇卷二〈論仙〉所言：「上士舉形升虛，謂之天仙；中士遊於名山，謂之地仙；下士先死後蛻，謂之尸解仙。」就造字法則來看，仙是人和山的字形合成，表明人居於山中之義也。劉熙《釋名》卷三〈釋長幼〉說：「老而不死曰仙。仙，遷也，遷入山也。故其制字，人旁作山也。」因此，劉禹錫所遇的羽人則是葛洪所謂地仙，亦即道士。詩中談到道士的容貌如童顏，居處在深山重巖中，樓居接近天空，周圍竹林密布，高雅閒遠。丹砂和金液乃指道士的煉丹。禹錫與道士長夜漫談，訴說瞿氏子的神話傳說，詩云：

因話近世仙，聳然心神惕。乃言瞿氏子，骨狀非凡格。
往事黃先生，群兒多侮劇。藝然不屑意，元氣貯肝膈。
往往遊不歸，洞中觀博弈。言高未易信，尤復加訶責。
一旦前致辭，自云仙期迫。言師有道骨，前事常被謫。
如今三山上，名字在眞籍。悠然謝主人，後歲當來覿。
言畢依庭樹，如煙去無跡。觀者皆失次，驚追紛絡繹。
日暮山徑窮，松風自蕭槭。適逢修蛇見，瞋目光激射。
如嚴三清居，不使恣搜索。唯餘步綱勢，八趾在沙礫。
至今東北隅，表以壇上石。

無論瞿氏子的神話傳說是眞或僞，至少在武陵桃源東北隅之壇上石銘刻著瞿氏子升仙之故事，增添此地的浪漫色彩，它是作爲詩末「因思人間世，前路何狹窄」之句的心情抒發或是心靈寄託。因爲人間世所代表的是現實世界之苦，詩中所言「性靜本同和，物牽成阻厄。是非鬥方寸，葷血昏精魄。遂令多夭傷，猶喜見斑白。」而透過虛幻的神話傳說，對劉禹錫在政治上的失望起了一種心理平衡的作用。

〈遊桃源〉除了加入慕仙意識外，復加入貶謫情結。當細味「紛吾本孤賤」以下數句時：

平地生峰巒，深心有矛戟。層波一震蕩，弱植忽淪溺。
北渚弔靈均，長岑思亭伯。禍來昧幾兆，事去空歎息。

我們發現此段話顯然與其遷謫至朗州有極大關係。劉禹錫借屈原和崔駰兩人在政治上所遭受之貶斥和失意之偃蹇命運，〔註52〕發抒內心對永貞革新敗亡之憤懣。據《新唐書劉禹錫列傳》卷168所言：「憲宗立，叔文等敗，禹錫貶連州刺史，未至，斥朗州司馬。」叔文等敗，即指永貞革新一事失敗，故有「事去空歎息」之句也。而「禍來昧幾兆」則是與順宗內禪有關。本來由王叔文爲首的政治革新集

〔註52〕靈均是屈原的字。據《楚辭‧離騷》謂：「名余曰正則分，字余曰靈均。」而亭伯則是東漢崔駰的字，據《後漢書》言：「崔駰字亭伯，涿郡安平人也。……因察駰高第，出爲長岑長。駰自以遠去，不得意，遂不之官而歸。李賢注：長岑，縣，屬樂浪郡，其地在遼東。」卷52，〈崔駰列傳〉，頁1703

團在順宗朝應有很大作為，據《舊唐書劉禹錫列傳》卷 160 所載：「貞元末，王叔文於東宮用事，後輩務進，多附麗之，禹錫尤為叔文知獎，以宰相器待之。順宗即位，久疾不任政事，禁中文誥，皆出於叔文，引禹錫及柳宗元入禁中，與之圖議，言無不從。轉屯田員外郎、判度支鹽鐵案，兼崇陵使判官。頗怙威權，中傷端士。宗元素不悅武元衡，時武元衡為御史中丞，乃左授右庶子。<u>侍御史竇群奏禹錫挾邪亂政，不宜在朝，群即日罷官</u>。」可知王叔文革新集團中有劉禹錫和柳宗元等士人共謀朝政，具有極高權力，但一方面又受政敵竇群的阻擾，〔註 53〕即外朝保守士大夫的反對，復因順宗久病不任政事，再加以內廷宦官俱文珍勢力強盛，最終則由宦官擁立憲宗即位，朝政全由宦官集團操控。不到半年時間，隨著順宗（李誦）禪位給憲宗（李純），永貞革新宣告夭折。其〈子劉子自傳〉曰：「時上素被疾，至是尤劇，詔下內禪，自稱太上皇，後謚曰順宗，東宮即皇帝位。」「昧幾兆」應指宦官的勢力不容小覷，未能事先遏抑，乃至知識分子竟被宦官操弄，劉禹錫為此感到自責。

　　因此，〈遊桃源一百韻〉之所以形成千字之長篇，乃基於加入求仙意識，故擴大敘事內容，再加上<u>劉禹錫當時的貶謫心情</u>，於是洋洋灑灑千字言，故整篇看來，劉禹錫將其遠貶情悲痛，透過在山水美景和桃源之追尋中，先加入了道士邂逅和聽聞瞿氏子成仙種種，最後則反思自我貶謫而悟出隱居之妙，因而在心理上進一步獲得調解，故終句以「縱無西山姿，猶免長戚戚」作結。正如《劉禹錫箋證》所說：「禹錫蓋借喻己之遭讒，一篇警策全在一謫字，神仙不經之說，當非其意之所在。」〔註 54〕

〔註 53〕竇群之所以有此舉動，乃因劉禹錫曾怠慢他，故藉此報復。《舊唐書》謂：「王叔文之黨柳宗元、劉禹錫皆慢群，群不附之。」卷 155，〈竇群列傳〉，頁 4120。

〔註 54〕〔唐〕劉禹錫著、瞿蛻園箋證：《劉禹錫集箋證》（上海：上海古籍出版社，1989 年 12 月第 1 版），頁 657。

第三節　中唐詩人創作樂府民歌之山水詩

一、李賀之樂府體式山水詩

　　樂府之名，始於漢代。《漢書藝文志》：「自孝武立樂府而采歌謠，於是有代趙之謳，秦楚之風，皆感於哀樂，緣事而發，亦可以觀風俗，知薄厚雲。」〔註55〕可知樂府詩最初所體現之精神是「感於哀樂，緣事而發」，以關懷社會民生為出發點。至唐代新樂府詩，即唐世之新歌，仍以「諷興當時之事」為一脈相承之精神。宋人郭茂倩《樂府詩集》卷九十在「新樂府辭」序中得一結論說：「由是觀之，自風雅之作，以至於今，莫非諷興當時之事，以貽後世之審音者。」〔註56〕可見這些以樂府古題作詩，或即事名篇，自創新題者，其內容主要是以人事為中心，具有政治諷諭功能，至於描寫山水自然者應屬少見之例。而李賀在當時是以樂府歌行體盛名，如唐人趙璘《因話錄》卷三稱：「又張司業籍善歌行，李賀能為新樂府，當時言歌篇者，宗此二人。」〔註57〕在這個意義上，李賀以樂府體式來寫山水詩應值得探究一番。先看〈蜀國弦〉：〔註58〕

　　　　楓香晚華靜，錦水南山影。驚石墜猿哀，竹雲愁半嶺。涼
　　　　月生秋浦，玉沙鱗鱗（集作粼粼）光。誰家紅淚客，不忍
　　　　過瞿塘。（樂府詩集卷30，相和歌辭，頁441）

前六句描寫南山錦水景物，然而卻染上死亡的色彩，「墜猿哀」暗指己之貧弱，「愁半嶺」亦明示己之憂傷，景中含情，訴說個人悲涼身

〔註55〕　《漢書》卷30，〈藝文志第十〉，頁1756。

〔註56〕　〔宋〕郭茂倩編：《樂府詩集》，（北京：中華書局，1998 重印），頁1263。

〔註57〕　〔唐〕趙璘《因話錄》，收入上海古籍出版社編《唐五代筆記小說大觀》下冊，（上海：上海古籍出版社，2000 年3月），頁847。

〔註58〕　此題由來，《古今樂錄》曰：「張永《元嘉技錄》有《四弦》一曲，《蜀國四弦》是也，居相和之末，三調之首。古有四曲，其《張女四弦》《李延年四弦》《嚴卯四弦》三曲，闕《蜀國四弦》。節家舊有六解，宋歌有五解，今亦闕。」詳見《樂府詩集》，頁440。

世。樂府詩集所收錄以〈蜀國弦〉爲題的樂府詩共三首，其他尚有〔梁〕簡文帝和〔隋〕盧思道，僅李賀此首透過山水景物抒發悲情。再看〈神弦別曲〉：〔註59〕

　　巫山（一作陽）小女隔雲別，松花春風（一作春風松花）山上發。綠蓋獨穿香徑歸，白馬花竿前孑孑。蜀江風澹水如羅，墜蘭誰泛相經過。南山桂樹爲君死，雲衫殘（集作淺）汙紅脂花。（樂府詩集卷47，清商曲辭，頁687）

上首寫墜猿，此首寫墜蘭，接著就寫到死，「南山桂樹爲君死」。前幾句之景色風澹香徑春風松花，一片生機盎然，最後則寫出悲情來。再看〈湘妃〉：〔註60〕

　　筠竹千年老不死，長伴秦（一作神）娥蓋湘水。蠻娘吟弄滿寒空，九山靜綠淚花紅。離鸞別鳳煙梧中，巫雲蜀雨遙相通。幽愁秋氣上青楓（一作清峰），涼夜波間吟古龍。（樂府詩集卷57，琴曲歌辭，頁826）

此詩雖寫湘妃之神話傳說，但全詩藉由一種荒涼寒幽之山水景象，營造出悲傷之氣氛，與己之悲暗合。而劉長卿寫來卻不透露哀怨，詩云：「帝子不可見，秋風來暮思。嬋娟湘江月，千載空蛾眉。」再看〈江

〔註59〕　關於此題由來，《古今樂錄》曰：「《神弦歌》十一曲：一曰《宿阿》，二曰《道君》，三曰《聖郎》，四曰《嬌女》，五曰《白石郎》，六曰《青溪小姑》，七曰《湖就姑》，八曰《姑恩》，九曰《采菱童》，十曰《明下童》，十一曰《同生》。」詳見《樂府詩集》，頁687。

〔註60〕　此題由來，《山海經》曰：“洞庭之山，帝之二女居之。”郭璞云：“天帝之女，處江爲神，即《列仙傳》所謂江妃二女也。”劉向《列女傳》曰：“帝堯之二女，長曰娥皇，次曰女英，堯以妻舜于嬀汭。舜既爲天子，娥皇爲後，女英爲妃。舜死於蒼梧，二妃死于江湘之間，俗謂之湘君。”《湘中記》曰：“舜二妃死爲湘水神，故曰湘妃。”韓愈《黃陵廟碑》曰：“秦博士對始皇帝云：湘君者，堯之二女舜妃者也。劉向鄭玄亦皆以二妃爲湘君。而《離騷》《九歌》既有《湘君》，又有《湘夫人》，王逸以爲湘君者，自其水神而謂，湘夫人乃二妃，璞與逸俱失也。堯之長女娥皇爲舜正妃，故曰君，其二女女英自宜降曰夫人也。故《九歌》謂娥皇爲君，女英爲帝子，各以其盛者推言之也。禮有小君，明其正自得稱君也。”按《琴操》有《湘妃怨》，又有《湘夫人》曲。詳見《樂府詩集》，頁825～826。

南弄〉：

> 江中綠霧起涼波，天上迭巘紅嵯峨。
> 水風浦雲生老竹，渚暝蒲帆如一幅。
> 鱸魚千頭酒百斛，酒中倒臥南山綠。
> 吳歈越吟未終曲，江上團團帖寒玉。

（樂府詩集卷 50，清商曲辭，頁 730）

前六句所鋪陳的山水景物是昏暗而又翠綠，由江中寫到天上之迭山，可見其想像力之賓士。再看〈江南曲〉：

> 汀洲白蘋草，柳惲乘馬歸。江頭楂樹香，岸上蝴蝶飛。
> 酒杯箬葉露，玉軫蜀桐虛。朱樓通水陌，沙暖一雙魚。

（樂府詩集卷 26，相和歌辭，頁 388）

此詩有別于李賀其他鬼詭之風格，全詩小巧可愛，活潑生動。白蘋草，楂樹香，蝴蝶飛，一雙魚，自然景物不大，卻充滿生機。再看〈巫山高〉：

> 碧叢叢，高（一作齊）插（一作撐）天。大江翻瀾神曳煙，
> 楚魂尋夢風颸（一作颯）然。曉風飛雨生苔錢，瑤姬一去
> 一千年。丁香筇竹啼老猿，古祠近月蟾桂寒。椒花墜紅濕
> 雲間（一作端）。（樂府詩集卷 17，鼓吹曲辭，頁 242）

巫山高形式上是以五言八句居多，從南朝齊人虞羲開始，直到唐人於濆皆是，而孟郊則改以前半為七言八句，後半為五言八句之形式，李賀則改以九句，除前兩句三言外，餘皆七言。比較眾詩人之開篇形容巫山之高的詩句，如以下所列：

> 南國多奇山，荊巫獨靈異。（〔齊〕虞羲）
>
> 想像巫山高，薄暮陽臺曲。（王融）
>
> 高唐與巫山，參差鬱相望。（劉繪）
>
> 巫山高不窮，迴出荊門中。（〔梁〕元帝）
>
> 巫山高不極，白日隱光暉。（範雲）
>
> 巫山光欲晚，陽臺色依依。（費昶）
>
> 迢遞巫山竦，遠天新霽時。（王泰）
>
> 巫山峰十二，環合隱昭回。（沈佺期）

　　巫山望不極，望望下朝雰。（盧照鄰）

　　楚國巫山秀，清猿日夜啼。（劉方平）

　　巫山十二峰，皆在碧虛中。（李端）

　　巴江上峽重複重，陽臺碧峭十二峰。（孟郊）

　　碧叢叢，高插天，大江翻瀾神曳煙。（李賀）

上舉諸例中，〔註61〕李賀描述巫山之高，是「高插天」，讀來驚心動
魄，有種錐心之痛，其他詩人所描述的是巫山之狀態，如「想像巫山
高」、「巫山高不窮」、「迢遞巫山竦」等句，是靜態的，相較之下，可
見李賀出語不凡。接著提及墜紅一詞，與上述的墜蘭、墜猿等詞，同
一機杼，暗示心情低落之意。再看〈帝子歌〉：

　　洞庭明月（一作帝子）一千里，涼風雁啼天在水。九節菖
　　蒲石上死，湘神彈琴迎帝子。山頭老桂吹古香，雌龍怨吟
　　寒水光。沙浦走魚白石郎，閒取珍珠擲龍堂。（全唐詩卷390，
　　12冊，頁4400）

此詩未收錄在《樂府詩集》中，然而就其詩題中有一「歌」字來看，
應為樂府詩，故在此一併討論。此詩出現了死、老、寒、怨等字眼，
整個畫面是可怖的，全詩幾乎都在描繪洞庭湖之夜景，景中似乎帶有
李賀個人之悲涼境遇。

　　以上可知，李賀以樂府體式來寫山水景物，而氣氛大都是怨悲陰
森，隱然看出也在寫他自己，景中帶情，句與句間，有時跳脫，不見
頭緒。這種情況前人較少見，故宋人劉克莊《後村詩話》所評：「長
吉歌行，新意險語，自有蒼生以來所無。」〔註62〕誠哉斯言矣！

二、劉禹錫之民歌體式山水詩

　　劉禹錫在夔州創造的山水詩中，有兩套組詩富有民歌情調，即〈竹
枝詞〉九首及〈竹枝詞〉二首和〈浪淘沙〉九首等詩，我稱之為「民

〔註61〕詳見《樂府詩集》，頁238～242。
〔註62〕詳見陳伯海主編《唐詩彙評》，頁1936。

歌式山水詩」。這些詩作內容雖然加入了兩性愛情的議題，但景物是四川地區特有的，地方色彩濃厚，適切地將景物融入人文活動中，成爲山水詩的另類風格。

在劉禹錫詩集中分成〈竹枝詞〉九首和〈竹枝詞〉二首兩種，而在《樂府詩集》則併爲十一首，從〈竹枝詞〉九首之前有引，而二首的無引，因此把它們分開是比較好的。再者，竹枝詞九首是在何地所寫，在文獻上也曾引發爭議，基本上可分二說，新舊《唐書》和《樂府詩集》皆主張在朗州所寫，《韻語陽秋》則主在夔州所寫。

據宋人葛立方《韻語陽秋》卷十五謂：「劉夢得竹枝九篇，其一云：『白帝城頭春草生，白鹽山下蜀江清。』其一云：『瞿塘嘈嘈十二灘，此中道路古來難。』其一云：『城西門前灩澦堆，年年波浪不能摧。』又言昭君坊、瀼西春之類，皆夔州事。乃夢得爲夔州刺史所作。而史稱夢得爲武陵司馬，作竹枝詞，誤矣。郭茂倩樂府詩集言，唐貞元中，劉禹錫在沅湘，以俚歌鄙陋，乃依騷人九歌，作竹枝詞九章。則茂倩亦以爲武陵所作，當是從史所書也。」〔註63〕指陳史書言劉禹錫爲武陵司馬時所作竹枝詞之一事爲非，而樂府詩集復承史書之誤，以爲竹枝詞乃在武陵（即朗州）所作也。葛氏引用竹枝詞之文本爲證，確具說服力，茲再多引「家住成都萬里橋」和「蜀江春水拍山流」等句，亦可證劉禹錫宜在夔州作〈竹枝詞〉九首也。

其次，〈竹枝詞九首〉詩前有引曰：「四方之歌，異音而同樂。歲正月，余來建平，裏中兒聯歌竹枝，吹短笛擊鼓以赴節。歌者揚袂睢舞，以曲多爲賢。聆其音，中黃鍾之羽，卒章激訐如吳聲，雖傖儜不可分，而含思宛轉，有淇澳之豔音。昔屈原居沅湘間，其民迎神，詞多鄙陋，乃爲作九歌。到於今荊楚歌舞之。故余亦作竹枝九篇，俾善歌者揚之，附於末。後之聆巴歈。知變風之自焉。」引中所謂「建平」即唐夔州（今四川省奉節縣）之古稱。〔註64〕而竹枝詞九首之創作動

〔註63〕詳見《歷代詩話》，頁604。
〔註64〕詳參《唐才子傳校箋》，頁488。

機乃承自屈原。九歌內容以迎神爲主，詞語鄙陋，然劉禹錫詩較爲爽朗，節奏明快，用語通俗。〈竹枝詞〉九首原文如下所云：

> 白帝城頭春草生，白鹽山下蜀江清。
> 南人上來歌一曲，北人莫上動鄉情。（之一）

> 山桃紅花滿上頭，蜀江春水拍山流。
> 花紅易衰似郎意，水流無限似儂愁。（之二）

> 江上朱樓新雨晴，瀼西春水縠紋生。
> 橋東橋西好楊柳，人來人去唱歌行。（之三）

> 日出三竿春霧消，江頭蜀客駐蘭橈。
> 憑寄狂夫書一紙，家住成都萬里橋。（之四）

> 兩岸山花似雪開，家家春酒滿銀盃。
> 昭君坊中多女伴，永安宮外踏青來。（之五）

> 城西門前灧澦堆，年年波浪不能摧。
> 懊惱人心不如石，少時東去複西來。（之六）

> 瞿塘嘈嘈十二灘，此中道路古來難。
> 長恨人心不如水，等閒平地起波瀾。（之七）

> 巫峽蒼蒼煙雨時，清猿啼再最高枝。
> 個**裏**愁人腸自斷，由來不是此聲悲。（之八）

> 山上層層桃李花，雲間煙火是人家。
> 銀釧金釵來負水，長刀短笠去燒畬。（之九）

（《劉禹錫詩集編年箋注》，頁 274）

如前所述，九首詩的首兩句寫山水自然勝景，後兩句則帶入人類活動，或思鄉，如「北人莫上動鄉情」；或愛情，如「花紅易衰似郎意」；或人心，如「懊惱人心不如石」；或遊覽，如「人來人去唱歌行」等等，將當地人民生活氣息融入山水風景中。他又創造〈竹枝詞二首〉：〔註65〕

〔註65〕傅璇琮參考吳汝煜〈談劉禹錫詩歌的藝術美〉（《文學評論》一九八三
　　　年第二期）的說法，認爲此二首當在朗州所作。請參《唐才子傳校箋》，
　　　頁 488。而蔣維崧則將竹枝詞九首和竹枝詞二首俱繫年於長慶二年
　　　（822）在夔州所作，請參《劉禹錫詩集編年箋注》，頁 274～277。

楊柳青青江水平，聞郎江上唱歌聲。

東邊日出西邊雨，道是無晴還有晴。

楚水巴山江雨多，巴人能唱本鄉歌。

今朝北客思歸去，回入紇那披綠羅。

（《劉禹錫詩集編年箋注》，頁 277）

前首運用雙關手法，以「晴」諧音「情」，將當地含蓄愛情融入山水
詩唱中。後首則描述巴蜀多雨情景。另一套民歌式山水組詩是〈浪淘
沙九首〉，詩云：

九曲黃河萬里沙，浪淘風簸自天涯。

如今直上銀河去，同到牽牛織女家。（之一）

洛水橋邊春日斜，碧流輕淺見瓊砂。

無端陌上狂風急，驚起鴛鴦出浪花。（之二）

汴水東流虎眼紋，清淮曉色鴨頭春。

君看渡口淘沙處，渡卻人間多少人。（之三）

鸚鵡洲頭浪颭沙，青樓春望日將斜。

銜泥燕子爭歸舍，獨自狂夫不憶家。（之四）

濯錦江邊兩岸花，春風吹浪正淘沙。

女郎剪下鴛鴦錦，將向中流匹晚霞。（之五）

日照澄洲江霧開，淘金女伴滿江隈。

美人首飾侯王印，儘是沙中浪底來。（之六）

八月濤聲吼地來，頭高數丈觸山回。

須臾卻入海門去，卷起沙堆似雪堆。（之七）

莫道讒言如浪深，莫言遷客似沙沉。

千淘萬漉雖辛苦，吹盡狂沙始到金。（之八）

流水淘沙不暫停，前波未滅後波生。

令人忽憶瀟湘渚，回唱迎神三兩聲。（之九）

（《劉禹錫詩集編年箋注》，頁 328）

九首詩幾以浪濤海景爲描寫對象；或寫其豪闊，如「浪淘風簸自天涯」
「春風吹浪正淘沙」「八月濤聲吼地來，頭高數丈觸山回」「如今直上

銀河去」「驚起鴛鴦出浪花」；或寫其綿長，如「流水淘沙不暫停，前波未滅後波生」；或寫其嬌柔，如「淘金女伴滿江隈」「碧流輕淺見瓊砂」；或比喻成「虎眼紋」「鴨頭春」「讒言如浪深」「遷客似沙沉」，後兩句似乎又暗示永貞革新一事。全套組詩在在顯示劉禹錫寫景之想像力和宏闊之筆力，透過山水多樣的描繪**裏**，體現出不凡的詩情才筆。

　　總之，在山水詩史上，這兩套山水組詩值得記上一筆，正如《靈境詩心──中國古代山水詩史》所認為：「劉禹錫山水詩的另一道風景線，便是仿民間歌調而創意為之的竹枝詞系列。」〔註66〕

第四節　本章小結

　　李正春在〈論唐代組詩的幾種特殊形態〉一文指出：「唐代組詩積累了豐富的創作經驗，影響深遠。王維、裴迪的〈輞川集〉和杜甫的〈秋興八首〉分開了後代五言絕句、七言律組詩形式之寫景先河。」〔註67〕在體式上，強調盛唐王維和杜甫在寫景山水組詩的開創者角色，而到中唐時期的山水詩發展，在體式上，更是異彩紛呈，筆者發現共有山水組詩、五古長篇和樂府民歌等三種文學現象較為顯著，以下則條列總結之：

　　第一，在五絕山水組詩方面，錢起〈藍田溪雜詠〉二十二首和張籍〈和韋開州盛山十二首〉韓愈〈奉和虢州劉給事使君三堂新題二十一詠〉等五絕體式乃承繼王維的〈輞川集〉而來，錢起〈藍田溪雜詠〉詩中在面對自然景物過程中加入了主觀色彩，使萬物皆染上我的情緒，不過，這些情緒是幽然自在的，因此具有涵養性靈之效果，拉近自我與自然的關係。而張籍〈和韋開州盛山十二首〉分獨我之境和群我之境兩類。韓愈〈奉和虢州劉給事使君三堂新題二十一詠〉描繪山水景象中的動植物生態，清新自然，有別於奇險怪誕的詩風。而五古

〔註66〕陶文鵬、韋鳳娟主編：《靈境詩心──中國古代山水詩史》，頁288。
〔註67〕李正春〈論唐代組詩的幾種特殊形態〉，《學術交流》，2006年12月，總第153期第12期，頁162～165。

體式的創作則由劉長卿〈湘中紀行十首〉、孟郊〈峽哀〉〈石淙〉〈寒溪〉和劉禹錫〈海陽十詠〉沿用南朝謝靈運五古的詩歌規格，中唐時期再以組詩形式加以變化，在自然景色中融入個人的生命經歷。最可貴的在於中唐開創五言六句、五律和七絕等形式的山水組詩，五言六句以劉長卿〈龍門八詠〉、姚合〈題金州西園九首〉〈杏溪十首〉為代表，五律則由姚合〈陝下厲玄侍禦宅五題〉〈遊春十二首〉為代表，七絕則以韓愈〈盆池〉為代表，呈現出多元風貌。

　　第二，在五古長篇方面，韓愈〈南山詩〉、白居易〈遊悟眞寺〉和劉禹錫〈遊桃源一百韻〉等三首山水詩在篇幅上都超過千字，分析其因，〈南山詩〉和〈遊桃源一百韻〉在詩中俱提及貶謫遭遇，韓愈對陽山之貶的原因不解，導致連用五十幾個或字句及多個疊字句，劉禹錫對貶謫朗州，藉由桃源傳說平衡內心孤憤，而白居易因母喪期間遊悟眞寺五日往返，詩中多處佛教用語，故而三詩俱擴大五古篇幅，形成中唐山水詩的獨特現象，前所未有。

　　第三，在樂府民歌方面，李賀以樂府體式來寫山水景物，而氣氛大都是怨悲陰森，隱然看出也在寫他自己，景中帶情，句與句間，有時跳脫，不見頭緒，就體式看，這種情況是前人較少見的。劉禹錫在夔州創造的山水詩中，〈竹枝詞〉九首及〈竹枝詞〉二首和〈浪淘沙〉九首等詩，體現出南方地域的山水景色，富有民歌風味。

第七章 中唐詩人之山水詩創作藝術

　　探討中唐山水詩的藝術技巧，對於吾人創作古典詩是有很大助益的。中唐詩人在當時或許在有意或無意間，以其高度之創作手法書寫他們生活中之種種事物，經由一代又一代讀者的鑑賞及感動，在山水詩方面，則有諸多的詩話評論應運而生。當詩話作者在閱讀的古人詩詞時，他們被詩人們的寫景技巧所懾服後，摘句式地把直接感受寫入他們的著作中，在方法上，他們是不夠全面的。〔註1〕

　　問題是，正當浩瀚如海的中唐山水詩文本展示在面前時，應該如何去分析它們的藝術技巧呢？首先，山水詩文本的主體是自然景物，在自然景物下的詩人心情為何？詩人的貶謫經歷或宗教信仰等皆會影響景物的呈現，因此一節討論景情關係。在諸多中唐詩人本身之個

〔註1〕例如宋人葛立方在《韻語陽秋》卷四則已指出：「唐朝人士，以詩名者甚眾，往往因一篇之善，一句之工，名公先達為之遊談延譽，遂至聲問四馳。『曲終人不見，江上數峰青』，錢起以是得名。『故國三千里，深宮二十年』，張祜以是得名。『微雲淡河漢，疏雨滴梧桐』，孟浩然以是得名。『兵衛森畫戟，宴寢凝清香』，韋應物以是得名。『野火燒不盡，東風吹又生』，白居易以是得名。『敲門風動竹，疑是故人來』，李益以是得名。『鳥宿池邊樹，僧敲月下門』，賈島以是得名。『畫棟朝飛南浦雲，珠簾暮捲西山雨』，王勃以是得名。『華裾織翠青如蔥，入門下馬氣如虹』，李賀以是得名。然觀各人詩集，平平處甚多，豈皆如此句哉？古人所謂嘗鼎一臠，可以盡知其味，恐未必然爾。」

性或政治事件等因素亦會影響詩的內容，最明顯的地方則是篇章佈局或是字詞結構，意象的組合等，皆是藝術技巧探研的主要項目。

由於詩人的不同性格或不同仕宦遭遇之影響下，自然藝術技巧會呈現多種樣態，本章擬從情景關係、對仗和詞句以及篇章佈局等方面研析中唐詩人的山水詩藝術技巧，分析過程中，不是以簡單的修辭技巧作探討，而是結合詩人生平遭遇之特殊性來論述，因此本章則著重以詩人爲研析主軸來展開，必要時則加入詩話的比對，進而提出個人獨特之見解。

第一節　情景關係

一、錢起佛寺之自然景使內心平靜

《新唐書·五行志》載云：「天寶後，詩人多爲憂苦流寓之思，及寄興於江湖僧寺。」〔註2〕這一段話已清楚說明天寶安史之亂後，大曆時期的詩人經歷了流離失所，漂泊天涯的命運，以及寄託流連於山水佛寺的情形。居大曆十才子之冠的錢起，綜其一生，可發現他基本上面臨了事業、健康、景氣等三大問題。在事業上，他屢試落第，又懷才不遇。〈贈闕下裴舍人〉說：「獻賦十年猶未遇，羞將白髮對華簪」表達仕途失意的感慨。〈下第題長安客舍〉亦曰：「不遂青雲望，愁看黃鳥飛」抒發其考試不順之愁情，其他如〈長安落第〉〈長安落第作〉亦是。在健康方面，他在〈海上臥病寄王臨〉說：「妙年即沉痾，生事多所關。」〈臥病，李員外題扉而去〉又言：「僻陋病者居，蒿萊行徑失。」說明他的身體狀況不佳。〔註3〕再從景氣看，〈送修武

〔註2〕　《新唐書》，卷35，〈五行志·訛言〉，頁921。

〔註3〕　蔣寅認爲湘靈鼓瑟詩的故事實際上不過出於一個感覺過於敏銳的羸弱青年對清冷之趣的病態嗜好。《大曆詩人研究》，頁178。這個故事出現在《舊唐書》，記云：「起能五言詩。初從鄉薦，寄家江湖，嘗於客舍月夜獨吟，遽聞人吟於庭曰：「曲終人不見，江上數峰青。」起愕然，攝衣視之，無所見矣，以爲鬼怪，而志其一十字。起就試

元少府〉描述時代環境是：「百戰荒城複井田，幾家春樹帶人煙。黎氓久厭蓬飄苦，遲爾西南惠月傳。」詩中反映的是安史亂後的凋弊社會，人民居無定所，經濟一片蕭條，而政治也是一片混亂，《新唐書・酷吏列傳》記曰：「天寶後至肅、代間，政類事叢，姦臣作威，渠憸宿狡。」〔註4〕所以錢起遭遇主觀的健康不佳及客觀上的落第及時代亂離的三大困境，於是在內心產生了失衡、惶恐、焦慮不安等負面情緒。因此心靈如何求得安頓是他在人生過程中最重要的課題。他的方法是到佛寺追尋心靈上的安慰。也因此寫下許多的所謂「佛寺山水詩」。這類的山水詩中，景情的關係是如何的，是否反映了他人生的現象呢？

　　首先，詩中使用許多佛教術語，如以下詩例：

　　彼岸聞山鐘，仙舟過苕水。……泠泠功德池，相與滌心耳。

　　　　（〈同李五夕次香山精舍訪憲上人〉）

　　香雲空靜影，定水無驚湍。……庶將鏡中象，盡作無生觀。

　　　　（〈東城初陷與薛員外王補闕暝投南山佛寺〉）

　　身世已悟空，歸途復（一作獨）何去。（〈歸義寺題震上人壁〉）

　　梵筵清水月，禪坐冷山陰。（〈宿遠上人蘭若〉）

　　返照亂流明，寒空千嶂淨。（〈杪秋南山西峰題準上人蘭若〉）

　　何時來此地，擺落世間情。（〈題精舍寺〉）

　　朝瞻雙頂青冥上，夜宿諸天色界中。（〈夜宿靈臺寺寄郎士元〉）

上列七首詩可看出錢起到佛寺之所思所見皆是與佛有關之事，1例中，對「彼岸」的嚮往是要達成「滌心耳」的目的。其他例中的空靜、鏡中象、悟空、梵筵、禪坐、寒空、擺落、色界等詞皆顯示出他對佛教思想的瞭解。有些佛寺山水詩可看出錢起內心由不安矛盾轉向安祥

　　　　之年，李暐所試湘靈鼓瑟詩題中有「青」字，起即以鬼謠十字為落
　　　　句，暐深嘉之稱為絕唱。是歲登第，釋褐秘書省校書郎。」卷168，
　　　　〈錢徽列傳〉，頁4282～4283。這個中第的故事或許可證明錢起孱弱
　　　　之身。但從他的詩作所言才是明證。

〔註4〕　《新唐書》，卷209，〈酷吏列傳・序言〉，頁5904。

解脫的過程。如〈登勝果寺南樓雨中望嚴協律〉詩云：

> 微雨侵晚陽，連山半藏碧。林端陟香榭，雲外遲來客。
> 孤村凝片煙，去水生遠白。但佳川原趣，不覺城池夕。
> 更喜眼中人，清光漸咫尺。（全唐詩 7 冊卷 236，頁 2608）

首句景中含情，微雨和晚陽在光線能見度上是屬於灰色暗淡，而日光並不完全黑漆一片，「微雨侵晚陽」中，著一「侵」字，暗示仕途之不順，而「孤村凝片煙，去水生遠白」所繪之景是荒涼孤單無力，符合本身之孱弱。前八句借漸暗的山中孤村之景來傳達內心之不安寂寞，而末句的「清光」宛如滅頂者手上的一塊浮木，灰暗中顯露一道清光，這是勝果寺給錢起的心靈安定作用，加上「更喜眼中人」，好友適時出現，撫慰孤單的心情。又如〈東城初陷與薛員外王補闕暝投南山佛寺〉：

> 日昃石門裏，松聲山寺寒。香雲空靜影，定水無驚湍。洗
> 足解塵纓，忽覺天形（一作影）寬。清鐘揚虛殼，微月深
> 重巒。噫我朝露世，翻浮（一作波）與波（一作浮）瀾。
> 行運遘憂患，何緣親盤桓。庶將鏡中象，盡作無生觀。（全
> 唐詩 7 冊卷 236，頁 2615）

日昃、山寺寒、空靜影、微月、重巒諸意象構建出一種無人荒寒的詩境，正如錢起人生悲慘的命運：「噫我朝露世，翻浮與波瀾。」人生如浪濤，翻浮難定，顯示內心之淒苦落寞，末聯「庶將鏡中象，盡作無生觀。」兩句直指本心，一切名利功名皆是假像，何須在意，世上萬事萬物只是因緣暫時聚合，本來無一物，何處惹塵埃。南山佛寺似乎給錢起打了一針精神安定劑，起了「香雲空靜影，定水無驚湍」的作用，平靜無波。再如〈歸義寺題震上人壁（寺即神堯皇帝讀書之所，龍飛後創為精舍。）〉詩曰：

> 入穀逢雨花，香綠引幽步。招提饒泉石，萬轉同一趣。
> 向背森碧峰，淺深羅古樹。堯皇未登極，此地曾隱霧。
> 秘識得神謀，因高思虎踞。太陽忽臨照，物象俄光煦。
> 梵王宮始開，長者金先布。白水入禪境，碭山通覺路。

往往無心雲，猶起潛龍處。仍聞七祖後，佛子繼調禦。溪
鳥投慧燈，山蟬飽甘露。不作解纓客，寧知捨筏喻。身世
已悟空，歸途復（一作獨）何去。（全唐詩7冊236卷，頁2621）

詩人一入穀，就下起雨，天氣陰晦，泉石、碧峰、古樹、隱霧之意象
描繪出這裏的幽暗。接著在這山景之中加入了浪漫的神話，「秘識得
神謀，因高思虎踞」「梵王宮始開，長者金先布。」「仍聞七祖後，佛
子繼調禦。」諸句透過歷史的懷想，使歸義寺增添了知識深度。前十
句寫歸義寺週邊環境暗淡之景，入穀後的不確定感，似乎也象徵自己
對前途的不安，沿途曲折後，「萬轉同一趣」，則是「太陽忽臨照，物
象俄光煦」，光明隨之而來。溪鳥和山蟬欣然在此地生活，與自然同
在。經過一連串的體驗深思後，末聯「身世已悟空，歸途復何去」領
悟出凡事皆假像，功名利祿只是短暫時存在，於是心靈獲得抒解。再
如〈杪秋南山西峰題準上人蘭若〉：

向山□霽色，步步豁幽性。返照亂流明，寒空千嶂淨。石
門有餘好，霞殘月欲映。上詣遠公廬，孤峰懸一逕。雲裏
隔窗火，松下聞（一作間下）山磬。客到兩忘言，猿心與
禪定。（全唐詩7冊236卷，頁2612）

詩中顯見亂流、寒空、霞殘、孤峰、一逕等意象反映出錢起孤寂殘缺
的心境。不安躁動之心最後是隨著禪定而獲得解脫。又如〈同李五夕
次香山精舍訪憲上人〉：

彼岸聞山鐘，仙舟過苔水。松門入幽映，石徑趨逶邐。
初月開草堂，遠公方覯止。忘言在閒夜，凝念得微理。
泠泠功德池，相與滌心耳。（全唐詩7冊卷236，頁2609）

佛性本清淨，但在人的成長過程中，內心因外界虛偽現象的干擾而變
得混濁，這些假像在中國傳統士人看來是相當重要，如仕途順遂，錢
財滿貫，位高權重，兒孫滿堂，追求榮華富貴本是天經地義，但也伴
隨佛教所謂「求不得」之苦。於是佛性則日趨下流，濁亂不堪，佛教
則以此岸比喻現實世界，而彼岸為西方極樂世界，到達彼岸則是要讓
內心保持清淨。從此岸到彼岸必須經歷一段艱辛的過程，所以有「仙

舟過茗水」及「石徑趨迤邐」之句，最後達到「相與滌心耳」的境界，心靈也得到了清淨。再如〈題精舍寺〉：

> 勝景不易遇，入門神頓清。房房占山色，處處分泉聲。
> 詩思竹間得，道心松下生。何時來此地，擺落世間情。

（全唐詩 7 冊卷 237，頁 2626）

「入門神頓清」、「詩思竹間得」及「道心松下生」諸句皆已表明精舍寺安定心靈的作用，這裏有山色、泉聲、竹林、松樹的勝景，清明宜人，末聯「何時來此地，擺落世間情」已說出錢起來佛寺的最終目的。

以上分析得知，佛寺山水詩的自然之景是反映錢起的不安心境，但最後的情都因接觸佛寺而獲得平靜。

二、韋應物清澄之景呈現清閒之情

宋人張戒《歲寒堂詩話》卷上：「韋蘇州詩，韻高而氣清。」有部份的山水詩在韋應物的筆下，確有清澄之意味在。這可能與他時仕時隱的人生經歷有關，[註5] 公餘之時，有多次隱居清閒，當然山水之景亦清澄。如以下詩例說明，〈往雲門郊居塗經迴流作〉：

> 茲晨乃休暇，適往田家廬。原谷徑塗澀，春陽草木敷。
> 繞遵板橋曲，復此清澗紆。崩墋方見射，迴流忽已舒。
> 明滅泛孤景，杳靄含夕虛。無將為邑志，一酌澄波餘。

（卷一，頁 44）

此詩的山水之景是清澄的，「復此清澗紆」與「一酌澄波餘」之句已清楚表明，再如〈遊靈巖寺〉：

> 始入松路永，獨忻山寺幽。不知臨絕檻，乃見西江流。
> 吳岫分煙景，楚甸散林丘。方悟關塞眇，重軫故園愁。

[註5] 他 29 歲時，任洛陽丞後，棄官閒居洛陽同德寺。38 歲後數年間任京
　　兆府功曹，42 歲為鄠縣令，43 歲以疾辭官。47 歲由尚書比部員外郎
　　出為滁州刺史，秋至任。49 歲，去年冬末罷滁州刺史任，本年春夏
　　尚閒居於滁州西澗。49 歲秋，為江州刺史。51 歲入朝為左司郎中。
　　52 歲七月以後，為蘇州刺史。之後寓居永定精舍。至於卒於何年，
　　則因史料缺乏，不得而知。詳參傅璇琮《唐代詩人叢考·韋應物繫
　　年考證》，頁 289～338。

聞鐘戒歸騎，憩澗惜良遊。地疏泉谷狹，春深草木稠。

茲焉賞未極，<u>清景期杪秋</u>。（卷九，頁 453）

此詩表明「清景期杪秋」，由於靈巖寺之興緻未盡，於是期待下次再賞自然清景。再如〈慈恩精舍南池作〉：

<u>清境豈云遠</u>，炎氣忽如遺。重門布綠陰，菡萏滿廣池。

石髮散清淺，林光動漣漪。緣崖摘紫房，扣檻集靈龜。

浥浥餘露氣，馥馥幽襟披。積喧忻物曠，耽玩覺景馳。

明晨復趨府，幽賞當反思。（卷二，頁 120）

首句直接道出「清境豈云遠」，表示慈恩精舍之山水景物是清新的。再如〈遊溪〉：

野水煙鶴唳，楚天雲雨空。<u>玩舟清景晚</u>，垂釣綠蒲中。

落花飄旅衣，<u>歸流澹清風</u>。緣源不可極，遠樹但青蔥。

（卷二，頁 79）

由第三句「玩舟清景晚」及第六句「歸流澹清風」，顯示溪景清澈宜人。再如〈秋景詣瑯琊精舍〉：

屢訪塵外跡，未窮幽賞情。高秋天景遠，<u>始見山水清</u>。

上陟巖殿憩，暮看雲壑平。蒼茫寒色起，迢遞晚鐘鳴。

<u>意有清夜戀</u>，身為符守嬰。悟言緇衣子，蕭灑中林行。

（卷七，頁 338）

瑯琊精舍的山水之景也是清麗的，詩中明確表示「始見山水清」，夜色也是如此清明，故有「意有清夜戀」之句。以上諸例可證，在韋應物隱居時的山水詩中，其描寫的景色是清澄的，而心境是清閒的。

三、柳宗元峭險空荒之景下的孤憤之情

　　由柳宗元〈游南亭夜還敘志七十韻〉詩所自白：「投跡山水地，放情詠離騷」，知其在山水環境中，欲藉文學創作以抒發內心孤憤之情。他一生中被貶逐永柳二州之荒地共十四年，且於四十七歲死在柳州貶所，這樣特殊的生命遭際是其他中唐詩人所未有，即使像永貞革新的戰友劉禹錫，亦無如此短壽之歹命。因此柳宗元在山水詩的表現

上，情景關係是很緊密的，他在貶地所描寫的峭險空荒之景色下，隱藏著積鬱難攄的孤憤之情。如〈與浩初上人同看山寄京華親故〉：

> 海畔尖山似劍鋩，秋來處處割愁腸。
>
> 若為化得身千億，散上峰頭望故鄉。（《柳宗元詩箋釋》，頁357）

將尖山比作劍鋩，形成峭險的山景，觀賞尖山時，不像李白的「相看兩不厭，唯有敬亭山」，或王維的「行到水窮處，坐看雲起時」那樣的親切貼心，而是像利刃般割人愁腸。三句「化得身千億」雖是禪語，但又暗示內心孤單，末句的「望故鄉」則道出早離蠻荒之地，返回長安，一展長才。李白和王維眼中的山是可以用來陪伴，人山之間是零距離，但柳宗元的山是可怕的，彼此間沒有情感交流，當然感到孤單。在詩中，他常將孤單之情化身為孤臣或漁翁的形象，透過峭險空荒之自然景色而顯現出來。如〈江雪〉：

> 千山鳥飛絕，萬徑人蹤滅。
>
> 孤舟蓑笠翁，獨釣寒江雪。（《柳宗元詩箋釋》，頁268）

柳宗元將一漁翁置身於廣大的千山萬徑之自然景物中，透過孤舟和獨釣之活動顯現其內心之孤憤，漁翁寒江獨釣之傲骨形象，正如柳宗元永貞革新失敗後，不合時流之情形一樣。再如〈入黃溪聞猿（溪在永州）〉：

> 溪路千里曲，哀猿何處鳴。
>
> 孤臣淚已盡，虛作斷腸聲。（《柳宗元詩箋釋》，頁186）

溪路曲如同官場險惡，哀猿之鳴如同被貶之戰友悲號，孤臣則是柳宗元自喻，這不就是自然空荒之景下的孤憤之情嗎？再如〈湘口館瀟湘二水所會〉：

> 九疑濬傾奔，臨源委縈迴。會合屬空曠，泓澄停風雷。
>
> 高館軒霞表，危樓臨山隈。茲辰始澂霽，纖雲盡褰開。
>
> 天秋日正中，水碧無塵埃。杳杳漁父吟，叫叫羈鴻哀。
>
> 境勝豈不豫，慮分固難裁。升高欲自舒，彌使遠念來。
>
> 歸流駛且廣，泛舟絕沿洄。（《柳宗元詩箋釋》，頁101）

前四句是空荒峭峻之自然景象，九疑和臨源是山名。中間以「杳杳漁

父吟，叫叫羈鴻哀」二句化身漁父吟，強化悲慘之身世之感，再接以「境勝豈不豫」說明山水景色中含有個人坎坷之悲命。

　　即使不用含蓄手法表達，他也不假雕飾直接表達出內心的愁思，如〈柳州城樓寄漳汀封連四州〉：

　　　　城上高樓接大荒，海天愁思正茫茫。
　　　　驚風亂颭芙蓉水，密雨斜侵薜荔牆。
　　　　嶺樹重遮千里目，江流曲似九迴腸。
　　　　共來百越文身地，猶自音書滯一鄉。(《柳宗元詩箋釋》，頁 313)

「海天愁思正茫茫」已明示其愁悲之情，「驚風亂颭芙蓉水」以下四句所選用的嶺樹遮和江流曲表現出空曠之景象，強調其貶地生活之孤寂。再如〈柳州二月榕葉落盡偶題〉：

　　　　宦情羈思共淒淒，春半如秋意轉迷。
　　　　山城過雨百花盡，榕葉滿庭鶯亂啼。(《柳宗元詩箋釋》，頁 334)

首句已直述貶謫之悲，後三句則將此「宦情羈思」之悲，融入秋意百花盡淒迷之景物中，鶯亂啼暗示其內心之亂。

　　綜上簡析，欲考察柳宗元山水詩中之情景關係，宜必須從其「投跡山水地，放情詠離騷」一語切入，結合其十四年貶謫經歷及四十七歲之壽，可得詩中顯示出峭險空荒之景下的孤憤之情。

第二節　對仗和詞句

一、劉長卿山水詩中「惆悵」和「一千」

　　關於劉長卿二次貶謫之事，前引《舊唐書‧趙涓》和《新唐書‧陳少遊傳》已知事件大要，傅璇琮則認為「可以推知，當時任轉運之職的劉長卿，在他掌管之內有轉輸的錢物，而掌握當地軍政大權的觀察使吳仲孺想侵奪這筆錢物，由於劉長卿性格『剛而犯上』，觸怒了吳仲孺，這就被誣為貪贓。」〔註6〕人的個性決定命運，尤其投射在

────────────

〔註6〕傅璇琮著《唐代詩人叢考》，(北京：中華書局，2003 年 5 月新 1 版)，

官場上的人事互動更是顛撲不破的真理。劉長卿因其性格剛直而冒犯長官吳仲孺，因此被誣奏導致貶謫，在他的心靈勢必遭受極大的摧殘。在他所描寫的自然景物中，幾乎浮現他的鬱悶表情，在山或水的外貌中總是貼上了「惆悵」的情緒標籤。如：

> 惆悵梅花發，年年此地看。(〈卻歸睦州至七里灘下作〉)

> 登高復送遠，惆悵洞庭秋。(〈重陽日鄂城樓送屈突司直〉)

> 惆悵湘江水，何人更渡杯。(〈自道林寺西入石路至麓山寺過法崇禪師故居〉)

> 徘徊雙峰下，惆悵雙峰月。(〈宿雙峰寺寄盧七李十六〉)

> 他時相憶處，惆悵西南峰。(〈登東海龍興寺高頂望海簡演公〉)

> 卻尋樵徑去，惆悵綠溪東。(〈過橫山顧山人草堂〉)

> 惆悵長沙謫去，江潭芳草萋萋。(〈苕溪酬梁耿別後見寄〉)

> 寥落東峰上，猶堪靜者依。(〈過隱空和尚故居〉)

以上諸例中，我們發現梅花、洞庭、湘江、雙峰、西南峰、綠溪、長沙、東峰等自然景物詞之前皆冠上「惆悵」或「寥落」之詞，如「惆悵梅花發」、「惆悵洞庭秋」諸句，直接表明他的心情。

我們又可從其數字對仗中，瞭解他的孤寂心境，所謂「一千相對，寂上加寂」，如：

> 寒渚一孤雁，夕陽千萬山。(〈秋杪江亭有作〉)

> 昔賢懷一飯，茲事已千秋。(〈經漂母墓〉)

> 千龕道傍古，一鳥沙上白。(〈龍門八詠　水西渡〉)

> 入夜翠微裏，千峰明一燈。(〈龍門八詠　遠公龕〉)

> 晚景千峰亂，晴江一鳥遲。(〈送荀八過山陰舊縣兼寄剡中諸官〉)

> 一水不相見，千峰隨客船。(〈宿懷仁縣南湖寄東海荀處士〉)

> 寂寞應千歲，桃花想一枝。(〈過桃花夫人廟〉)

> 帆帶夕陽千里沒，天連秋水一人歸。(〈青溪口送人歸嶽州〉)

頁 259。

首例中以孤雁對萬山已能強調在廣大空間**裏**的孤寂之感，但其前又落「一」和「千」之數詞，再加上諸例中的一和千數詞相對，可想見劉長卿對此二字之喜愛。在時間長度上，一飯對千秋，寫淮陰韓信受漂母一飯之恩，從漢至唐約千秋之久，而韓信最後因功高震主被殺。千歲對一枝，寫楚王息夫人之事。她們歷經千載，也孤寂千秋，恰好符合劉長卿內心之孤單。而在空間的廣度上，一鳥在夕陽餘暉下，在千峰中飛翔，這樣的畫面讓人感到悲涼。一孤雁對千萬山，一鳥遲對千峰亂，一人歸對千里沒，其他尚有，一鳥對千龕，一水對千峰，千峰對一燈，這些數詞的一千相對，使詩人內心的孤單加深一層，寂上加寂。

二、韋應物山水詩中之反襯技巧

　　新舊《唐書》裏找不到韋應物之傳記，這對我們瞭解韋應物山水詩的解讀產生困難。所幸中唐白居易〈與元九書〉中提及：「如近歲韋蘇州歌行，才麗之外，頗近興諷。其五言詩又高雅閑淡，自成一家之體，今之秉筆者誰能及之？然當蘇州在時，人亦未甚愛重，必待身後，然後人貴之。」對韋應物詩之評價極高。他的五言詩高雅閑淡是就其內容風格而論，自成一家之體則是與其他詩人比較而得的結論。〔註7〕到底高雅閑淡之內涵為何？歷來詩評家也少人說清，如《藝苑卮言》卷四：「韋左司平淡和雅，為元和之冠。」又《唐律消夏錄》：「唐詩之修閑澄澹，韋公為獨至。」乾脆就將其與陶淵明聯想在一起，讓問題更具體。如《三唐詩品》：「其源出於淵明，在當時已定論，唯其志潔神疏，故能淡言造古。」《詩學淵源》：「其詩閑淡簡遠，人比之陶潛。」這樣的說法還是含糊些。

〔註7〕白居易的見解，宋人有評論，如〔宋〕吳聿《觀林詩話》曰：「樂天云：「近世韋蘇州歌行，才麗之外，頗近興諷。其五言詩文，又高雅閑淡，自成一家之體，今之秉筆者，誰能及之？」故東坡有「樂天長短三千首，卻愛韋郎五字詩」之句。然樂天既知韋應物之詩，而乃自甘心于淺俗，何耶？豈才有所限乎？」詳見《歷代詩話續編》上冊，頁131。

　　而清人施補華《峴傭說詩》七一：「韋公亦能作秀語，如『喬木生夜涼，流雲吐華月』，『南亭草心綠，春塘泉脈動』，『綠陰生晝靜，孤花表春餘』，『日落群山陰，天秋百泉響』，亦足敵王、孟也。」則直接舉詩句具體說明，讓人理解何謂閑淡，而這些例子顯然是描寫自然景物的山水詩。且《詩境總論》：「盈盈秋水，淡淡春山，將韋詩陳對其間，自覺形神無間。」〔註8〕已道出韋應物之山水詩特色。再加上他本身也喜愛山水，〈李博士弟以余罷官居同德精舍共有伊陸名山之期久而未去枉詩見問中云宋生昔登覽末云那能顧蓬蓽直寄鄙懷聊以為答〉說：「山水心所娛，如何更朝夕。」又〈答令狐士曹獨孤兵曹聯騎暮歸望山見寄〉也說：「共愛青山住近南，行牽吏役背雙騕。」可見其山水詩確有探索之必要。

　　清人喬億《劍溪說詩又編》：「韋詩不唯古澹，兼以靜勝。古澹可幾，靜非澄懷觀道不可能也。」說明韋應物詩的特色不只是古澹，還有靜謐。此點是可成立的，因為他集中〈聽嘉陵江聲寄深上人〉云：「水性自雲靜，石中本無聲。如何兩相激，雷轉空山鳴。」（卷十，頁495）以空山鳴反襯山中之寧靜。又〈澄秀上座院〉：「繚繞西南隅，鳥聲轉幽靜。」（卷十，頁500），又〈詠聲〉：「萬物自生聽，太空恒寂寥。還從靜中起，卻向靜中消。」（卷十，頁 517）在在顯示他對聲音之敏感，於是在他山水詩中就有一部分是借由聲音來反襯山水之靜謐。如〈神靜師院〉：

　　　青苔幽巷遍，新林露氣微。經聲在深竹，高齋獨掩扉。
　　　憩樹愛嵐嶺，聽禽悅朝暉。方耽靜中趣，自與塵事違。
　　　（卷四，頁196）

七句「方耽靜中趣」已明白指出韋應物喜歡專注寧靜之趣，他的方法是聽禽，透過鳥叫聲反襯出神靜師院之靜謐。再如〈懷瑯琊深標二釋子〉：

　　　白雲埋大壑，陰崖滴夜泉。
　　　應居西石室，月照山蒼然。（卷六，頁295）

〔註8〕 以上諸評論俱詳見陳伯海主編：《唐詩彙評》，頁738～740。

此詩透過夜泉滴達的聲響反襯出二釋子所居的西石室之靜謐。月照山蒼然，更是意境高遠。再如〈行寬禪師院〉：

> 北望極長廊，斜扉掩叢竹。亭午一來尋，<u>院幽僧亦獨</u>。
> <u>唯聞山鳥啼</u>，愛此林下宿。（卷十，頁499）

此詩亦是透過山鳥啼以反襯行寬禪師院的安靜。再如〈精舍納涼〉：

> <u>山景寂已晦</u>，野寺變蒼蒼。夕風吹高殿，露葉散林光。
> <u>清鐘始戒夜</u>，幽禽尚歸翔。誰復掩扉臥，不詠南軒涼。
> （卷四，頁200）

首句「山景寂已晦」已明示精舍之靜，但五句「清鐘始戒夜」則透過鐘聲迴盪在高廣之夜空中，更襯出這裏的寂靜。再如〈遊南齋〉：

> <u>池上鳴佳禽，僧齋日幽寂</u>。高林晚露清，紅藥無人摘。
> 春水不生煙，荒岡筠翳石。不應朝夕遊，良爲蹉跎客。
> （卷十，頁502）

首二句明顯點出佳禽鳴叫聲反襯出僧齋之幽寂。再如〈滁州西澗〉：

> 獨憐幽（一作芳）草澗邊生（一作行），<u>上有黃鸝深樹鳴</u>。
> 春潮帶雨晚來急，<u>野渡無人舟自橫</u>。（卷六，頁304）

末句的「野渡無人舟自橫」展示滁州西澗是個幽靜的好所在，二句再襯以黃鸝深樹鳴，更顯得僻靜，而三句偶來的急雨潮水聲，則是偶然破壞此地的寧靜。以上諸例皆已說明韋應物善用鐘聲鳥鳴，以反襯山水之靜謐，正所謂「蟬噪林逾靜，鳥鳴山更幽」。從另一角度來看，他是要追求內心平靜的境界。

三、韓愈山水詩句法——散文化、句式奇變及或字連用

　　韓愈是中唐古文運動的領袖人物，以反對六朝華麗而內容空洞的駢體文爲主要訴求，提倡古樸而富有儒家思想的古文，因而有別於其他專以詩歌爲創作載體的詩人，因此韓愈常將古文句法帶入詩中，其山水詩也不例外，多處滲入散文句式，使詩句產生散文化現象，如：

> 或連若相從，或蹙若相鬥。或妥若弭伏，或竦若驚雊。或

散若瓦解，或赴若輻湊。或翩若船遊，或決若馬驟。……(〈南山詩〉)

行矣且無然，蓋棺事乃了。(〈同冠峽〉)

嗟哉吾黨二三子，安得至老不更歸。(〈山石〉)

我來正逢秋雨節，陰氣晦昧無清風。(〈謁衡嶽廟遂宿嶽寺題門樓〉)

我來咨嗟涕漣洏，千搜萬索何處有，森森綠樹猿猱悲。(〈峋嶁山〉)

惟彼顓蒙者，去公豈不遠。爲仁朝自治，用靜兵以銷。(〈和李相公攝事南郊覽物興懷呈一二知舊〉)

魚蝦不用避，只是照蛟龍。(〈鏡潭〉)

若不妒清妍，卻成相映燭。(〈月池〉)

或倚偏岸漁，竟就平洲飯。(〈南溪始泛〉三首之一)

隨波吾未能，峻瀨乍可刺。(〈南溪始泛〉三首之三)

是時秋之殘，暑氣尚未斂。(〈陪杜侍禦遊湘西兩寺獨宿有題一首因獻楊常侍〉)

孰忍生以戚，吾其寄餘齡。(〈過南陽〉)

已去蔡州三百里，家人不用遠來迎。(〈過襄城〉)

上舉十三詩例中，「或連若相從」「蓋棺事乃了」「嗟哉吾黨二三子」「魚蝦不用避」「隨波吾未能」「是時秋之殘」等句，有些以「或」領句，有些注入「我來」「不用」「孰忍」「吾其」「只是」等詞，明顯將詩歌當成古文在寫。山水詩句式的散文化是韓詩的一個特色，這與其他通俗詩派的大多使用通俗句有所不同。

另外韓愈尚有一種技巧，即句式奇變和五十幾個或字連用，這個獨特手法突出表現在〈南山詩〉。先說句式奇變，宋人黃徹《䃜溪詩話》卷五：「莊子文多奇變，如『技經肯綮之未嘗』，乃未嘗技經肯綮也。詩句中時有此法，如昌黎『一蛇兩頭見未曾』，『拘官計日月』，『欲進不可又』，『君不強起時難更』。坡『迨此雪霜未』，『茲

謀待君必』,『聊亦記吾曾』,餘人罕敢用。」〔註9〕評論中的『拘官計日月』,『欲進不可又』則是出自韓愈的〈南山詩〉,茲摘錄相關字句如下:

> 力雖能排斡,雷電怯呵訶。攀緣脫手足,蹭蹬抵積甃。
> 茫如試矯首,堛塞生怐愗。威容喪蕭爽,近新迷遠舊。
> <u>拘官計日月,欲進不可又</u>。因緣窺其湫,凝湛閟陰獸。
> 魚蝦可俯掇,神物安敢寇。林柯有脫葉,欲墮鳥驚救。

詩例中的「拘官計日月,欲進不可又」應為「拘官計日月,欲進又不可」,固然可能是因押韻的關係而將「又」字調至句尾。〔註10〕「欲進不可又」這種句式實在不合漢語語法,所以宋人黃徹說「餘人罕敢用」,可見其追求獨特。

再者,連用五十幾個「或」字詩句及連用迭字。清人顧嗣立《昌黎先生詩集注》:「公以畫家之筆,寫得南山靈異縹緲,光怪陸離,中間連用五十一『或』字,複用十四迭字,正如駿馬下岡,手中脫轡。」〔註11〕可見韓愈詩法之奔放不拘,如脫轡駿馬。然對此作法亦有持相反意見。清人沈德潛《說詩晬語》:「〈鴟鴞〉詩連下十二『予』字,〈蓼莪〉詩連下九『我』字,〈北山〉詩連下十二『或』字,情至不覺音之繁、詞之複也。後昌黎〈南山〉用〈北征〉之體而張大之,下五十餘『或』字,然情不深而侈其詞,只是漢賦體段。」〔註12〕沈德潛否定韓詩中侈用「或」字,造成情不深之弊端。而詩經中所用多次的「予」「我」字,因其情至,故不覺繁複。姑不論其精心連用的『或』字詩句或迭字,至少已別於其他詩人的山水詩,〔註13〕此點可見其求變之

〔註9〕詳見《歷代詩話續編》,頁369。
〔註10〕陳友冰認為「南山詩中『拘官計日月,欲進又不可』,為了和上聯『威容喪蕭爽,近新迷遠舊』,以及下聯『因緣窺其湫,凝湛閟陰獸』押同一韻腳。」詳見宋緒連等主編《唐詩藝術技巧分類辭典》,北京:中國人民大學出版社,1996年10月,頁876。
〔註11〕詳見陳伯海《唐詩彙評》,頁1613。
〔註12〕詳見陳伯海《唐詩彙評》,頁1612。
〔註13〕李賀詩中沒有或字,而孟郊僅有一例,〈哀孟雲卿嵩陽荒居〉:「定交

努力。吳振華統計南山詩主要意象，分成時間、自然、動、植物、器具、人類活動、文化等意象，指出「總之，詩人用 51 個『或（如）』開頭，組建了中國詩史上最大的比喻句群，描寫南山的千姿百態，實際上是展示韓愈目睹心想的胸中南山的雄姿，體現了詩人心靈的雄博。」〔註14〕揭示出〈南山詩〉在詩史上的獨特價值。

四、孟郊山水詩中之對仗刻鏤及險語

宋人歐陽脩《新唐書・孟郊傳》云：「郊爲詩有理致，最爲愈所稱，然思苦奇澀。李觀亦論其詩曰：『高處在古無上，平處下顧二謝』云。」〔註15〕又宋人計有功《唐詩紀事》卷三十五稱：「李翱薦郊于張建封云：『茲有平昌孟郊，貞士也。伏聞執事舊知之。郊爲五言詩，自前漢李都尉、蘇屬國，及建安諸子，南朝二謝，郊能兼其體而有之。』李觀薦郊于梁肅補闕書曰：『郊之五言詩，其有高處，在古無上；其有平處，下顧兩謝。』」〔註16〕由此可知韓愈、李觀、李翱等三人對孟郊詩之稱賞，而將其詩與二謝並列，是否意味著其山水詩有其獨特之處？而韓愈〈貞曜先生墓誌銘〉謂其詩：「及其爲詩，<u>劌目鉥心</u>，刃迎縷解，鉤章棘句，掐擢胃腎，神施鬼沒，間見層出。」〔註17〕概括出驚心動魄，苦心奇拔之詩歌特點。問題是哪些詩是具備奇險驚魂之特點，而哪些不是？詩話材料中，或稱「孟詩亦有平淡閒雅者，但不多耳。」；〔註18〕或評「如東野〈峽哀〉十首，語亦奇險，然無退之之才，故終不足於濤。」

昔何在，至戚今或疏。」，杜甫北征詩亦僅「或紅如丹砂，或黑如點漆」此句耳。

〔註14〕吳振華〈韓詩自然意象分類統計研究〉，《周口師範學院學報》，第 24 卷第 3 期，2007 年 5 月，頁 10

〔註15〕《新唐書》卷 176，〈韓愈・孟郊列傳〉，頁 5265。

〔註16〕〔宋〕計有功輯撰：《唐詩紀事》（上海：上海古籍出版社，2008 年 4 月第 2 版），上冊，頁 537。

〔註17〕〔唐〕韓愈著，嚴昌校點，《韓愈集》，頁 333。

〔註18〕宋人劉克莊《後村詩話》，引自《唐詩彙評》，頁 1863。

〔註19〕或謂「孟郊詩蹇澀窮僻，琢削不假，眞苦吟而成。觀其句法，格力可見矣。」〔註20〕以上諸說僅泛泛評論孟郊詩內容和句法上的印象，然未深入分析，如分類歸納，舉例說明，造成奇險苦吟之因爲何？這些皆須系統性地探索，始能正確理解孟郊其人其詩（主要是指山水詩）。欲完成此項任務，別無他法，須以其山水詩爲基本證據，讓它們說話。

清人沈其光《瓶粟齋詩話》謂：「孟東野詩源出謝家集中，如〈獻襄陽于大夫〉及〈汝州陸中丞席喜張從事至〉、〈遊枋口柳溪〉諸作，時見康樂家數，特其句法出之鑱刻耳。洪北江評東野詩，以爲篇篇似古樂府，非確論也。」〔註21〕指出孟郊在刻鑱句法上沿襲謝靈運而來。句法上主要指的是對仗工整而言，試舉〈獻襄陽于大夫〉及〈汝州陸中丞席喜張從事至〉、〈遊枋口柳溪〉諸作分析。先看〈獻襄陽于大夫〉：

> 襄陽青山郭，漢江白銅堤。謝公領茲郡，山水無塵泥。鐵馬萬霜雪，絳旗千虹霓。風漪參差泛，石板重疊躋。舊淚不復墮，新歡居然齊。還耕竟原野，歸老相扶攜。物色增曖曖，寒芳更萋萋。淵清有遉路，高蹋無近蹊。（一作眾賦無暴掠，與歌有安綏。）即此富蒼翠，自然引翔棲。曩遊常抱憶，夙好今尚睽。願言從逸轡，暇日凌清溪。（全唐詩卷377，12冊，頁4234）

此詩共22句，其中有14句是對仗句，幾乎一半以上的句數顯露雕鏤痕跡，像「舊淚不復墮，新歡居然齊」中，「不復」和「居然」之詞對得不工整，他句如原野和扶攜，淵清和高蹋，增和更，諸詞皆不精工。再看〈汝州陸中丞席喜張從事至同賦十韻〉：

> 汝水無濁波，汝山饒奇石。大賢爲此郡，佳士來如積。
> 有客乘白駒，奉義愜所適。清風蕩華館，雅瑟泛瑤席。

〔註19〕明人許學夷《詩源辯體》，引自《唐詩彙評》，頁1863。
〔註20〕宋人《臨漢隱居詩話》，引自《唐詩彙評》，頁1862。
〔註21〕詳見陳伯海主編《唐詩彙評》，頁1865。

芳醑靜無喧，金尊光有滌。縱情孰慮損，聽論自招益。
願折若木枝，卻彼曜靈夕。貴賤一相接，憂惊忽轉易。
會合勿言輕，別離古來惜。請君駐征車，良遇難再覿。
（全唐詩卷 376，11 冊，頁 4215）

中間六句可見對仗雕琢之痕，三聯中的華館和瑤席，無喧和有滌，損
和益等詞。最後是〈與王二十一員外涯遊枋口柳溪〉：

萬株古柳根，拿此磷磷溪。野榜多屈曲，仙潯無端倪。
春桃散紅煙，寒竹含晚淒。曉聽忽以異，芳樹安能齊。
共疑落鏡中，坐泛紅景低。水意酒易醒，浪情事非迷。
小儒峭章句，大賢嘉提攜。潛寶韻靈瑟，翠崖鳴玉珪。
主人稜嵩翁，德茂芝朮畦。鑿出幽隱端，氣象皆升躋。
曾是清樂抱，逮茲幾省溪。宴位席蘭草，濫觴驚鳧鷖。
靈味薦魴辦，金花屑橙虀。江調擺衰俗，洛風遠塵泥。
徒言奏狂狷，詎敢忘筌蹄。（全唐詩卷 376，11 冊，頁 4218）

此詩亦可看出多處對句精工之跡。春桃和寒竹，水意和浪情，小儒和
大賢，江調和洛風，然而有些詞對得不工，如峭章句和嘉提攜。就此
三詩中之多處對仗而言，應是沈其光所謂「句法出之鑱刻」之意也。
我們再舉其他山水詩之對仗例的鑱刻，但都不精工。如：

枯巢無還羽，新木有爭飛。（〈送曉公歸庭山〉）

飲爾一樽酒，慰我百憂輕。（〈分水嶺別夜示從弟寂〉）

山盡五色石，水無一色泉。（〈遊華山雲台觀〉）

藍岸青溟溟，藍峰碧崇崇。（〈藍溪元居士草堂〉）

曉碧流視聽，夕清濯衣袍。（〈立德新居〉）

千尋直裂峰，百尺倒瀉泉。（〈送蕭鍊師入四明山〉）

上仄碎日月，下掣狂滉瀁。（〈峽哀〉）

無還羽和有爭飛，一樽酒和百憂輕，五色石和一色泉，藍岸和藍岸，
碎日月和狂滉瀁，以上諸詞皆流露孟郊對仗句之刻鏤。

另外，他所造出的險語令人印象深刻，有著陌生化的效果。清人
沈德潛《唐詩別裁集》卷四評〈游終南〉：「盤空出險語。〈出峽〉詩

有『上天下天水，出地入也舟』句，同一奇險。」（註22）〈游終南山〉
詩一開篇即是：「南山塞天地，日月石上生。」第一句是盤空，言南
山之廣大盤據天空，而第二句日月何以在石上生？若說是水上生，那
則是日月之倒影，但孟郊卻說是石上生，果真是險語，所以韓愈也稱
其：「橫空盤硬語，妥貼力排奡。」（薦士）他的山水詩的的確確使用
許多生新之字詞，如：

　　翠景何的皪，霜颸飄空虛。（〈立德新居〉）

　　山濃翠滴瀝，水折珠摧殘。（〈送無懷道士游富春山水〉）

　　風猿虛空飛，月狖叫嘯酸。（〈送無懷道士游富春山水〉）

　　顧餘寂寞者，謬廁芳菲筵。（〈春集越州皇甫秀才山亭〉）

　　置亭嶄嵼頭，開窗納遙青。（〈生生亭〉）

　　齒泉無底貧，鋸涎在處多。（〈峽哀〉）

硬語或險語，其實乃指鑄詞之創造性而言，詞語是其他詩人罕用
的。「的皪」一詞，全唐詩中，除了孟郊使用外，則有韋應物〈郡
中對雨贈元錫兼簡楊凌〉：「蕭條林表散，的皪荷上集。」及〈黿頭
山神女歌〉：「陰深靈氣靜凝美，的皪龍綃雜瓊珮。」「水折」一詞，
僅有李白〈送麴十少府〉：「碧雲斂海色，流水折江心。」和陳昌言
〈賦得玉水記方流〉：「白虹深不見，綠水折空流。」等詩作，而以
孟郊所作較為奇險動魄。「嘯酸」一詞，尚無他人。「謬廁」一詞，
尚無他人。「嶄嵼」一詞，尚有杜甫〈自京赴奉先縣詠懷五百字〉：
「淩晨過驪山，禦榻在嶄嵼。」韓愈〈城南聯句〉：「掘雲破嶄嵼」。
寒山〈詩三百三首〉：「裝車競嶄嵼，翻載各瀧涷。」「鋸涎」一詞，
尚無他人。上舉諸詞中，除了孟郊使用外，其他詩人不是無人使用，
或是使用率不超過三人。相比之下，孟郊所用的詞語也多較為奇險
悲酸。

〔註22〕〔清〕沈德潛編，李克和等校點：《唐詩別裁集》，（長沙：嶽麓書社，
　　　1998 年 2 月），頁 97

五、賈島山水詩之煉句

　　賈島是中唐晚期著名的苦吟詩人，〔註23〕范陽人（今北京市）。
〔註24〕生於代宗大曆十四年（779），卒於武宗會昌三年（843），享年
六十五歲。一生經歷代宗、德宗、順宗、憲宗、穆宗、敬宗、文宗、
武宗等八個皇帝。與孟郊同樣有「無子」之悲，〔註25〕同樣有晚年仕
進之嘆。〔註26〕在青壯年時期，因無官俸來源，長期失業之情況下，
經濟收入不穩，復以多病及落第交互折磨，〔註27〕遂影響賈孟兩人之
創作內容「皆以詩窮至死，而平生尤喜自爲窮苦之句。」（歐陽脩《六
一詩話》），也才有「郊寒島瘦」之稱（蘇軾《祭柳子玉文》）。其所苦
吟「落葉滿長安，秋風吹渭水」及「鳥宿池中樹，僧推月下門」等詩
句，均成爲文壇佳話。〔註28〕

〔註23〕賈島〈三月晦日贈劉評事〉詩稱：「三月正當三十日，風光別我苦吟
　　　身。」又劉滄〈經無可舊居兼傷賈島〉：「碧雲迢遞長江遠，向夕苦
　　　吟歸思難。」張蠙〈傷賈島〉：「生爲明代苦吟身，死作長江一逐臣。」
　　　可止〈哭賈島〉：「塚欄寒月色，人哭苦吟魂。」由以上諸詩句，可
　　　稱其爲苦吟詩人。

〔註24〕據蘇絳〈唐故司倉參軍賈公墓誌銘〉所云：「公諱島，字浪仙。范陽
　　　人也，自周康王封少子建侯于賈，因而氏焉。」請參李師建崑：《賈
　　　島詩集校注》，附錄中的「賈島評論資料」，（台北市：里仁，民國91
　　　年），頁462。

〔註25〕關於孟郊無子之說，據韓愈〈貞曜先生墓志銘〉：「……貞曜先生卒。
　　　無子，其配鄭氏以告，愈走泣哭，且召張籍會哭。」見嚴昌校點《韓
　　　愈集》，長沙：岳麓書社，頁333。關於賈島無子說，據姚合〈哭賈
　　　島〉：「有名傳後世，無子過今生。」

〔註26〕據韓愈《貞曜先生墓志銘》：「年幾五十，始以尊夫人之命來集京師，
　　　從進士試，既得，即去。間四年，又命來選，爲溧陽尉，迎侍溧上。」
　　　可知孟郊約五十出頭才作官，參見嚴昌校點《韓愈集》，長沙：岳麓
　　　書社，頁333。而賈島約五十九歲時，開成二年九月，始任遂州長江
　　　縣主簿一職。詳參李嘉言著《長江集新校》（開封：河南大學出版社，
　　　2008年4月），頁199。

〔註27〕其〈詠懷〉一詩稱：「經年抱疾誰來問，野鳥相過啄木頻。」又《新
　　　唐書》本傳謂：「累舉，不中第。」

〔註28〕據五代王定保《唐摭言》卷十一「無官受黜」條載：「嘗跨驢張蓋，
　　　橫截天衢，時秋風正厲，黃葉可掃。島忽吟曰『落葉滿長安』，志
　　　重其沖直致，求足一聯，杳不可得，不知身之所從也。因之唐突

　　賈島二十歲前爲一僧人，法號無本。曾以詩投謁孟郊、張籍（島三十二歲時）、韓愈（島三十三歲時）、元稹（島四十二歲時）、李益（島四十六歲時）等人。他一生漫游洛陽、長安、鳳翔、光州（今河南）、杭州、遂州（任長江縣主簿）、普州（任司倉參軍）等地。五十九歲時，坐飛謗責授遂州長江縣主簿，六十二歲時，遷普州司倉參軍，六十五歲時，卒於官舍，葬於普州，其所任二職皆在四川。〔註29〕

　　如上所述，賈島貧病又屢試不第之偃蹇遭遇，膝下無子復爲一詩僧，且晚年始謀得一官半職，眾多因素交集下，反而有較多時間錘鍊詩句，以致有「兩句三年得，一吟雙淚流」之悲吟。在他的聯絡僧人的山水詩，我們可以看出這樣的現象：

磬過溝水盡，月入草堂秋。

穴蟻苔痕靜，藏蟬柏葉稠。（〈寄無可上人〉）

月落看心次，雲生閉目中。

五更鐘隔嶽，萬尺水懸空。（〈寄華山僧〉）

石室人心靜，冰潭月影殘。

微雲分片滅，古木落薪乾。（〈寄白閣默公〉）

林中秋信絕，峰頂夜禪遙。

京兆劉棲楚，被繫一夕而釋之。」，參上海古籍出版社本社編：《唐五代筆記小說大觀》，頁1673。又宋人胡仔《苕溪漁隱叢話》前集卷十九引宋黃朝英《緗素雜記》云：「《劉公嘉話》云：『島初赴舉京師，一日，於驢上得句云：鳥宿池邊樹，僧敲月下門。始欲作推字，又欲作敲字，練之未定，遂於驢上吟哦，時時引手作推敲之勢。時韓愈吏部權京兆，島不覺至第三節，左右擁至尹前，島具對所得詩句云云。韓立馬良久，謂島曰：作敲字佳矣。遂與並轡而歸，留連論詩，與爲布衣之交。自此名著。後以不第，乃爲僧，居法乾寺，號無本。』」而吳汝煜、胡可先對此則筆記小說有疑，認爲「疑《嘉話錄》或爲《鑑戒錄》之誤」。詳參傅璇琮主編：《唐才子傳校箋》二冊，頁325。

〔註29〕以上所述，詳參李嘉言著：《長江集新校》，附錄中的「賈島年譜」，（開封：河南大學出版社），2008年4月。關於賈島死因，蜀何光遠《鑑誡錄》卷八載：「因啖牛肉得疾，終于傳署。」，（北京：中華書局，叢書集成初編本，1985年新一版），頁59。

寒草煙藏虎，高松月照鶤。(〈寄龍池寺貞空二上人〉)

心知溪卉長，居此玉林空。

西殿宵燈磬，東林曙雨風。(〈贈弘泉上人〉)

樵徑連峰頂，石泉通竹根。

木深猶積雪，山淺未聞猿。(〈題竹谷上人院〉)

北斗生清漏，南山出碧重。

露寒鳩宿竹，鴻過月圓鐘。(〈寄慈恩寺郁上人〉)

月峽青城那有滯，天臺廬嶽豈無緣。

昨宵忽夢遊滄海，萬里波濤在目前。(〈題童真上人〉)

禁漏來遙夜，山泉落近鄰。

經聲終卷曉，草色幾芽春。(〈靈準上人院〉)

以上九例中，所寄贈的對象皆為僧人，其居所也都在幽靜山林裏。在時間點上，詩中所描繪的幾乎是夜景。如「月入草堂秋」「月落看心次」「冰潭月影殘」「高松月照鶤」「鴻過月圓鐘」「月峽青城那有滯」「禁漏來遙夜」諸句，而景物大都是開闊的，如「五更鐘隔嶽，萬尺水懸空」「微雲分片滅，古木落薪乾」「峰頂夜禪遙」「樵徑連峰頂，石泉通竹根」「北斗生清漏，南山出碧重」「草色幾芽春」等句，由「連」「通」「生」「出」「春」等煉字，可看出這些大景含蘊著生命力。從觀物角度上，賈島運用細微觀察力，極力刻劃山景中的動植物狀態，如「穴蟻苔痕靜，藏蟬柏葉稠」「寒草煙藏虎，高松月照鶤」「露寒鳩宿竹，鴻過月圓鐘」「經聲終卷曉，草色幾芽春」諸句，顯示出高超的煉句功力，體現其苦心經營詩句的特質。

李嘉言綜觀賈島詩後，認為「總之，賈島詩確實寫了不少生活瑣事，流露了不少哀愁悲苦的情緒，寫景也有不少僻澀瑣細之景。」且上溯其詩與盛唐王孟詩派有著淵源之關係。﹝註30﹞而王孟詩派的創作內容主要是以山水田園自然風光為審美對象，論者稱之為山水田園詩

﹝註30﹞詳參李嘉言著：《長江集新校》，前言，頁 16，及附錄中的「賈島詩之淵源及其影響」，頁 244。

派。〔註31〕加上唐人蘇絳〈賈司倉墓誌銘〉謂其「淡然躡陶謝之蹤」，〔註32〕這些意見皆提供了賈島山水詩研究的參考。然而在研究方法上，賈島詩中描寫自然山水文本乃是研究的基礎，〔註33〕以上通過九首山水詩的字詞分析，再來印證李氏所言「不少僻澀瑣細之景」，或如許總所謂「寒狹視界」，那麼我所舉的大量詩例則提示另一種的思考觀點。

第三節　篇章佈局

一、韋應物山水詩中之末聯設計

　　韋應物在〈燕李錄事〉中云：「與君十五待皇闈，曉拂爐煙上赤墀。花開漢苑經過處，雪下驪山沐浴時。」〔註34〕又〈逢楊開府〉說：「少事武皇帝，無賴恃恩私。」〔註35〕可知韋應物（737～793）年少

〔註31〕葛曉音：《山水田園詩派研究》說：「所謂山水田園詩派，實際上包括三層內涵，就盛唐而言，指以王、孟為代表，包括祖詠、常建、儲光義等在內的一批風格相近的專長于山水田園的詩人；就唐代而言，則指王、孟、韋、柳；而就中國詩歌史而言，則應以陶、謝、王、孟、韋、柳為一個完整的體系。在中國古代文學批評史上，並不存在山水田園詩派的稱謂，這是當代文學史論著中習用的概念。但是從晚唐開始，人們已經注意到陶、謝、王、孟、韋、柳不但成為公認的山水田園最高成就的代表，而且形成了經常被并提的作家系列，在詩歌史上的地位也愈益提高，甚至一度超越了山水田園這一題材的範圍，被奉為代表中國文人審美理想的典範。」詳見《山水田園詩派研究》，遼寧大學出版社，1993年，頁349。

〔註32〕蘇絳〈賈司倉墓誌銘〉謂：「所著文編，不以新句綺靡為意，淡然躡陶謝之蹤，片雲獨鶴，高步塵表，長沙裁賦，事略同焉。」請參李建崑：《賈島詩集校注》，附錄中的「賈島評論資料」，頁462。

〔註33〕解析文本時，均參考李建崑：《賈島詩集校注》，論述時不再加註。

〔註34〕孫望編著《韋應物詩集繫年校箋》，此詩之作，疑在永泰、大曆之際洛陽丞任也。北京：中華書局，2006年重印，頁26。以下所引韋應物之詩皆依據此版本，不另註明。

〔註35〕孫望編著《韋應物詩集繫年校箋》，建中三年（782）夏出刺滁州旅程所作，頁267。

十五歲時，在長安擔任玄宗侍衛（三衛）。〔註36〕他的家中經濟狀況不甚良好，在〈發廣陵留上家兄兼寄上長沙〉中說：「家貧無舊業，薄宦各飄揚。」〈答故人見論〉也提及：「況本潺落人，歸無置錐地。」反映家徒四壁之情形。〔註37〕加上整個時代的戰亂悲涼氛圍，在他眼中的山水有一部份是悽愴的，〈廣德中洛陽作〉云：「時節屢遷斥，<u>山河長鬱盤</u>。蕭條孤煙絕，日入空城寒。」〔註38〕他將悽愴之情融入山水景物中，表達方式是將山景詩句放在末聯。如：

> 茲樓日登眺，流歲暗蹉跎。
> <u>坐厭淮南守，秋山紅樹多</u>。（〈登樓〉，卷七，頁357）
> 南樓夜已寂，暗鳥動林間。
> <u>不見城郭事，沈沈唯四山</u>。（〈夜望〉，卷七，頁367）
> 悵然高閣望，已掩東城關。
> <u>春風偏送柳，夜景欲沈山</u>。（〈晚登郡閣〉，卷六，頁296）
> 受命恤人隱，茲遊久未遑。鳴驄響幽澗，前旌耀崇岡。
> 青冥臺砌寒，綠褥草木香。填壑躋花界，疊石構雲房。
> 經製隨巖轉，繚繞豈定方。新泉泄陰壁，高蘿陰綠塘。
> 攀林一棲止，飲水得清涼。物累誠可遣，疲疢終未忘。
> <u>還歸坐郡閣，但見山蒼蒼</u>。（〈遊琅琊山寺〉，卷七，頁320）

由以上四例可知，韋應物眼中的山是秋山、沈山、山蒼蒼，情調上較為低沈迷茫不清，這些山景放在末聯，藉以表示結果，而其因則埋伏在詩篇前部份，「坐厭淮南守」，「不見城郭事」，「悵然高閣望」，「疲疢終未忘」諸句已暗示他的心境是悲悵低沈。

山水有時也是公事之餘，可尋求解脫的地方，當旅行時，應盡情

〔註36〕考證部份請參考傅璇琮《唐代詩人叢考‧韋應物繫年考證》，頁 290～292。

〔註37〕他在 23 歲時，肅宗乾元二年後數年間在長安，生活貧困，已自三衛撤出，曾一度在太學讀書。傅璇琮《唐代詩人叢考‧韋應物繫年考證》，頁 292。

〔註38〕孫望編著《韋應物詩集繫年校箋》，此詩正是應物於亂離之後，自長安初到洛陽縣丞時所作，頁 7。

享受自然之美，但他的表達方式是將人間之忙和山水之賞結合抒發，
煩悶之情更可想見，如〈龍門遊眺〉：

> 鑿山導伊流，中斷若天闢。都門遙相望，佳氣生朝夕。
> 素懷出塵意，適有攜手客。精舍繚層阿，千龕鱗峭壁。
> 緣雲路猶緬，憩澗鐘已寂。花樹發煙華，淙流散石脈。
> 長嘯招遠風，臨潭漱金碧。日落望都城，人間何役役。
>
> （卷一，頁30）

龍門在洛陽南伊闕山。全詩十六句，前十四句幾乎描寫龍門的山河之美
及優麗奇險環境，或層阿，或峭壁，或雲澗，或花樹，令人流連忘返，
但我們看到韋應物並未真正抒解壓力，因為末聯「日落望都城，人間何
役役」道出內心一股可能是官場上的煩憂。再如〈莊嚴精舍遊集〉：

> 良遊因時暇，乃在西南隅。綠煙凝層城，豐草滿通衢。
> 精舍何崇曠，煩跼一弘舒。架虹施廣蔭，構雲眺八區。
> 即此塵境遠，忽聞幽鳥殊。新林泛景光，叢綠含露濡。
> 永日亮難遂，平生少歡娛。誰能遽還歸，幸與高士俱。
>
> （卷五，頁258）

「層城」、「眺八區」等詞形容莊嚴精舍位置之高聳，而「崇曠」和「廣
蔭」則說明其地之廣，實際上來到這**裏**可以「煩跼一弘舒」，然而這
煩悶的抒解只是短暫，因其「永日亮難遂，平生少歡娛。」之句再度
勾起內心之鬱悶。再如〈扈亭西陂燕賞〉：

> 杲杲朝陽時，悠悠清陂望。嘉樹始氤氳，春遊方浩蕩。
> 況逢文翰侶，愛此孤舟漾。綠野際遙波，橫雲分疊嶂。
> 公堂日為倦，幽襟自茲曠。有酒今滿盈，願君盡弘量。
>
> （卷三，頁164）

朝陽、清陂、嘉樹、綠野、橫雲、疊嶂等數種迷人之物象映入眼簾後，
心情亦隨之飛揚舒曠，不過，在賞景飲酒之餘，他仍掛念「公堂日為
倦」之公事，因此其內心尚未真正放解，此詩是他在鄠縣令任內燕賞
於扈亭西陂後作。再如〈藍嶺精舍〉：

> 石壁精舍高，排雲聊直上。佳遊愜始愿，忘險得前賞。

崖傾景方晦，穀轉川如掌。綠林含蕭條，飛閣起弘敞。
道人上方至，清夜還獨往。日落群山陰，天秋百泉響。
所嗟累已成，安得長偃仰。(卷二，頁 95)

此詩是在京兆府功曹任，使藍田時作。全詩十四句，前十二句描寫藍嶺精舍之高峻和弘敞。不過，我們可以看出綠林是蕭條的，群山是陰陰的，末兩句終於道出內心之疲累，「所嗟累已成，安得長偃仰」，難以忘懷人間之煩惱。

二、李賀鬼魅幻境之山水詩

李賀是中唐少見的早夭詩人，僅在世二十七年，像一枚流星劃過夜空，雖一瞬卻很燦爛。其友人沈亞之《沈下賢文集・送李膠秀才詩序》卷九謂：「余故友李賀，善擇南北朝樂府故詞，……賀名溢天下，年二十七，官卒奉常，由是後學爭效賀，相與綴裁其字句，以媒取價。」〔註 39〕可見李賀在當時即享有盛名。其所擅長之體式乃在樂府歌行體，在當時與張籍同具有典範的作用。唐人趙璘《因話錄》卷三稱：「又張司業籍善歌行，李賀能爲新樂府，當時言歌篇者，宗此二人。」〔註 40〕

詩史上，詩人活不過三十歲且在當時就名滿天下者，李賀應是第一人。其成功因素不外乎其家族背景和本身之苦吟習慣。在其〈金銅仙人辭漢歌〉之序中言：「唐諸王孫李長吉遂作金銅仙人辭漢歌。」又杜牧〈李賀集序〉亦謂：「皇諸孫賀，字長吉。」〔註 41〕可見其顯赫之皇族背景。其次，他嘔心瀝血，苦吟作詩。李商隱〈李賀小傳〉載：「騎疲驢，背一古破錦囊，遇有所得，即書投囊中。」〔註 42〕這是李賀作詩的獨特習慣。

〔註 39〕引自吳企明編《李賀資料彙編》，(北京：中華書局，1994 年（2004 重印)），頁 6。
〔註 40〕〔唐〕趙璘《因話錄》，收入上海古籍出版社編《唐五代筆記小說大觀》下冊，(上海：上海古籍出版社，2000 年 3 月)，頁 847。
〔註 41〕引自吳企明編《李賀資料彙編》，頁 8。
〔註 42〕引自吳企明編《李賀資料彙編》，頁 9。

　　有「鬼才」之稱的李賀，﹝註43﹞因其特殊之命運而有許多傳言。
或說韓愈聽聞李賀七歲能辭章而不信，因此造訪賀家，李賀因之寫下
〈高軒過〉。﹝註44﹞或說李賀因犯父名晉肅之諱，而無法中舉進士。
﹝註45﹞或說李賀臨死之際，天帝召其爲白玉樓寫記。﹝註46﹞這些浪漫
傳說正如他「詭異濃麗」之詩一樣，﹝註47﹞爲後世津津樂道。在他所
存詩二百三十三首中，﹝註48﹞唐人僧齊己〈讀李賀歌集〉：「赤水無精
華，荊山亦枯槁。玄珠與虹玉，璨璨李賀抱。」﹝註49﹞似乎李賀詩之
山水景象是枯槁荒蕪，而元好問〈論詩絕句三十首之十六〉：「切切秋

﹝註43﹞　宋人王得臣《塵史》稱：「慶歷間，宋景文諸公在館嘗評唐人之詩云：
　　　　『太白仙才，長吉鬼才。』其餘不盡記也。」引自陳伯海主編《唐
　　　　詩彙評》，頁1936。

﹝註44﹞　（五代）王定保《唐摭言》卷十：「時韓文公與皇甫湜覽賀所業，奇
　　　　之，而未知其人。……二公不之信，賀就試一篇，承命欣然，操觚
　　　　染翰，旁若無人。仍目曰〈高軒過〉，曰『……我今垂翅附冥鴻，他
　　　　日不羞蛇作龍。』二公大驚，以所乘馬命連鑣而還所居，親爲束髮。」
　　　　詳見《唐五代筆記小說大觀》下冊，頁1669。此事吳企明認爲虛妄，
　　　　他說「按《唐摭言》所載此事，實乃虛妄。錢仲聯先生辯之甚詳……」
　　　　詳見傅璇琮主編《唐才子傳校箋》第二冊，頁286。

﹝註45﹞　〔唐〕康駢《劇談錄》卷下：「及爲禮部郎中，因議賀父名晉，不合
　　　　應進士舉。賀亦以輕薄爲時輩所排，遂致轗軻。文公惜其才，爲著
　　　　〈諱辯錄〉明之，然竟不成事。」詳見《唐五代筆記小說大觀》下
　　　　冊，頁1497。吳企明認爲此事不實。其考證部份，詳見傅璇琮主編
　　　　《唐才子傳校箋》第二冊，頁287。

﹝註46﹞　〔唐〕李商隱〈李賀小傳〉：「長吉將死時，忽晝見一緋衣人，駕赤
　　　　虯，持一板，書若太古篆或霹靂石文者，云：『當召長吉。』長吉了
　　　　不能讀，欻下榻叩頭，言：『阿㜷（呼母聲也）老且病，賀不願去。』
　　　　緋衣人笑曰：『帝成白玉樓，立召君爲記，天上差樂不苦也。』長吉
　　　　獨泣，邊人盡見之。少之，長吉氣絕。」此事荒誕，不辯自明。詳
　　　　見吳企明編《李賀資料彙編》，頁9。

﹝註47﹞　清人錢良擇《唐音審體》：「二公之後，如昌黎之奇辟崛強，東野之
　　　　寒峭險勁，微之之輕婉曲折，樂天之坦易明白，長吉之詭異濃麗，
　　　　皆前古未有也。」詳見陳伯海主編《唐詩彙評》，頁1939。

﹝註48﹞　杜牧〈李賀集序〉：「賀且死，……凡二百三十三首。」引自吳企明
　　　　編《李賀資料彙編》，頁7。

﹝註49﹞　引自吳企明編《李賀資料彙編》，頁15。

蟲萬古情，燈前山鬼淚縱橫。鑑湖春好無人賦，岸夾桃花錦浪生。」
〔註50〕又說其詩充滿詭奇，不管如何，就其特殊生命經驗來看，李賀
之詩必有為後世楷模的藝術特點，以下論之。

李賀的山水詩為數不多，然其所營造之山水意境，卻是獨樹一
格。如〈南山田中行〉：

秋野明，秋風白。塘水漻漻蟲嘖嘖，雲根苔蘚山上石。
冷紅泣露嬌啼色，荒畦九月稻叉牙。蟄螢低飛隴逕斜，
石脈水流泉滴沙。鬼燈如漆點（一作照）松花。（全唐詩卷
391，12 冊，頁 4407）

此詩營構出一種幽冷荒涼之山水詭境，人跡罕至，似乎是幻想出來的。
尤其是最後一句「鬼燈如漆點（一作照）松花」的描寫，令人毛骨悚
然，與韓愈所寫的南山詩是有極大不同，韓愈的南山是時間長久經歷
的現實懼怕，而李賀的南山是想像的恐怖，是另一個虛擬世界召喚的
可怕。全詩九句，顯露的是種詭異的氛圍。再如〈感諷五首〉之三：

南山何其悲，鬼雨灑空草。長安夜半秋，風前幾人（一作
剪春姿）老。低迷黃昏徑，裊裊青櫟道。月午樹無影，一
山唯白曉。漆炬迎新人，幽壙螢擾擾。

南山下起大雨，時間又是夜半，又是黃昏，又是白曉，思緒跳脫，尤
以最後一句「幽壙螢擾擾」似乎在寫另一個虛幻世界，全詩陰森恐怖，
充滿詩歌張力。再如〈北中寒〉：

一方黑照三方紫，黃河冰合魚龍死。三尺木皮斷文理，百
石強車上河水。霜花草上大如錢，揮刀不入迷蒙天。爭（一
作淨）瀅海水飛淩喧，山瀑無聲玉虹懸。（全唐詩卷 393，12
冊，頁 4429）

黑、紫、冰合、死、揮刀、迷蒙天等詞，舖陳出幽寒冷峭之自然環境，
令人感覺是一個想像的奇境，末句「山瀑無聲玉虹懸」，更是譎詭，
以玉虹形容白色瀑布是險語，而山瀑無聲，不合常理，全詩八句應是
虛構的。再如〈七月一日曉入太行山〉：

〔註50〕引自吳企明編《李賀資料彙編》，頁 78。

> 一夕遠山秋，香露溢蒙蕘。新橋倚雲阪，侯蟲嘶露樸。洛
> 南（一作陽）今已遠，越裘誰為熟。石氣何淒淒，老莎如
> 短鏃。（全唐詩卷 392，12 冊，頁 4424）

前四句所寫的太行山景是荒涼的，而「侯蟲嘶露樸」句似乎是堆砌而
成，末聯「石氣何淒淒，老莎如短鏃」反映出淒涼的景色和衰弱無力
的植物，猶如自我的寫照。再如〈溪晚涼〉：

> 白狐向月號山風，秋寒掃雲留碧空。
> 玉煙青溼白如幢，銀灣曉轉流天東。
> 溪汀眠鷺夢征鴻，輕漣不語細遊溶。
> 層岫迴岑複疊龍，苦篁對客吟歌筒。

> （全唐詩卷 393，12 冊，頁 4431）

首句「白狐向月號山風」則渲染奇詭淒清之氣氛，末句「苦篁對客吟
歌筒」寫己之悲愁，透過樂器吟唱渲洩，前後呼應。

　　以上詩例中，李賀在描寫山水景色時，似乎企圖營造一種鬼魅之
境，駭人視聽，這是他對生命脆弱的一種真實展現。〔註51〕

三、王建用五官佈局以及七絕全景式描寫

　　在詩話文獻中，王建乃以樂府詩和宮詞聞名於世，且與同歲的張
籍並稱。宋人許顗《彥周詩話》謂：「張籍、王建，樂府宮詞皆傑出，
所不能追逐李、杜者，氣不勝耳。」宋人曾季貍《艇齋詩話》又稱：
「唐人樂府，惟張籍、王建古質。」宋人葛立方《韻語陽秋》亦曰：
「唐王建以宮詞名家。」宋人嚴羽《滄浪詩話》又云：「大曆後，……
張籍、王建之樂府，我所深取耳。」以上所舉宋人詩話中，從未見前
人對其清新淡遠之自然詩風著眼，即使持不同意見者，認為其長篇、
小律或七律亦有其妙處，〔註52〕亦未對王建在寫景之藝術成就上仍未

〔註51〕據我的統計，李賀山水詩 30 首，五絕 0，七絕 13，五律 0，七律 0，
　　　　五古 6，七古 7，樂府詩 4，以七古居多。詳見本論文結論「中唐山
　　　　水詩分析表」。
〔註52〕清人薛雪《一瓢詩話》：『王仲初長篇、小律，具有妙處，不可以宮
　　　　詞、樂府拘定其聲價。』清人洪亮吉《北江詩話》：『王建、張籍以

加研討。拙著《王建詩歌研究》一書雖對王建作一整體性之探析，然未立一專章來討論其山水詩，其因乃在不同研究主題而有不同的研究視角，以專家詩的研究視角則難以聚焦於山水詩之內涵分析，今以中唐山水詩爲一基點出發，則王建之山水詩遂能專題探究。〔註53〕

明人許學夷《詩源辨體》認爲王建五言詩具有清新峭拔之特點，並舉「瘴煙沙上起，陰火雨中生」等詩句爲例說明，〔註54〕然何謂清新峭拔，詩話材料卻未說清，僅見其所引詩句大抵描寫荒冷之景物，且王建山水詩也從未有學者討論，因此最根本的方法乃是就其文本加以分類探究，〔註55〕再肯定其寫景方面的努力。

王建在描寫自然景象時，其所表現的是閒適的心境，我稱之爲「閒適山水詩」。他對山水之愛，在其詩裏已可明見。而他對水之親近心理，乃從其少年時照水的經驗開始。其〈送韋處士老舅〉說：「照水學梳頭，應門未穿幘，人前賞文性，梨果蒙不惜。賦字詠新泉，探題得幽石。」（卷四）從詩中「照水學梳頭」和「賦字詠新泉」兩句，可知王建自小對水已抱持一份親切之情。在〈南澗〉詩中，他使用五官佈局，直接道出對溪水之愛：

> 野桂香滿溪，石莎寒覆水。
>
> 愛此南澗頭，終日潺湲裏。（《王建詩集》卷四，頁36）

樂府名，然七律亦有人所不能及處。』《唐詩彙評》，頁1519。

〔註53〕 我在拙著《王建詩歌研究》中的第四章和第五章主要分析他的詩作內涵，在第四章第三節「王建詩之生活情調」中，曾略提其對山水之偏愛，亦舉相關詩作說明，然未深入綜合剖析，此當與研究選題有關，非刻意略之。詳見謝明輝著：《王建詩歌研究》，（台北縣永和市：花木蘭文化出版社，2008年9月），頁67～69。

〔註54〕 《詩源辯體》稱：「王如『瘴煙沙上起，陰火雨中生』、『水國山魅引，蠻鄉洞主留』、『石冷啼猿影，松昏戲鹿塵』、『閉門留野鹿，分食養山雞』、『雨水洗荒竹，溪沙填廢渠』、『野桑穿井長，荒竹過牆生』』等句，皆清新峭拔，另外一種，五代諸公乃多出此矣。」參見《唐詩彙評》，頁1893。

〔註55〕 本節所引王建山水詩文爲中華書局上海編輯所編輯之版本，共十卷，1959年7月。此版本乃根據南宋陳解元書籍刻本爲底本。

首聯以對仗形式描寫野桂和石莎之堅強生命力，二句各著一「香」和
「寒」字，訴諸嗅覺和觸覺，末句則強調溪水聲之美音，強調聽覺感
受。王建開放「四根」感覺，〔註56〕即透過眼、耳、鼻、身等感官功
能，接收山水大自然之美妙訊息，從而產生「愛此南澗頭」之執著，
與自然合而爲一，遂與自然無隔。再如〈泛水曲〉：

> 載酒入煙浦，方舟泛綠波。子酌我復飲，子飲我還歌。
> 蓮深微路通，峰曲幽氣多。閱芳無留瞬，弄桂不停柯。
> 水上秋日鮮，西山碧峨峨。茲歡良可貴，誰復更來過。
>
> 《王建詩集》卷三，頁22）

此詩寫王建與友人泛舟之樂。此種與自然無隔之樂則體現在王建所開
放的感官功能上，開放越多，融入自然也越多。二句的「泛綠波」，
開放視覺，三句的「我復飲」，開放味覺，四句的「我還歌」，開放聽
覺，六句和八句的「幽氣多」及「弄桂」，開放觸覺，十句的「西山
碧峨峨」，則又強調自然美景的視覺效果。全詩開放了四種感官功能，
融入自然山水之呼吸中，此所謂「無隔之景」。尚有一首，全篇寫景，
如〈野池〉：

> 野池水滿連秋堤，菱花結實蒲葉齊。
> 川口雨晴風復止，蜻蜓上下魚東西。（《王建詩集》卷九，頁81）

首聯中「水滿」和「結實」是指野池及菱花生命飽滿的展現，末聯寫
雨後天晴之清新景象，透過蜻蜓和魚的空間舒展，上下而東西，展示
一幅自然和諧，生機勃勃之風貌，全詩四句皆寫景，王建顯然已融入
其中，眼前是一片無隔之景。

除了水之外，王建也愛山。其〈原上新居十三首〉說：「長愛當
山立，黃昏不閉門。」又〈送薛蔓應舉〉：「願君勤作書，與我山中鄰。」
說明王建山居之生活經驗，以詩人而言，以自然美景入詩，應不足爲
奇。如〈山居〉詩：

> 屋在瀑泉西，茅簷下有溪。閉門留野鹿，分食養山雞。

〔註56〕佛家語，認爲六根即眼耳鼻舌身意。

桂熟長收子，蘭生不作畦。初開洞中路，深處轉松梯。

（《王建詩集》卷五，頁 41）

王建將山居之日常活動反映入詩，首聯先敘述居住環境，在溪泉旁，有豐富生命的水資源，接寫野鹿、山雞、桂熟、蘭生等動植物之生態，簡樸愜意，末聯結以洞中路和轉松梯等景之點染，儼然世外桃源，王建已融入自然山景之中。再如〈元太守同遊七泉寺〉：

盤磴回廊古塔深，紫芝紅藥入雲尋。

晚吹簫管秋山裏，引得獼猴出橡林。（《王建詩集》卷九，頁 86）

吹蕭管引彌猴乃獨特之遊山動作，首聯寫七泉寺之清幽環境，末聯則可看出王建閒悠之心境。再如〈雨過山村〉：

雨里雞鳴一兩家，竹溪村路板橋斜。

婦姑相喚浴蠶去，閒著中庭梔子花。（《王建詩集》卷九，頁 84）

此詩寫村婦在雨中勞動的景象。四句中有三句寫景，除了第三句寫婦姑浴蠶之勞動生活外，餘則寫山村的自然景象，「竹溪村路板橋斜」暗示此處之清幽純樸，三句婦姑相喚之動態，與四句梔子花閒開之靜態，形成人與自然，動與靜之對照，意境高遠，首句入韻，音律和諧，頗有陶家風味。再如〈溫門山〉：

早入溫門山，群峰亂如戟。崩崖欲相觸，呀谽斷行跡。
脫屐尋淺流，定足畏欹石。路盡十里溪，地多千歲柏。
洞門晝陰黑，深處惟石壁。似見丹砂光，亦聞鍾乳滴。
靈池出山底，沸水衝地脈。暖氣成溼煙，濛濛窗中白。
隨僧入古寺，便是雲外客。月出天氣涼，夜鐘山寂寂。

（《王建詩集》卷四，頁 33）

此詩山景描寫細膩，主要刻畫「隨僧入古寺」之前的沿途自然奇險之景。二十句的詩中情景所展示的不是捕捉剎那間的感受，而是「早入溫門山」至「夜鐘山寂寂」一天中自然景象之呈現。前四句寫山勢奇崛，「脫屐尋淺流」以下十二句則摹寫沿溪步行於山林中之所見所聞，由十里溪、千歲柏、洞門黑、石壁深、丹砂光、鍾乳滴、靈池、沸水、暖氣、窗中白等多重意象之組合，構築成一奇特的山林妙境，王建開

放視覺、觸覺、聽覺等感官功能，無礙地接收自然山水之芬多精，形成無隔之景，末聯以月出而山寂之景句作結，意境高遠，餘味無窮。上舉諸山水詩中，透過他所開放的各種感官功能以接收自然山水之美妙訊息，所呈現的是無隔之景，心境上是閒適的，語言則是通俗明白。

　　王建尚有一些寫景佳句，或寫豪闊氣勢者，如「五峰直上插銀河，一澗當空瀉寥廓。崆峒黯淡碧琉璃，白雲吞吐紅蓮閣。」（〈題台州隱靜寺〉）和「丹梯暗出三重閣，古像斜開一面山。」（〈題柱國寺〉）等句，或繪清麗洗練者，如「煙霧開時分遠寺，山川晴處見崇陵。沙灣漾水圖新粉，綠野荒阡暈色繪。」（〈早登西禪寺閣〉）和「光動綠煙遮岸竹，粉開紅豔塞溪花。」（〈郭家溪亭〉）等句。除以上摘句批評外，王建尚有全詩寫景之山水詩，主要是以七言四句形式書寫，如〈江陵道中〉：

　　　　菱葉參差萍葉重，新蒲半折夜來風。
　　　　江村水落平地出，溪畔漁船青草中。（《王建詩集》卷九，頁84）

首聯細寫菱葉、萍葉、新蒲等植物狀態，尤以二句「新蒲半折夜來風」最能顯示王建體物之細膩，末聯寫潮起潮落之景象變化，遠景中的江村和漁船在潮水漲落之間的升降變化，亦能看出王建之敏銳觀察力。再如〈題渭亭〉：

　　　　雲開遠水傍秋天，沙岸蒲帆隔野煙。
　　　　一片蔡州青草色，日西鋪在古臺邊。（《王建詩集》卷九，頁82）

首聯所寫是岸邊尋常景色，末聯所寫的古臺邊，在青草色和夕陽斜照的光影變化中，展示出萬物與自然和諧的畫面。再如〈野池〉：

　　　　野池水滿連秋堤，菱花結實蒲葉齊。
　　　　川口雨晴風復止，蜻蜓上下魚東西。（《王建詩集》卷九，頁81）

雖說王建描寫的是無人整理的野池景象，然見其水滿、菱花結實、風復止、蜻蜓上下、魚東西等意象交疊，可看出生機盎然的一面。

四、賈島五律體描寫山水景物之動點和定點佈局

　　許學夷《詩源辨體》卷二五謂：「賈島五言律，……其他句多奇

僻，即變體，不可爲法，如『野水吟秋斷，空山影暮斜』『磬通多葉隙，月離片雲稜』『凌結浮萍水，雪和衰柳風。』『松生師坐石，潭滌祖傳盂』『西殿宵燈磬，東林曙風雨』『絕雀林藏鶻，無人境有猿』『井鑿山含月，風吹磬出林』『明曉日初一，今年月又三』『芽新抽雪茗，枝重集猿楓』『露寒鳩宿雨，鴻過月圓鐘』等句，最爲奇僻，皆前人所未有。」說明了賈島五律體造句『奇僻』的特點。我先查出文中幾聯詩句的出處：

〈哭胡遇〉：『野水吟秋斷，空山影暮斜』

〈夏夜〉：『磬通多葉隙，月離片雲稜』

〈冬夜〉：『凌結浮萍水，雪和衰柳風。』

〈送空公往金州〉：『松生師坐石，潭滌祖傳盂』

〈贈弘泉上人〉：『西殿宵燈磬，東林曙風雨』

〈馬戴居華山因寄〉：『絕雀林藏鶻，無人境有猿』

〈贈胡禪歸〉：『井鑿山含月，風吹磬出林』

〈二月晦日留別鄂中友人〉：『明曉日初一，今年月又三』

〈送朱休歸劍南〉：『芽新抽雪茗，枝重集猿楓』

〈寄慈恩寺郁上人〉：『露寒鳩宿雨，鴻過月圓鐘』

綜觀上列十首全詩，其中〈夏夜〉〈冬夜〉〈贈弘泉上人〉〈馬戴居華山因寄〉〈贈胡禪歸〉〈送朱休歸劍南〉〈寄慈恩寺郁上人〉等七首乃屬山水詩。許學夷所說的奇僻，實在很難理解，或許是指山林荒寒僻靜之景。

　　而我的分析自當與許學夷不同，我將從山水詩的角度切入，以詩人觀景的視角研究山水詩。詩人賞景時，依其行進式或定立式之不同，可歸結爲動點和定點兩種，賈島在安排動點式的寫景時，通常將山水景物安排在中間兩聯，而定點式的寫景方法則在開頭二句時即描寫山水景物。先說動點式，亦即賈島行進時所見的山水景物描寫，如〈春行〉：

去去行人遠，塵隨馬不窮。<u>旅情斜日後，春色早煙中。</u>
<u>流水穿空館，閒花發故宮。</u>舊鄉千里思，池上綠楊風。

（《賈島詩集校注》，頁 432）

首聯點明行旅時的奔波。在中間兩聯則極力刻劃山水景物，透過斜日早煙空館故宮等意象，展示出行旅中之荒寒景象。再如〈早行〉：

早起赴前程，鄰雞尚未鳴。<u>主人燈下別，羸馬暗中行。</u>
<u>躡石新霜滑，穿林宿鳥驚。</u>遠山鐘動後，曙色漸分明。

（《賈島詩集校注》，頁 433）

中間四句道出賈島黑夜中在山林**裏**艱險之旅，山林之景是昏暗不清的。末聯予人一種柳暗花明又一村的希望。再如〈暮過山村〉：

數里聞寒水，山家少四鄰。<u>怪禽啼曠野，落日恐行人。</u>
<u>初月未終夕，邊烽不過秦。</u>蕭條桑柘外，煙火漸相親。

（《賈島詩集校注》，頁 318）

中間兩聯的曠野之景，顯然顯現出賈島行旅時的驚恐心情，落日本是賞心，但結合了怪禽的啼叫聲，使得眼前景象變得可怖起來。經歷「蕭條桑柘」的無助旅途時，設想即將抵達人煙聚集之地。又如〈宿孤館〉：

落日投村戍，愁生爲客途。<u>寒山晴後綠，秋水夜來孤。</u>
<u>橘樹千株在，漁家一半無。</u>自知風水靜，舟繫岸邊蘆。

（《賈島詩集校注》，頁 307）

中間四聯寫投宿孤館的周邊自然景象，人煙稀少，予人荒寒之感，寒山和秋水相對，顯出孤寂的心境，千株橘樹和一半漁家相對，更強化寂寥之情情，此夜此景使賈島在客途中憂愁生。

　　上舉四首動點式的山水詩，強調賈島五律體的創作手法是將山水景象安排在中間兩聯，景象通常是昏暗而荒寒，予人驚懼之感。我們再看其定點式的山水詩，試看〈就峰公宿〉：

河出鳥宿後，螢火白露中。<u>上人坐不倚，共我論量空。</u>
殘月華晻曖，遠水響玲瓏。爾時無了夢，茲宵方未窮。

（《賈島詩集校注》，頁 67）

因爲和上人徹夜一同論述佛理，所以當賈島在幽靜山林寄宿時，較能

清心賞景，故將山林景象安排在首二句也。再看〈宿山寺〉：

> 眾岫聳寒色，精廬向此分。流星透疏木，走月逆行雲。
> 絕頂人來少，高松鶴不群。一僧年八十，世事未曾聞。
>
> （《賈島詩集校注》，頁310）

開頭兩句即點出賈島借宿山寺的山林景象。接著四句則寫禪意山色，由透和逆二字之使用，藉以形容流星和走月之狀態，可見其體物之細微。再如〈雨後宿劉司馬池上〉：

> 藍溪秋漱玉，此地漲清澄。蘆葦聲兼雨，芰荷香遠燈。
> 岸頭秦古道，亭面漢荒陵。靜想泉根本，幽崖落幾層。
>
> （《賈島詩集校注》，頁94）

開頭二句極寫藍溪雨後清澄之景象。後兩句的兼和遠二字，使用精密，接著的古首和荒陵則予人荒寒之景象。再如〈雪晴晚望〉：

> 倚杖望晴雪，溪雲幾萬重。樵人歸白屋，寒日下危峰。
> 野火燒岡草，斷煙生石鬆。卻迴山寺路，聞打暮天鐘。
>
> （《賈島詩集校注》，頁260）

開頭的溪雲和雪景，是很明亮的，但中間四句的景，是由白屋、寒日、野火、岡草、斷煙、石鬆等意象所構建，予人一種荒寒之感，此雪景是定點式的觀賞。再如〈南池〉：

> 蕭條微雨絕，荒岸抱清源。入舫山侵塞，分泉稻接村。
> 秋聲依樹色，月影在蒲根。淹泊方難遂，他宵關夢魂。
>
> （《賈島詩集校注》，頁105）

前六句皆為南池周邊之自然景觀。而開頭前兩句則是描繪出荒寒之景，「入舫山侵塞」之句，境象開闊，中間兩聯對仗精工。再如〈晚晴見終南諸峰〉：

> 秦分積多峰，連巴勢不窮。半旬藏雨**裏**，此日到窗中。
> 圓魄將昇兔，高空欲叫鴻。故山思不見，碣石沈寥東。
>
> （《賈島詩集校注》，頁190）

賈島所見終南諸峰連綿不窮，景象壯觀，他把景句先放安排在前二句。「此日到窗中」道出終南山的親近。再如〈易州登龍興寺樓望郡

北高峰〉：

> 郡北最高峰，巉巖絕雲路。朝來上樓望，稍覺得幽趣。
> 朦朧碧煙**裏**，群嶺若相附。何時一登陟，萬物皆下顧。

　　（《賈島詩集校注》，頁 65）

賈島在龍興寺樓上遠望山景，頗得幽趣，可能是在佛寺之故，首聯寫山峰之巔。接著寫群嶺在碧煙**裏**，看似相互依附的親暱。末聯道出登上高峰，享受下顧萬物之快感。〈江亭晚望〉：

> 浩渺浸雲根，煙嵐沒遠村。鳥歸沙有跡，帆過浪無痕。
> 望水知柔性，看山欲倦魂。縱情猶未已，回馬欲黃昏。

　　（《賈島詩集校注》，頁 120）

一開頭則是浩渺之山水景象。接著寫其在江亭晚望之風景。浩渺煙嵐予人模糊之感，鳥歸和帆過則是這模糊之景中的動態點綴之物，望水和看山是尋常賞景動作，加以末句「縱情猶未已」之表白，顯示親近山水之喜愛。

　　由以上諸多詩例可證，賈島善以五律體寫山水詩，而這山水詩依賈島觀物方式之差異而分動點式和定點式二種，動點式的山水詩將景物安排在中間兩聯，而定點式則安排在開頭兩句。這種五律體山水詩是南朝謝靈運的五古或是盛唐王維五絕所沒有的技法。《瀛奎律髓》評賈島：「賈浪仙五言詩律高古，平生用力之至者；七言律詩不逮也。」又《東目館詩見》亦評：「賈長江刻意無凡語，五律尤妙。」〔註 57〕若從其山水詩的角度視之，的確如此！

五、姚合山水詩之「雙重主謂結構」

　　姚合出自名門之後，是宰相姚崇的曾侄孫。〔註58〕他是吳興人（今

〔註57〕詳見陳伯海主編《唐詩彙評》，頁 2578～2579。
〔註58〕宋人計有功：《唐詩記事》卷四十九「姚合」條載曰：「合，宰相崇曾孫，登元和進士第，調武功主簿，世號姚武功。」表明姚合為姚崇曾孫，此說恐有誤。參見《唐詩記事》下冊，上海古籍出版社，頁 749。吳企明辯析姚合應為姚崇之曾侄孫。詳見《唐才傳校箋》第三冊，頁 114。

浙江湖州市），生於大曆十四年（779），卒於大和十三年後。歷任武功主簿、富平、萬年尉，監察御史、殿中侍御史、御史臺侍御史、金州和杭州刺史、諫議大夫、秘書監等官職。〔註 59〕在詩話文獻上，常與賈島合稱。如《後村詩話》：「亡友趙紫芝選姚合、賈島詩為《二妙集》，其詩語往往有與姚、島相犯者。」又《滄浪詩話》：「近世趙紫芝、翁靈舒輩，獨喜賈島、姚合之詩，稍稍復就清苦之風，江湖詩人多效其體，一時自謂之唐宗。」且張為《詩人主客圖》評賈姚為「清奇雅正主」項下，列姚合為「入室」，賈島為「升堂」，〔註 60〕在在強調姚賈二人具有相同之審美趣味和詩風意味。姚合曾依其詩歌喜好編選《極玄集》，卷上選王維、祖詠、李端、耿湋、盧綸、司空曙、錢起、郎士元、暢當，而卷下選韓翃、皇甫曾、李嘉祐、皇甫冉、朱放、嚴維、劉長卿、靈一、法振、皎然、清江、戴叔倫等二十一人，凡百首。

　　劉衍綜觀姚合詩集後，指出：「姚合擅長五律，多摹寫自然景物、寺觀亭臺及蕭條官況，風格清峭幽冷，時有孤吟不平之氣。」〔註 61〕而姚合在〈送李傳秀才歸宣州〉一詩化用山水詩人謝靈運之詩句，稱：「謝守青山宅，山孤宅亦平。池塘無復見，春草野中生。常日登樓望，今朝送客行。殷懃拂石壁，為我一書名。」因此從山水詩角度來研究姚合是可行的方法。然而《四庫全書總目》謂其詩：「合為詩刻意苦吟，工于點綴小景，搜求新意。」許總舉其代表作〈武功縣中作三十首〉說明姚合「全以生活瑣屑情事環繞視界，將自身局限於狹小空間之中。」〔註 62〕「點綴小景」和「狹小空間」之說能否全面概括姚合之寫景詩作呢？今將全面觀察姚合所摹寫自然景物之詩作，並加以論析，藉以印證前人之評價，期能重審姚合山水詩之成就。

〔註 59〕以上所述，詳見《唐才傳校箋》第三冊，頁 116～126。

〔註 60〕丁福保輯：《歷代詩話續編》上冊，（北京：中華書局，2001 年重印），頁 85～91。

〔註 61〕劉衍：《姚合詩集校考‧前言》，十卷本，（長沙：岳麓書社，1997 年 5 月），頁 3。

〔註 62〕詳見許總：《唐詩體派論》，頁 598。

　　姚合除了善寫山水組詩外，他也善於利用詩句之靈活組織，構築
令人嚮往的山林美境。如：

　　谷靜雲生石，天寒雪覆松。(〈送殷堯藩侍禦遊山南〉)

　　曉來山鳥散，雨過杏花稀。

　　天遠雲空積，溪深水自微。(〈山中述懷〉)

　　鳥啼三月雨，蝶舞百花風。

　　煙束遠山碧，霞敨落照紅。(〈寄安陸友人〉)

　　天近星辰大，山深世界清。

　　仙飆石上起，海日夜中明。(〈秋夜月中登天壇〉)

　　鳥穿山色去，人歇樹陰中。

　　數帶長河水，千條弱柳風。(〈夏日登樓晚望〉)

　　雨洗春山淨，春蒸大野融。

　　碧池舒煖景，弱柳嚲和風。(〈霽後登樓〉)

　　石淨山光遠，雲深海色微。(〈送陟遐上人遊天臺〉)

　　月下門方掩，林中寺更遙。

　　鐘聲空下界，池色在清宵。(〈過無可僧院〉)

　　古塔蟲蛇善，陰廊鳥雀癡。

　　雲開上界近，泉落下方遲。(〈題山寺〉)

　　轉壑驚飛鳥，穿山踏亂雲。

　　水從巖下落，溪向寺前分。(〈過靈泉寺〉)

　　青猿吟嶺際，白鶴坐松梢。

　　天外浮煙遠，山根野水交。(〈遊終南山〉)

　　月明松影路，春滿杏花山。

　　戲狖跳林末，高僧住石間。(〈遊杏溪蘭若〉)

　　露寒僧梵出，林靜鳥巢疏。

　　遠色當秋半，清光勝夜初。(〈酬李廓精舍南臺望月見寄〉)

在這山林美境中，姚合是如何塑造的呢？上舉十三首詩例裏，或寫動
物的千姿百態，如「曉來山鳥散」「鳥啼三月雨，蝶舞百花風」「鳥穿

山色去，人歇樹陰中」「古塔蟲蛇善，陰廊鳥雀癡」「轉壑驚飛鳥」「青猿吟嶺際，白鶴坐松梢」「戲狖跳林末，高僧住石間」「露寒僧梵出，林靜鳥巢疏」等句；或繪植物之生態，如「雨過杏花稀」「千條弱柳風」「弱柳颯和風」「月明松影路，春滿杏花山」；或摹純自然之景色，如「穀靜雲生石，天寒雪覆松」「天遠雲空積，溪深水自微」「煙束遠山碧，霞敧落照紅」「仙飆石上起，海日夜中明」「天外浮煙遠，山根野水交」「遠色當秋半，清光勝夜初」等句，建構出清淡幽遠的山林景象，令人嚮往！

　　若從語法角度分析上列句子，我們發現姚合每句皆使用「雙重主謂結構」，亦即五字中，前二字是一個主謂，後三字是另一個主謂，造成了兩個句子並列而表達一個句子的意義經濟的效果。如：

> 谷靜雲生石，天寒雪覆松。(〈送殷堯藩侍禦遊山南〉)
>
> 曉來山鳥散，雨過杏花稀。
>
> 天遠雲空積，溪深水自微。(〈山中述懷〉)
>
> 煙束遠山碧，霞敧落照紅。(〈寄安陸友人〉)
>
> 天近星辰大，山深世界清。(〈秋夜月中登天壇〉)
>
> 雨洗春山淨，春蒸大野融。(〈霽後登樓〉)
>
> 石淨山光遠，雲深海色微。(〈送陟遐上人遊天臺〉)
>
> 雲開上界近，泉落下方遲。(〈題山寺〉)
>
> 露寒僧梵出，林靜鳥巢疏。(〈酬李廓精舍南臺望月見寄〉)

在第一詩例「谷靜雲生石」句中，『谷靜』是主謂結構，此詞足以表達一個完整的意義，『雲生石』亦是主謂結構，表達了遠望山石，可見浮雲從其上掠升的意境。兩種主謂子句構成因果關係，因『谷靜』才有『雲生石』之山林美境也。其他詩例依此類推，兩個主謂子句間俱有因果關係，雪覆松乃因天寒，山鳥散乃因曉來，杏花稀乃因雨過，遠山碧乃因煙束，星辰大乃因天近，春山淨乃因雨洗。故而山林美境之顯現，則藉由這些「雙重主謂結構」的句法安排，更能令讀者獲得審美享受，進而想投入山林之懷抱，其藝術技巧是值得借鑑的。

關於前人的詩話評論，若從山水詩的角度切入，則「點綴小景」和「狹小空間」之說，不攻自破。

第四節　本章小結

本章從情景關係、對仗和詞句以及篇章佈局等三個方面來探討中唐山水詩的藝術技巧，從中學習創作山水詩。以下條列我的發現：

第一，在「情景關係」一節中，結合錢起之仕宦生涯和生活經歷，得出，錢起佛寺之自然景使內心平靜。柳宗元由於十四年貶謫經歷及四十七歲之短壽，故而在其山水詩中顯示出峭險空荒之景下的孤憤之情，而韋應物常有隱居之舉，從而在清澄之山水景色中看出清閒的心情。第二，在「對仗和詞句」一節中，我們發現劉長卿詩中「惆悵」的情緒標籤及「一千」詞語相對是種結合其個性『剛而犯上』特點而顯現的。

其次，韋應物善用鐘聲鳥鳴，以反襯山水之靜謐，正所謂「蟬噪林逾靜，鳥鳴山更幽」。從另一角度來看，他是要追求內心平靜的境界。再者，韓愈的句法有散文化、句式奇變及或字連用等特點。接著探究孟郊山水詩中之對仗刻鏤及險語以及賈島之煉句，使山水充滿生命力。

第三，在「篇章佈局」一節中，韋應物將山景詩句放在末聯以及人間之忙和山水之賞結合，其次，李賀虛構哀險幻境之山水詩——鬼魅之境，再者，王建用五官佈局以及七絕全景式描寫，再者，賈島五律體描寫山水景物的動點和定點佈局，再者，姚合以「雙重主謂結構」之詩句組識建構山林美境。

第八章 結 論

　　本論文共有八章，除去前後「緒論」及「結論」兩章，主體研究則有六章，其間討論頗有清晰理路可尋，第二章先正本清源，採用史學方法，以宏觀角度論述中唐山水詩之源頭，自詩經、楚辭及漢賦談起，中經謝靈運爲首位大量創作山水詩的詩人，直到初盛唐王績王孟李杜等五大詩人之山水詩研析。

　　自第三章起，則以針對中唐時期之特殊文學現象深入剖析，採用傳統知人論世和以意逆志的方法，三個章節針對詩人作官有無與山水詩創作之關係，兩個章節針對作品體式及創作藝術，以詩人之政治仕履經歷爲貫串全論文之核心觀點，如同串連顆顆珍珠的絲線，思索詩人作官經歷與中唐山水詩兩者之間之關聯，亦即尋繹中唐時期山水詩從何而來，於是乎有，第三章「中唐詩人遊宦與山水詩創作」，根據詩人平調或升官等情況，他們會遠離京城至全國各地任職，尤其江南一帶，故有山水詩產生。再者第四章「中唐詩人貶謫與山水詩創作」乃依詩人降官，流放各地，因此亦有山水詩，兩者呈現因果關係。另外，中唐時期詩僧增多了是一個較爲特殊的文學現象，他們也寫山水詩，所以第五章也是從詩人角度切入，只是身份不是文士，而是會寫詩的僧人，故而有「中唐詩僧之山水詩」之研析。

　　還有兩章是針對中唐山水詩的作品而分析，作品分析主要就體式

和藝術技巧來著眼。學界對這兩部分的研究是較為單薄,他們研究謝靈運或謝朓山水詩時,由於南朝時期律體尚在嘗試階段,在體式上,是以五古為主,所以體式會略而不談,且南朝詩人相對中唐詩人數量而言,並不多見,而本論文至少就提出十四位詩人山水詩文本進行美學分析及闡釋,得出較為客觀的結論。在藝術技巧方面,我並非單純從作品去賞析,而是結合詩人仕宦經歷去剖析中唐詩人在山水詩藝術上之特徵。論文中每一章各有固定的形式結構,每章末尾各設一小結,精要強調該章之論點,而節與節以及章與章,形成一個有機的組合,這個組合皆服務於「中唐山水詩」這個總目標,架構嚴密,聯繫有條。以下我將條列對中唐山水詩探索之研究成果。

一、緒論之章

本章主要貢獻有二點,第一是製表分析山水詩研究中對中唐這一時期之研究情形,發現有不足之處。第二,在理清「山水詩」一詞之來源後,我對其進行較為周延的定義:「狹義來說,<u>山水詩是專指南朝時期新穎題材的詩歌</u>,所謂「莊老告退,山水方滋」。先驅者謝靈運沖淡了魏晉玄言詩的枯燥說理,透過大量創作以自然景物為審美對象的山水詩,奠定其「山水詩祭酒」的開創性地位,從而使後人注意到山水詩這一類的題材內容。廣義來說,山水詩至少應把握二個原則:第一,內容以自然山水為主要描寫對象,第二,自然山水中的審美對象除了<u>生物性</u>的鳥獸蟲魚、花木草竹和<u>非生物性</u>的日月風雪、山川石沙外,亦包含點綴其間的亭台樓閣、寺廟道觀等人文景觀。

二、中唐山水詩探源之章

本章提供讀者對山水詩自詩經至盛唐這一漫長之歷史跨代之源流發展過程有一系統性之理解,論述時,必以詩歌文本為證據加以申論,先是以詩經、楚辭和漢賦為山水詩之源頭,這些作品所提及之山水景物,皆作為言情表志之陪襯作用,南朝才是山水詩成形的開始,

山水自然對詩人來說已具有審美價值。接著研析謝靈運、謝朓、梁帝
王和陶淵明等四種山水詩類型之代表詩人。再進而討論初盛唐山水詩
之興盛期，研討了初唐的王績，以及盛唐的王孟李杜等四大詩人之山
水詩作品。就山水詩史角度看，王績和孟浩然沿陶的路線，李白沿二
謝的路線，王維和杜甫則開中唐五絕體式和可怖山水書寫之路。

藉由這些基礎性的理解後，正爲了往後五個章節作暖身運動。如
王維輞川集二十首五絕體山水詩之研析，提出了禪學議題，與中唐詩
僧山水詩可作一聯繫。又五絕體山水詩則與中唐山水詩體式之流變發
生了關係。在論楚辭時，談到了屈原流放的問題，引發了中唐山水詩
與詩人貶謫問題之研討。在論謝朓時，曾將他定爲宦遊山水詩類型之
詩人，故延伸了中唐山水詩與遊宦之問題研析。思路重新調整後，則
形成了三個章節以詩人之角度出發，兩個章節則從作品方向考察。

三、中唐詩人遊宦與山水詩創作之章

安史之亂後，大批文人避居江南，使江南一帶成爲京洛之外的經
濟文化中心，大曆時期浙東和湖州兩個文人集團的山水詩聯句是值得注
意的文學現象。除了述及聯句發展歷史外，我還分析他們的作品，如鮑
防集團主要的山水詩聯句是〈狀江南十二詠〉，顏眞卿集團所創作山水
詩聯句有〈與耿湋水亭詠風聯句〉〈登峴山觀李左相石尊聯句〉〈又溪館
聽蟬聯句〉〈秋日盧郎中使君幼平泛舟聯句一首〉〈五言夜宴詠燈聯句〉
〈五言玩初月重遊聯句〉〈五言夜集聯句〉〈五言重送橫飛聯句〉等。

另外，中唐時期有劉長卿、韋應物、元稹、白居易在江浙地區任
地方刺史之仕宦經歷，我將歌詠蘇州、杭州、越州自然山水風光之山
水詩作整理歸納後，進行美學分析及比較，尙有一點可注意的是元稹
白居易的竹筒傳詩唱和，開創次韻山水詩之形式。

再者，當詩人遊宦至江南時，官務之餘，他們在郡齋之外會興建
別業，或是遊宿寺觀，他們把別業和寺觀當成心靈另一個的精神家
園。由此所形成的山水詩亦是考察之重點，我列舉諸多中唐詩人所創

作的別業或寺觀山水詩，諸如劉長卿、韋應物、錢起、皇甫冉、嚴維、顧況、竇群、戴叔倫、盧綸、李端、暢當、冷朝陽、張籍、元稹等多位中唐詩人，發現他們山水詩是值得後人作詩借鑑的。這些山水詩皆是前人較少述及的。

最後，結合韋應物的一生之仕宦經歷與山水詩之論述，重新理解詩話中的韋應物山水。以其任職京洛地區和滁州江州蘇州等地之官職看來，其山水詩之所以具有平淡自然之風格，乃由於寄居善福精舍及同德寺之緣故。而其缺少貶謫經歷之騷怒則可與柳宗元山水詩作一區隔。

四、中唐詩人貶謫與山水詩創作之章

中唐詩人劉長卿、元稹、白居易、韓愈、柳宗元、劉禹錫、賈島、姚合等俱有遭貶之經歷，而姚合之貶金州，元稹之貶河南尉，不在本文討論之列，因其貶途不夠遠也。本章欲闡釋因中唐詩人在政治上雖遭受放逐經歷，然正因貶居各地，見聞增多了，其山水詩自然多了一些元素，這是值得研究的。

先分析詩人被貶原因，我從唐代文獻材料中稽查，諸如新舊《唐書》《資治通鑑》《唐人筆記小說》以及詩人別集等，發現他們被貶的理由皆是非罪之罪，他們並非十惡不赦之人，亦無從事非法活動，滿懷忠君愛國之志，卻在主觀方面，因個性剛直，在客觀方面，因政治環境之險惡，全都遭到迫害，劉長卿被誣告非法取財，韓愈關心人民飢荒以及諫迎佛骨，劉禹錫和柳宗元推行革新政策，元稹遭宦官擊面，白居易諫告皇帝等等為執著政治理想而付出滿腔熱血，換來的竟是遭皇帝驅逐之命運。既然因無罪而遭貶，其心哀必流露於詩中，所以在踏上貶途後，其心境則與此有關矣！於是再探析貶途中的心境及其山水風光描述。透過中唐六位詩人在貶途中所寫的山水詩，我們發現貶途風景大都是荒寒昏暗而尖山驚浪的，且伴隨猿啼浪聲，心境上則呈現悲苦驚恐。有思鄉、孤寂、貶謫等元素摻雜其中。

最後則析研貶居生活所寫的山水詩。中唐詩人被貶之地域遍及長

江上中下游及嶺南地區。長江上游之貶地有忠州、通州、遂州長江縣，三地在蜀。長江中游之貶地有朗州、江陵等。長江下游之貶地有洪州、睦州、江州等。嶺南之貶地則有永州、柳州、連州陽山、潮州、連州等。就貶期而言，韓愈最少，兩次加總約三年左右，劉長卿雖貶南巴，始終僅在洪州待命，元稹九年江陵和通州，白居易忠州不到二年，江州近四年。而劉柳最慘，超過十年以上，柳宗元有十四年，最後死於柳州。

　　他們多描寫當地之風光景色，如劉禹錫在連州的〈海陽十詠〉，白居易在遊山玩水之際，亦描寫許多江州的秀麗風光和名勝古蹟，如潯陽樓、湓水、百花亭、庾樓、大林寺、東林寺、廬山、香鑪峰等地。劉長卿在洪州待命期間，他也遊覽鄱陽、餘干等地，寫下一些山水詩，如〈將赴嶺外留題蕭寺遠公院寺即梁朝蕭內史創〉〈奉陪鄭中丞自宣州解印與諸姪宴餘干後溪〉等。這些貶地山水詩通常有幾種內涵，即貶謫之悲又有思鄉之情懷，如江州、柳州山水。亦有送別友人，如劉長卿到了睦州後，許多山水詩的創作大都集中在應酬送別友人和當地的遊覽風光。在應酬送別友人身分中又可分官員、僧人和道士三類。亦有有描述孤寂和舒悶，如柳宗元永州山水詩。元稹在通州之山水詩似乎不多，即使有的話，應當是將其淒惋之意融入山水之景中。而賈島在晚年因飛謗貶官，僅一首山水詩，頗且禪意而無貶謫。韓愈在陽山是沒有留下山水詩的。

五、中唐詩僧之山水詩之章

　　我先探討皎然《詩式》及其山水詩之間的關聯，其實也在導引文學理論和文學創作之間的聯結。我發現皎然《詩式》與山水詩可作為聯結的詩學觀點主要是以「對句與苦思」、「不睹文字」為二大核心概念。對句與苦思可證其寫詩之態度嚴謹，「不睹文字」說明了其山水詩的空靈之境及禪意之特點矣。其次，文人寫送僧山水詩是種普遍現象，但如果是詩僧寫給僧人的送僧山水詩，這就特別了。我發現到曾為詩僧的賈島寫了許多送僧山水詩，在這些送僧山水詩中，不難看出賈島對僧人之誠眞友誼，詩中之山水風景為開闊的，中間兩聯對仗精

工,苦心鍛鍊,詩中時有禪語,體式上多爲五律。最後則探析詩僧在無官職之累下的山水詩,所謂修行山水詩,我分禪寺修行和雲遊四海修行兩種,發現詩僧將山林禪寺坐禪或觀心之修行經驗記錄於詩歌,且無可在雲遊四海過程中,雖無疲態,然最後仍想安居在禪寺之中。

六、中唐詩人在山水詩體式上之貢獻之章

從組詩角度看,錢起〈藍田溪雜詠〉二十二首和張籍〈和韋開州盛山十二首〉韓愈〈奉和虢州劉給事使君三堂新題二十一詠〉是繼承王維五絕體式的山水組詩而來,而劉長卿〈湘中紀行十首〉孟郊〈峽哀〉〈石淙〉〈寒溪〉和劉禹錫〈海陽十詠〉的五古體式山水組詩各有特點,值得注意的是,中唐山水組詩體式的開創,有劉長卿五言六句的〈龍門八詠〉、姚合五言六句的〈題金州西園九首〉〈杏溪十首〉,再來是姚合五律的〈陝下厲玄侍禦宅五題〉〈遊春十二首〉以及七絕韓愈〈盆池〉。其次是五古長篇的千字山水詩,有韓愈的〈南山詩〉(204 句,1020 字)、白居易的〈遊悟眞寺〉(1300 字)和劉禹錫的〈遊桃源一百韻〉(1000 字)。最後是樂府民歌體式,有李賀之樂府體式山水詩以及劉禹錫之民歌式山水詩。專章來研討中唐山水詩體式作深入之分析是沒有學者討論過的。

七、中唐詩人之山水詩創作藝術之章

本章擬從情景關係、對仗和詞句以及篇章佈局等方面研析中唐詩人的山水詩藝術技巧,分析過程中,不是以簡單的修辭技巧作探討,而是結合詩人生平遭遇之特殊性來論述。第一,在「情景關係」一節中,結合錢起之仕宦生涯和生活經歷,得出,錢起佛寺之自然景使內心平靜。柳宗元由於十四年貶謫經歷及四十七歲之短壽,故而在其山水詩中顯示出峭險空荒之景下的孤憤之情,而韋應物常有隱居之舉,從而在清澄之山水景色中看出清閒的心情。第二,在「對仗和詞句」一節中,我們發現劉長卿詩中「惆悵」的情緒標籤及「一千」詞語相對是種結合其

個性『剛而犯上』特點而顯現的。其次，韋應物善用鐘聲鳥鳴，以反襯山水之靜謐，正所謂「蟬噪林逾靜，鳥鳴山更幽」。從另一角度來看，他是要追求內心平靜的境界。再者，韓愈的句法有散文化、句式奇變及或字連用等特點。接著探究孟郊山水詩中之對仗刻鏤及險語以及賈島之煉句，使山水充滿生命力。第三，在「篇章佈局」一節中，韋應物將山景詩句放在末聯以及人間之忙和山水之賞結合，其次，李賀虛構哀險幻境之山水詩──鬼魅之境，再者，王建用五官佈局以及七絕全景式描寫，再者，賈島五律體描寫山水景物的動點和定點佈局，動點式的山水詩將景物安排在中間兩聯，而定點式則安排在開頭兩句。最後，姚合以「雙重主謂結構」之詩句組識建構山林美境。

　　最後，我想再提出一個具體數據更有助於對中唐山水詩體式之瞭解，如下表：

表　中唐山水詩分析表

詩人 ＼ 體式	五絕	七絕	五律	七律	五古	七古	樂府	總計	備註
1 錢起	22	0	22	3	**36**	0	0	83	
2 劉長卿	8	3	**37**	8	25	0	1	85	含六律絕 3
3 韋應物	8	6	16	4	**44**	0	0	78	
4 韓愈	**22**	12	5	0	9	4	0	52	
5 孟郊	0	1	5	0	**77**	3	3	89	
6 李賀	0	**13**	0	0	6	7	4	30	
7 張籍	14	5	**19**	0	8	0	0	46	
8 王建	1	**10**	2	9	7	0	1	30	
9 元稹	0	7	1	8	**10**	5	0	31	
10 白居易	3	14	17	20	**29**	2	0	88	憶江南 3
11 劉禹錫	0	23	6	3	**27**	2	1	62	
12 柳宗元	2	3	1	3	**11**	1	0	21	
13 賈島	2	2	**50**	3	3	0	0	60	
14 姚合	0	0	**40**	4	24	0	0	68	

　　此表顯示，中唐詩人的群體山水詩成就有別於盛唐和南朝兩個時期者，乃在於眾體兼備，數量上尤以五古居多，五律次之，體現出山水詩的創作上，自由和非自由兩種手段皆能游刃有餘。自由式的五古當以錢起、韋應物、孟郊、元稹、白居易、劉禹錫和柳宗元爲操盤手，非自由式的五律則以劉長卿、張籍、賈島、姚合爲掌舵者。就體式而言，中唐已包融了盛唐王維絕句式寫意的山水詩，以及南朝謝靈運五古式寫貌的山水詩，呈現出「詩到元和體變多」的繁榮局面。

　　以上幾點研究成果皆可作爲文學史或文學批評史的補充或修正參考，亦能具體證驗詩話文獻之說法，故本論文實深具學術價值，後續仍可從貶謫、禪學、文人集團與山水詩結合的角度研究歷代詩人及其作品之闡釋。

參考書目

說明：依本論文實際需要，參用歷代學者研究成果，<u>主要依文獻參考性質排列</u>，傳統文獻依時代，而近人論著則依筆劃。

一、詩人別集・校注・總集・年譜等

1. 〔晉〕陶淵明著、逯欽立校注：《陶淵明集》（台北：里仁，民國 74 年）。

2. 〔南朝宋〕謝靈運著、黃節註：《謝康樂詩註》（台北：藝文印書館，民國 76 年 10 月四版）。

3. 〔南齊〕謝朓撰、郝立權注：《謝宣城詩注》（台北縣：藝文印書館，民國 65 年）。

4. 〔唐〕王績著、王國安注：《王績詩注》（上海：上海古籍出版社，1990 年）。

5. 〔唐〕王維著、〔清〕趙殿成箋注：《王右丞集箋注》（上海：上海古籍出版社，1998 年 8 月）。

6. 〔唐〕孟浩然撰、李景白校注：《孟浩然詩集校注》（四川省成都市：四川人民出版，1988 年）。

7. 〔唐〕李白著、瞿蛻園等校注：《李白集校注》（台北市：里仁書局，民國 70 年）。

8. 〔唐〕杜甫著、〔清〕仇兆鰲注：《杜詩詳註》（北京：中華書局，1979 年）。

9. 〔唐〕劉長卿著，儲仲君箋注：《劉長卿詩編年箋注》（北京：中華書局，1999 年重印）。

10. 〔唐〕韋應物著、孫望編著:《韋應物詩集繫年校箋》(北京:中華書局,2006 年重印)。

11. 〔唐〕錢起著、阮廷瑜校注:《錢起詩集校注》(台北市:新文豐,民國 85 年)。

12. 〔唐〕韓愈著,嚴昌校點:《韓愈集》(長沙:嶽麓書社,2000 年)。

13. 〔唐〕張籍著,李冬生注:《張籍集注》(合肥:黃山書社,1989 年 12 月)。

14. 〔唐〕劉禹錫著,瞿蛻園校點:《劉禹錫全集》(上海市:上海古籍出版社,1999 年)。

15. 〔唐〕柳宗元著,朱玉麒、楊義等今譯:《柳河東全集》(北京:北京燕山出版社,1996 年 4 月)。

16. 〔唐〕白居易著、朱金城箋校:《白居易集箋校》(上海:上海古籍出版社,1988 年)。

17. 〔唐〕王建著:《王建詩集》中華書局上海編輯所編輯之版本,1959 年 7 月。

18. 〔唐〕李賀撰、(明) 曾益等注:《李賀詩注》(台北市:世界書局,1996 年 7 月第 6 次印刷 (1963 年))。

19. 〔唐〕李賀撰、葉蔥奇疏注《李賀詩集》(北京:人民文學,1998 年)。

20. 〔唐〕賈島著、李建崑校:《賈島詩集校注》(台北市:里仁,民國 91 年)。

21. 〔唐〕賈島著、李嘉言著:《長江集新校》(開封:河南大學出版社,2008 年 4 月)。

22. 〔唐〕姚合著、劉衍:《姚合詩集校考》(長沙:岳麓書社,1997 年 5 月)。

23. 〔唐〕孟郊著、邱燮友、李建崑校注:《孟郊詩集校注》,(臺北市:新文豐,民國 86 年)。

24. 〔唐〕劉禹錫著、瞿蛻園箋證:《劉禹錫集箋證》(上海:上海古籍出版社,1989 年 12 月第 1 版)。

25. 〔唐〕劉禹錫著、蔣維崧、趙蔚芝、陳慧星、劉聿鑫箋注:《劉禹錫詩集編年箋注》(濟南:山東大學出版社,1997 年 9 月)。

26. 〔唐〕柳宗元著、王國安著:《柳宗元箋釋》(上海:上海古籍出版社,1993 年 9 月第 1 版,1998 年 2 月第 2 次印刷)。

27. 〔唐〕劉禹錫著、高志忠著:《劉禹錫詩文繫年》(南寧:廣西人民出版社,1988 年 9 月)。

28. 〔南朝梁〕劉勰著，陸侃如、牟世金譯注：《文心雕龍譯注》（濟南：齊魯書社，1995 年 4 月第 1 版）。

29. 〔南朝梁〕蕭統主編：《昭明文選》（北京：華夏出版社，2000 年 2 月）。

30. 〔宋〕郭茂倩編：《樂府詩集》（北京：中華書局，1998 重印）。

31. 〔宋〕洪興祖撰：《楚辭補注》（台北：漢京文化，民國 72 年 9 月）。

32. 〔宋〕李昉敕編：《文苑英華》（台北市：大化，民國 74 年）。

33. 〔清〕彭定求等纂：《全唐詩》（北京：中華書局，1996 年 1 月第 6 次印刷）。

34. 〔清〕董誥等奉敕撰：《全唐文》（台北市：大通，民國 68 年）。

35. 卞孝萱：《元稹年譜》（濟南：齊魯書社，1980 年 6 月第 1 版）。

36. 李學勤主編：《十三經注疏·毛詩正義》下冊（北京：北京大學出版社，1999 年 12 月）。

37. 張達人編訂：《唐劉夢得先生禹錫年譜》（台北：台灣商務印書館，民國 71 年 10 月）。

38. 賴永海釋譯：《唐高僧傳》（台北：佛光，民國 87 年）。

39. 羅聯添著：《白樂天年譜》（台北市：國立編譯館，民國 78 年 7 月初版）。

二、史書·方志·筆記小說·詩話等

1. 〔西漢〕司馬遷著：《史記》（北京市：中華書局，民國 86 年）。

2. 〔東漢〕班固撰：《漢書》（北京市：中華書局，民國 86 年）。

3. 〔南朝宋〕范曄、〔唐〕李賢等注：《後漢書》（北京市：中華書局，民國 86 年）。

4. 〔北齊〕魏收撰：《魏書》（北京市：中華書局，民國 86 年）。

5. 〔梁〕蕭子顯：《南齊書》（北京市：中華書局，民國 86 年）。

6. 〔唐〕歐陽詢撰：《藝文類聚》（台北市：中文，民國 69 年）。

7. 〔唐〕姚汝能撰，曾貽芬點校：《開元天寶遺事·安祿山事跡》（北京：中華書局，2006 年）。

8. 〔唐〕房玄齡等撰：《晉書》（北京市：中華書局，民國 86 年）。

9. 〔唐〕姚思廉：《梁書》（北京市：中華書局，民國 86 年）。

10. 〔唐〕李吉甫撰、賀次君點校：《元和郡縣圖志》（北京：中華書局，1983（2005 年重印））。

11. 〔蜀〕何光遠：《鑒誡錄》（北京：中華書局，叢書集成初編本，1985年新一版）。

12. （後晉）劉昫等：《舊唐書》（北京市：中華書局，1997年3月第6次印刷）。

13. 〔宋〕司馬光編著、〔元〕胡三省音注：《資治通鑑》（北京：中華書局，1996年）。

14. 〔宋〕歐陽脩、宋祁撰：《新唐書》（北京市：中華書局，1997年3月第6次印刷）。

15. 〔宋〕王讜撰，周勛初校證：《唐語林校證》（北京：中華書局，1997年第2次印刷）。

16. 〔宋〕計有功輯：《唐詩記事》（上海：上海古籍出版社，2008年4月第2版）。

17. 〔宋〕樂史：《太平寰宇記》（北京：中華書局，1985年）。

18. 〔清〕沈德潛編，李克和等校點：《唐詩別裁集》（長沙：岳麓書社，1998年2月）。

19. 〔清〕王夫之等：《清詩話》（上海：上海古籍出版社，1999年6月第1版）。

20. 〔清〕何文煥輯：《歷代詩話》（北京：中華書局，2001年重印）。

21. 丁福保輯：《歷代詩話續編》（北京：中華書局，2001年重印）。

22. 上海古籍出版社編：《唐五代筆記小說大觀》（上海：上海古籍出版社，2000年3月）。

23. 常振國、降雲編：《歷代詩話論作家》四冊（台北市：黎明文化，民國82年）。

24. 郭紹虞編選，富壽蓀校點：《清詩話續編》（上海：上海古籍出版社，1999年6月）。

25. 郭紹虞編選，富壽蓀校點：《清詩話續編》（上海：上海古籍出版社，1999年6月第2次印刷）。

26. 陳伯海主編：《唐詩彙評》（杭州：浙江教育出版社，1995年5月第1版）。

27. 聖印法師：《六祖壇經今譯》（台北：天華出版社，民國76年6月5版）。

28. 譚其驤主編：《中國歷史地圖集》第五冊：隋、唐、五代十國時期（北京：中國地圖出版社，1996年6月重印）。

三、文學史・詩史・文學研究等

1. 〔清〕紀昀總纂：《四庫全書總目提要》第四冊（河北：河北人民出版社，1989 年）。

2. 〔美〕宇文所安著、陳引馳，陳磊澤譯：《中國『中世紀』的終結：中唐文學文化論集》（北京：生活・讀書・新知三聯書店，2006 年 1 月）。

3. 《十三經注疏》整理委員會整理：《十三經注疏》（北京：北京大學出版社，1999 年 12 月）。

4. 丁成泉：《中國山水詩史》（臺北市：文津，1995）。

5. 丁成泉輯注：《中國山水田園詩集成》（武漢市：湖北教育，2003 年）。

6. 王國瓔：《中國山水詩研究》（臺北市：聯經出版社，1986）。

7. 朱大渭等：《魏晉南北朝社會生活史》（北京：中國社會科學出版社，1998 年 8 月）。

8. 朱光潛：《朱光潛美學文集》第二卷（上海：上海文藝出版社，1989 年）。

9. 朱德發：《中國山水詩論稿》（濟南：山東友誼，1994）。

10. 吳企明編：《李賀資料彙編》（北京：中華書局，1994 年（2004 重印））。

11. 吳庚舜、董乃斌主編：《唐代文學史》下冊（北京：人民文學出版社，2000 年 6 月重印）。

12. 吳鋼、張天池、劉光漢補注：《劉禹錫詩文選注》（增訂本）（西安：三秦出版社，1987 年 12 月）。

13. 宋緒連等主編：《唐詩藝術技巧分類辭典》（北京：中國人民大學出版社，1996 年 10 月）。

14. 李文初等：《中國山水詩史》（廣東省：廣東高等教育出版，1991 年）。

15. 李亮著：《詩畫同源與山水文化》（北京：中華書局，2004 年）。

16. 李建崑：《韓愈詩探析》（台中：中興大學（李建崑），1999 年 9 月 9 日）。

17. 李建崑：《敏求論詩叢稿》（台北市：秀威資訊，2007 年 10 月）。

18. 李澤厚：《美的歷程》（新店：谷風出版社，1984 年 7 月）。

19. 周嘯天：《唐絕句史》（合肥：安徽大學出版社，1999 年）。

20. 尚永亮：《元和五大詩人與貶謫文學考論》（台北市：文津出版社，民國 82 年）。

21. 房日晰：《唐詩比較研究》（合肥：安徽大學出版社，2004 年 12 月）。

22. 林文月：《山水與古典》(台北：純文學出版社，民國 70 年 3 月 3 版)。
23. 祁志祥：《佛學與中國文化》(上海：學林出版社，2000 年 12 月)。
24. 紀作亮：《張籍研究》(合肥：黃山書社，1986 年 7 月)。
25. 胡可先：《中唐政治與文學：以永貞革新爲研究中心》(合肥：安徽大學出版社，2000 年 10 月)。
26. 胡遂：《佛教禪宗與唐代詩風之發展演變》(北京：中華書局，2007 年 4 月)。
27. 胡曉明：《萬川之月：中國山水詩的心靈境界》(北京：三聯書店，1992 年)。
28. 孫琴安：《唐詩選本提要》(上海：上海書店出版社，2005 年 1 月)。
29. 孫琴安：《唐詩與政治》(上海：上海人民出版社，2003 年)。
30. 袁行霈：《中國詩歌藝術研究》(台北：五南出版社，民國 88 年 5 月初版 3 刷)。
31. 高樹藩編纂：《正中形音義綜合大字典》(臺北市：正中書局，民國 63 年)。
32. 張天健：《唐詩答疑錄》(北京：中國文聯出版社，2004 年 9 月)。
33. 張海沙：《初盛唐佛教禪學與詩歌研究》(北京：中國社會科學出版社，2001 年)。
34. 許總：《唐詩史》(江蘇：江蘇教育出版社，1995 年 3 月第 2 次印刷)。
35. 許總：《唐詩體派論》(台北市：文津出版社，民國 83 年)。
36. 陳友琴編：《白居易資料彙編》(北京：中華書局，1962 年 (2005 年重印))。
37. 陶文鵬、韋鳳娟主編：《靈境詩心——中國古代山水詩史》(南京：鳳凰出版社，2004 年 4 月)。
38. 陶敏、李一飛：《隋唐五代文學史料學》(北京：中華書局，2001 年 11 月)。
39. 傅璇琮主編：《唐才子傳校箋》(北京：中華書局，2000 重印)。
40. 傅璇琮：《唐代詩人叢考》(北京：中華書局，2003 年 5 月新 1 版)。
41. 傅璿琮主編：《唐五代文學編年史》(瀋陽市：遼海出版社，1998 年)。
42. 葉樹發：《柳宗元傳》(長春市：吉林文史出版社，1998 年 3 月)。
43. 葛曉音：《山水田園詩派研究》，瀋陽市：遼寧大學出版社，1993 年。
44. 蔣寅：《大曆詩人研究》(北京：中華書局，1995 年 8 月)。
45. 謝明輝：《王建詩歌研究》(台北縣永和市：花木蘭文化出版社，2008

年9月）。

46. 謝明輝：《國學與現代生活》（台北市：秀威資訊，2006年）。

47. 鍾優民：《新樂府詩派》（瀋陽：遼寧大學出版社，1997年7月第1版）。

48. 簡錦松：《唐詩現地研究》（高雄市：中山大學出版社，2006年）。

49. 羅聯添：《唐代文學論集》（臺北：學生書局，民國78年）。

50. 譚其驤主編：《中國歷史地圖集》（北京：中國地圖出版社，1996年6月重印）。

51. 嚴耕望：《嚴耕望史學論文選集》（北京：中華書局，2006年12月）。

四、學位論文

1. 何映涵：《柳宗元山水詩之研究》（國立臺灣大學中國文學研究所碩論，2007年）。

2. 吳若梅：《謝靈運的政治生涯與其山水詩的關係》（國立彰化師範大學國文學系碩論，民國93年）。

3. 李及文：《王維山水詩句的美學鑑賞及研究》（國立彰化師範大學國文學系碩論，民國93年）。

4. 李海元：《謝靈運與鮑照山水詩研究》（國立政治大學中國文學研究所碩論，民國76）。

5. 李遠志：《盛唐山水詩研究》（國立高雄師範大學國文學系博論，民國90年）。

6. 李慧玟：《劉長卿山水詩研究》（南華大學文學研究所碩論），民國95年。

7. 汪美月：《楊萬里山水詩研究》（國立高雄師範大學國文教學碩士班碩論，民國90年）。

8. 周曉蓮：《中唐樂舞詩研究》（中國文化大學中國文學研究所博士論文，民國91年）。

9. 林天祥：《范成大山水田園詩研究》（國立成功大學歷史語言研究所碩論，民國79年）。

10. 林珍瑩：《楊萬里山水詩研究》（國立高雄師範大學國文研究所碩論，民國80）。

11. 林雅韻：《杜甫山水紀遊詩研究》（輔大中文系碩論，民國90年）。

12. 宮菊芳：《南北朝山水詩研究》（輔仁大學中國文學研究所碩士論文，民國63年）。

13. 張修蓉：《中唐樂府詩研究》（國立政治大學中國文學研究所博士論文，民國 70 年）。

14. 張滿足：《晉宋山水詩研究》（國立高雄師範大學國文學系博論，民國 88 年）。

15. 莊蕙綺：《中唐詩歌「由雅入俗」的美學意涵研究》（國立政治大學中國文學研究所博士論文，民國 93 年）。

16. 莊蕙綺：《中唐詩歌中之夢研究》（國立政治大學中國文學研究所碩士論文，民國 83 年）。

17. 許絅瑩：《韋應物的山水詩研究》（國立高雄師範大學國文學系碩論，民國 87 年）。

18. 陳美足：《謝靈運山水詩之研究》（玄奘人文社會學院中國語文研究所碩論，民國 91 年）。

19. 陳敏祥：《李白山水詩研究》（國立高雄師範大學國文學系碩論，民國 89 年）。

20. 陶玉璞：《謝靈運山水詩與其三教安頓思考研究》（國立清華大學中國文學系博論，民國 94 年）。

21. 黃偉正：《王維山水詩之研究》（玄奘大學中國語文學系碩論，民國 93 年）。

22. 黃雅歆：《清初山水詩研究》（輔仁大學中文系博士論文，民國 87 年）。

23. 楊曉玫：《中唐佛理詩研究》（玄奘人文社會學院宗教學研究所碩士論文，民國 88 年）。

24. 劉明昌：《謝靈運山水詩藝美探微》（國立成功大學中國文學系碩論，民國 95 年）。

25. 鄭義雨：《謝朓山水詩研究》（東海大學中國文學研究所碩論，民國 83 年）。

26. 蕭淑貞：《魏晉山水紀遊詩文之研究》（國立臺灣師範大學國文學系博論，民國 95 年）。

27. 謝明輝：《王建詩歌研究》（東海大學碩士論文，民國 92 年）。

28. 謝迺西：《蘇軾山水詩》（東海大學中國文學系碩論，民國 94 年）。

29. 蘇心一：《王維山水詩畫美學研究》（中國文化大學中國文學研究所碩論，民國 95 年）。

五、期刊論文

1. 方芳〈山水詩的界定〉，《樂山師範學院學報》，第 17 卷第 2 期，2002

年 4 月。

2. 王剛〈唐前山水詩的量化統計分析〉,《寶雞文理學院學報》(社會科學版),第 28 卷第 2 期,2008 年 4 月。

3. 何方形〈柳宗元與天台宗的關係及其對山水詩創作的影響〉,《台州學院學報》,第 28 卷第 5 期,2006 年 10 月。

4. 吳振華〈韓詩自然意象分類統計研究〉,《周口師範學院學報》,第 24 卷第 3 期,2007 年 5 月。

5. 李正春〈論唐代組詩的幾種特殊形態〉,《學術交流》,2006 年 12 月,總第 153 期第 12 期。

6. 侯發迅〈清麗山水中見宦游之情──論謝朓的山水詩〉,《中州大學學報》,第 3 期,2002 年 7 月。

7. 馬自力〈論陶詩對後代山水詩的影響〉,《北京科技大學學報》(社會科學版),第 15 卷第 2 期,1999 年 5 月。

8. 曹麗芳〈王績與山水田園詩派〉,《山西大學學學報》(哲學社會科學版),1997 年第 3 期。

9. 陳建華〈試論謝靈運和李白山水詩的文化性格──兼談李對謝詩的借鑑與超越〉,《遼寧師範大學學報(社科版),1998 年第 1 期。

10. 趙以武〈和意不和韻試論中唐以前唱和詩的特點與體制〉,《甘肅社會科學》1997 年第 3 期。

11. 劉青海〈試論李白大謝體的五古紀游詩的字法〉,《文學遺產》,2005 年第 2 期。

12. 謝明輝〈解析李賀〈馬詩二十三首〉〉,《高雄師大學報》,20 期,2006 年 6 月。

13. 謝思煒〈遊悟眞寺考釋〉,《清華大學學報》,哲學社會科學版,2002 年第 6 期第 17 卷,頁 22。

14. 謝海平〈論錢起山水詩及其受謝靈運的影響〉,《逢甲人文社會學報》第 2 期,2001 年 5 月。

六、網站資料

1. 中央研究院歷史語言研究所,漢籍電子文獻資料庫。

2. 《國科會數位典藏國家型科技計劃──95 年度數位典藏創意學習計劃》網頁,「新詩改罷自長吟─全唐詩檢索系統」。

3. 故宮「寒泉」,古典文獻全文檢索資料庫。